講談社文庫

杜ノ国の滴る神

円堂豆子

講談社

杜ノ国の滴る神　目次

主な登場人物

◇真織《まおり》
父母を亡くした二十歳の大学生。「杜《もり》ノ国《くに》」に迷い込み、不思議な力を得る。

◇玉響《たまゆら》
和装の青年。「杜ノ国」の少年王「神王《くまみこ》」だったが、真織らと行動をともにする。

◇千鹿斗《ちかと》
「千紗杜《ちさと》」とよばれる郷《さと》の若者世代のリーダー。

◇女神《めがみ》
「杜ノ国」に豊穣をもたらす神。白い蛇体をもち、姿を変える。

◇神宮守《じんぐうもり》（蟇目《ひきめ》）
「杜ノ国」を治める「水《みず》ノ宮《みや》」で神と語らう許しを得た存在。代々「卜羽巳氏《うらはみ》」が担う。

◇流天《るてん》
「水ノ宮」の最高位の神官である現在の「神王」だが、まだ現人神《あらひとがみ》の証があらわれていない。

◇緑螂《ろくろう》
神宮守の子。人望が厚い、「卜羽巳氏」の嗣子《しし》。

◇黒槙《くろまき》
「神王四家《くまみこよんけ》」の筆頭「杜氏《もり》」の長。「神領諸氏《じんりょうしょし》」の中心人物。

杜ノ国の滴る神

東《ひがし》ノ原《はら》
御《み》供《そなえ》山《やま》
恵《え》紗《さ》杜《と》
八《や》馬《ま》紗《さ》杜《と》
水《みず》ノ宮《みや》
大《おお》道《みち》
東《ひがし》回《まわ》りの道《みち》
水《みず》ノ原《はら》

杜《もり》ノ国《くに》　絵地図《えちず》

―乱《らん》―

水《みず》ノ宮《みや》を襲った神兵《しんぺい》は、こう命じられていた。

――よいか。驚かせた相手が正気に戻るまでに済ませよ。

――門兵は威圧しろ。帯刀衛士《たいとうえじ》は蹴散《けち》らせ。

奇襲は、神事のはじまりとなる警蹕《けいひつ》とともに起こった。

おおおおぉ……と低い声で唸《うな》りながら、神兵たちが水宮内《すいぐうない》をめざしてなだれ込む。

「お待ちください、刃物をもって水宮門《すいぐうもん》をくぐるなど――」

「黙れ！　われらの刃は清らかだ。うぬらの心根のように穢《けが》れておらんわ！」

追いすがったものの気圧《けお》されて、刀預かりの神官は退いて尻もちをついた。

その鼻《はな》っ面《つら》をかすめて、百人をこえる神兵が鳥居の奥へとつぎつぎ足を踏み入れる。神宮守《じんぐうもり》が執務をおこなう守頭館《もりかみのたち》や、神事をおこなう斎庭《ゆにわ》、神饌《しんせん》の支度《したく》をおこなう御饌寮《みけのつかさ》――水宮内と呼ばれる区域は、神事のための官舎が集まる聖域だった。

「神軍《しんぐん》だ。重要な任の途中である。われらを賊《ぞく》と思う者のみ、かかってこい！」

「急げ」

群れは大水《おおみず》が流れゆくように二手に分かれ、ひと筋は退路を守って神官たちを牽制《けんせい》し、もうひと筋はすみやかに駆け、さらに奥の聖域へ。水辺で凜《りん》と咲く菖蒲《しょうぶ》や梔子《くちなし》と、初夏の庭には強い香りをはなつ花々が咲き誇っていたが、めざす場所はさらに奥、内《うち》ノ院《いん》である。襲撃を率いた男、黒槙《くろまき》は、四季折々の花に囲まれて建つ館の御簾《みす》に手をかけ、少年の姿を捜した。

「流天《るてん》さま」

杜《もり》ノ国《くに》の一之宮《いちのみや》、水ノ宮で最高位の神官として君臨する少年王、神王《くまみこ》。神々と話して託宣をさずかり、水ノ宮が祀《まつ》る女神《めがみ》を鎮《しず》め、人の総代《そうだい》として神々とともに神事をおこなう聖なる御子《みこ》である。

時がくれば神の証《あかし》を身体に宿し、人としての繋《つな》がりも、記憶も、自分が人であったことも忘れゆき、名実ともに現人神《あらひとがみ》となるが、その時はまだこず、少年は人のままで、真の神王となるべく稽古《けいこ》に励んでいた。

御年八歳の神王、流天は、黒槙にとって従兄弟《いとこ》にあたる。代々の神王を輩出する神《じん》領諸氏《りょうしょし》の子らはみんな似た顔をしているが、黒槙が捜しだした流天という少年も、肌が白く、輪郭はまるみを帯び、目元がきりりとして、一族らしい顔立ちをしていた。

「黒槙か？」

流天は目をまるくし、いったい何事だと怯《おび》えるが、黒槙のうしろから手を差しのべる青年を見つけると、ほっと目を潤《うる》ませた。

「兄上！」

「ええ。迎えにまいりました、さあ、お早く俺の背に」

速さこそが勝負の要《かなめ》。

互いの動きと目の合図だけで無言のうちに群れが戻りゆくさまは、複雑な仕掛けのようだった。入ってから出るまで、尻もちをついた神官や巫女《みこ》が立ちあがる前に水宮門から引きあげる手際のよさだ。

正門周辺にも、退路を守る神兵の姿があった。兄御子《あにみこ》の背にかつがれた神王、流天は建物の陰に用意された御輿《みこし》にのせられ、御簾がおりる。

正門のきわに衛士《えじ》が詰める番所があり、なにごとだと出てくる兵はいたが、ぽかんと成りゆきを見守るだけだった。

「いったいなんの騒ぎだろうか？」

「神兵さまがなさることだ。われらの知らぬ大事なお役目に決まっとるわい」

神兵を取り押さえようとする者はおろか、上官へ報《しら》せに走る者もいなかった。

門や要所を守る衛士はほとんどが徴集兵で、軍人《いくさびと》と呼ばれるのは兵役についているあいだだけだ。対して神軍は、兵術陣法を学び、生涯を軍人として生きる武家の一族から成る。衛士《えじ》の指揮官となるのも神兵で、里に戻れば耕人《たひと》や狩人《かりゅうど》として暮らす徴集兵とは、身体つき、身のこなしから違っていた。

正門から出てしまえば、本拠地の神領《じんりょう》へ戻るのみである。異変に気づいた帯刀衛士《たいとうえじ》が追捕を命じようが、もはや止められはしない。

「お見事です、黒槙さま」

急襲を終えて汗をにじませ、神兵たちには勝利の笑みがあふれていた。

御輿には、神王《くまみこ》をのせている。神王の奪還という念願を叶えたのだ。

屈強な肩にかつがれる黒漆塗《くろうるしぬり》の御輿を見やり、黒槙の顔にも笑みが浮かんだ。

「当然だ。春の神事に四十人の供をつれていったのは、今日のための下見だぞ」

神王が住まいとした水ノ宮とは、霊山・御供山《みそなえやま》を背にして建つ、杜ノ国の一之宮。狩りの女神を祀る奥ノ院や、神王が暮らす内ノ院、祭祀と政《まつりごと》の場となる官舎がところせましと立ち並ぶ巨大な宮だが、その宮も、とうに遠ざかって小さくなった。

興奮まじりに、従者は黒槙を称えた。

「なに、水ノ宮へ入る前から成就は決まっておりました。黒槙さまに手抜かりがあるものか。神宮守《じんぐうもり》が参宮していないことなどお見通しだ！」

「卜羽巳《うらはみ》邸の召使《めしつかい》どもは祟《たた》りに怯えておるそうだ。せいぜい怯えるがいいのだ。日頃の悪《あ》しきおこないの報いだ！」

春《はる》ノ祭《まつり》の終わりの宴の夜に、卜羽巳氏の嗣子《しし》の緑螂《ろくろう》は大けがを負った。

療養のため参宮を控えていた緑螂が久しぶりに水ノ宮に姿を現したのは、つい先日のことだったが、今度は神宮守をつとめる父親の姿が見えなくなった。

間諜《かんちょう》に様子を探らせると、けがをしたらしいと突きとめた。神宮守が参宮しなければ、警護をつとめる私兵、帯刀衛士も水ノ宮には現れず、姿がまばらだ。

——いまだ。と、黒槙はすぐさま急襲を決めたのだった。

「まあ、奇襲が効くのは一度きりだ」

黒槙はそういって目を細めた。

「もはやあの宮に用はないがな。いまやあの宮は、からっぽ宮だ」

水ノ宮が祀る女神は、外《と》つ國《くに》に出かけたという。

人と神を繋ぐ存在の神王も、すでに連れだした。女神と神王どちらも不在のいま、水ノ宮は、人の悪しき心ばかりが渦を巻く穢れた場所だった。

「流天さまがいるところが新しい『水ノ宮』になる。つまり、これからはわが神領が祭政の中心、神の宮となるのだ。欲と偽りで祈りを穢す不届き者を廃し、咎過《とがあやま》ちを祓《はら》い、この世を清め、神政《しんせい》をとり戻すのだ！」

「おお」と歓声があがった。

「神政へ戻せ！」

「神政へ戻せ！」

勇ましく声を揃《そろ》え、神領《じんりよう》へと続く大道《おおみち》を進んでいたところだ。

「黒槙さまぁ」と、行く手から慌てふためいて駆けてくる老神官がいる。

邸《やしき》の留守を預けた爺《じい》だが、主《あるじ》の黒槙や、朗《ほが》らかに笑いあう神軍、屈強な男たちの肩にかつがれる豪奢《ごうしゃ》な御輿のそばまでやってくると、その場でへなへなと膝《ひざ》をついた。

「どうしたのだ」

「それが――」と、老神官は懐《ふところ》から紙をとりだした。

折り目を丁寧《ていねい》にひらいてひろげられた紙には、波紋を表した紋があった。

流氏《ながる》だけがもちいる「流紋《ながるもん》」と呼ばれる紋で、流氏は神王四家《くまみこよんけ》のひとつ、黒槙の妻の生家にあたる。

文には、こうあった。

『水占《みずうら》で凶兆《きようちよう》が出た。用心なさるよう。滴《しずく》ノ社守《やしろのかみ》 氷薙《ひなぎ》』

地べたにうずくまって肩で息をする老神官は、頰《ほお》に涙を流した。

「よりによって、ついさきほどこの文が届いたものですから、黒槙さまに何か起きるのではと、慌てて知らせにまいったのです。ご無事でよかった……」

黒槙は豪快に笑って、老神官の肩を抱いて引っぱりあげてやった。

「ああ、おまえの勘違いだ。辛気《しんき》くさいぞ」

老神官は「そうですね、はい」と泣き笑いをして、袖《そで》で目元をぬぐった。

「お見事でございます。氷薙さまの水占はべつのことを示しているのでしょう」

「そうだろうとも。おまえも喜べ。流天さまを奪還したのだ。なあ！」

黒槙にこたえて、「おう！」と神兵たちが腕を突きあげる。

神領へ続く大道には、四季折々の花が咲き誇る。

初夏の花々が香る中、「神政へ戻せ！」と反撃を祝う声が薫風《くんぷう》にのった。


水ノ宮が襲撃された。

襲ったのは神領諸氏《じんりようしよし》という一族だった。

水ノ宮のお膝元、神《かみ》ノ原《はら》というエリアでは、「神宮守《じんぐうもり》」をつとめて水ノ宮を支配する卜羽巳氏と、神王を輩出する神領諸氏が睨《にら》みあいを続けていたのだった。

「つまりよ、黒槙さまの狙いは流天さまってわけよ」

そう話したのは「見聞《けんぶん》売り」の根古《ねこ》だ。

「見聞売り」というのはつまり、間諜。現代でいえば情報屋だ。

根古はふだん狩人として暮らしており、恵紗杜《えさと》を訪れた真織《まおり》たちのもとに顔を出した時も、弓矢など、狩りの道具をひと通り身につけていた。

根古は神領諸氏《じんりようしよし》の長《おさ》をつとめる杜《もり》氏の邸によく出入りをしていて、今日も出かけてきたところだと、遠出用の草鞋《わらじ》をはいていた。

「卜羽巳氏に並ぶ力をもつ神領諸氏といえども、一族の聖なる御子が卜羽巳氏の手中にあるうちは大人しくしているしかなかったが、手元に戻ってくれば、もう遠慮はいらねえ。きっといまに大きな乱がはじまるよ」

真織たちもちょうど一息つこうと、社の境内《けいだい》でくつろいでいたところだった。榎《えのき》の木陰で夏風に吹かれつつ、真織と千鹿斗《ちかと》、古老《ころう》が、根古をかこんで輪をつくって、根古の話に聞き入った。

根古はため息をついてみせた。

「いつ攻めてくるかって、神ノ原もぴりぴりしててよ――」

「攻める？」

そう尋ねたのは、千鹿斗。千紗杜《ちさと》という郷《さと》の若者世代のリーダーにあたり、神ノ原で起きている勢力争いは、千鹿斗にとっても決して無視できないものだった。

「ああ。神領地を見張りたい水ノ宮の兵と、追い払いたい神兵が睨みあってる。水ノ宮の周りと神領の周辺さ。あのへんを通る時は気をつけな」

根古はそういい、顔の大きさのわりにつぶらな目をきょろきょろとさせた。

「玉響《たまゆら》さまはどちらにいかれた？　黒槙さまから、玉響さまのご様子を見てこいっていわれてきたんだが」

「ああ」と、真織は、立ちあがって木陰から出ることにした。

「いまはちょっと――見てきますね」

夏至《げし》が近づき、梅雨《つゆ》に入った。

真織が現代の東京から杜ノ国にきてから、七ヵ月くらい経っただろうか。

空には雲が浮き、すっきりした空ではなかったけれど、雨の日が続いた最近では貴重な晴れ間だ。鋭い角度で降りそそぐ日差しの中を、真織は玉響を捜して歩いた。

「玉響ぁ」

恵紗杜の社は、さらさら、ほとほとと、せせらぎの音につつまれていた。小さな川が流れていて、水深は二十センチにも満たないが、川をかこんでひろがる森を潤していた。風が葉を鳴らす音がとめどなく響き、天空を舞う鳥の声がゆったりと降る。

川がつくる小さな森には、人の気配がなかった。

(どこにいったんだろう)

「垢離《こり》をしてくるね」といって、玉響はそばを離れていた。

垢離というのは、清らかな水を浴びて雑念を捨て、精神を研《と》ぎ澄《す》ませる稽古らしい。様子を見るかぎり、水行《すいぎょう》ともいう。

懸命に目をこらすうちに川べりに栗《くり》色の直垂《ひたたれ》を見つけて、真織はほっと息をした。

(いた)

玉響はもとの神王《くまみこ》で、杜ノ国でもっとも高い位をもつ神官だった人だ。

そのころは不老不死の命をもち、さまざまな不思議を身体にたずさえていたが、いまでも神託がおりたり、過去を視《み》たりもする、いわゆる霊能力者だ。

玉響は川の中にしゃがみ込んでいた。水温は低く、水遊びに適した気温ではなかったが、表情は虚《うつ》ろでぴくりともせず、眼球が動くこともない。

(声をかけていいかな。集中してるよねぇ)

玉響は気長な人で、放っておけばたぶん、日が暮れるまでじっとしている。

とはいえ、そろそろ声をかけないと――。

(根古さんも待っているし、このあとは八馬紗杜《やまさと》へ向かうわけだし)

真織は、そろそろと土手の草を踏み分けていった。

「――たまゆ」

気後れしつつ声をかけた時、玉響のまぶたがあいた。

「真織か。びっくりした」

水音が鳴る。これまで森の一部だったものが、動物へ――人の姿に戻りゆく。

玉響は立ちあがって、川べりに置いた荷物へ手を伸ばした。

上着を脱ぐことは覚えてくれたものの、袴《はかま》はずぶ濡《ぬ》れだった。

身体を拭《ふ》くタオルも、着替えすらないのだが――。

「このあと八馬紗杜までいくんだよ？」

「歩いているあいだに乾くよ」

繊細《せんさい》そうな顔をしているわりに、玉響はわりと無頓着《むとんちやく》な人だった。

水の中に入るのにも躊躇《ちゆうちよ》しないし、それに――。

玉響はずぶ濡れのまま、脱いだ直垂のそばに並べた小刀を手にとった。

「また、あれをやるの？」

水行をはじめた玉響は、最後の仕上げとばかりに、とあることをおこなうようになっていた。その儀式だけは、真織にはどうしても慣れることができなかった。

ふう――。玉響の息が水音にかさなる。

ふたたび森の一部に戻るように瞑想《めいそう》をして、玉響は刃を自分の手首に押しあてた。

当然、皮膚に傷がついて血がにじむ。自分で自分につけた傷を、玉響はじっと見つめていた。痛いはずだが、表情も変えない。血はすこし経ってからとまった。

血がどうあふれて、どう癒《い》えていくかを丹念に見つめて、玉響は「よし」と笑った。

「よかった。今日も不死身だ」

　自分に傷をつけて、不死身具合をたしかめているそうだ。

　玉響と真織は、神王《くまみこ》が現人神となるための証、不老不死の命を分け合って生きていた。でも、玉響に宿った力はすこし薄れていた。人になることに憧《あこが》れ、人に近づこうとしたせいで、玉響にあった人離れした治癒《ちゆ》の力も落ちていった。

　玉響は「人に近づきすぎている」と気にするようになっていて、神官だったころにおこなっていた修行を再開したのだった。その結果、思いどおりに力を維持できるようになったそうだ。

　玉響は、やること為すことが常人とはちょっとずれた、奇想天外な子だった。

　自分の神様加減をたしかめるために編み出した方法も、真織からすると自傷行為だ。リストカットである。

「ぞっとするよ」

　真織がいくらとめても、玉響は天真爛漫《てんしんらんまん》に笑うだけだった。

「平気だよ。治癒を制御できているから、すぐに治るし」

「そうじゃなくてね――」

　玉響は天然で、無垢《むく》で無邪気な聖人だ。自分を犠牲にするハードルも、とても低い。痛いはずだが、我慢強さも超人的で、自分を傷つけることにも無頓着だった。

根古のもとに戻ってすこし話をして、一行は早々に恵紗杜を出た。

「日が暮れるのは遅くなったが、山に入っちまうと暗くなるのが早いからな」

めざすのは、八馬紗杜という郷。これからでかけても、その日のうちに千紗杜まで戻ってこられるぎりぎりの距離だそうだ。

八馬紗杜も恵紗杜も、真織と玉響が世話になっている千紗杜という郷も、北《きた》ノ原《はら》というエリアにある。北ノ原は杜ノ国の北部に位置し、北の果てには高山がつらなるが、八馬紗杜は、北ノ原の山間部の入り口にあたる郷なのだそうだ。

「ようこそ。お待ちしておりました」

郷に入ったあたりで、男が出迎えた。四十代くらいで、俊敏な獣を思わせる細身の身体に、革の胴着と毛編みの脛当《すねあ》てをあわせていて、革小物を多くもちいるところは、狩人の根古の恰好《かっこう》に似ていた。

男はその場で膝をつき、頭を垂《た》れた。

「八馬紗杜の郷守《さとのかみ》、弦馬《つるま》ともうします。千紗杜の古老から話はきいております。先代の神王、玉響さま、お目にかかれて光栄です」

弦馬は真織にも「お見知りおきを」と頭をさげて、立ちあがった。

人の踏み跡がかさなってできた細い道を、山頂に向かって進んだ。

いつも驚かされるのが、古老の健脚ぶりだった。八十歳をこえる老体なのに、古老は背筋をしゃんと伸ばして、爽《さわ》やかな木漏《こ も》れ日の中を登っていくのだ。

出かけたいなら自分の足で歩くしかない時代の人たちの足腰は、強靭《きょうじん》だった。

「大丈夫ですか？」と真織が声をかけても、古老はひょうひょうと笑っていた。

「いやいや、なんの。ひとたび諦《あきら》めたら、つぎも諦めてしまう」

いつでも背負いますよ、とみんなで話しているのだが、出番はまだ遠そうだ。

千鹿斗と弦馬は顔見知りのようで、きつい山道を登るあいだも世間話をしていた。

「それで千鹿斗、尾狗紗杜《おくさと》へはいついくんだ？」

「あちらさん次第かなぁ。一之宮の御神体《ごしんたい》を見たことがないってんだから、それ以上は話の進みようがないよ。なあ、爺ちゃん？」

水ノ宮から取り戻した御神体を、北ノ原にある七郷それぞれの社に戻そうと、古老は、郷の代表が集まる寄合で話したらしい。

郷守《さとのかみ》たちはすぐに了承したが、尾狗紗杜という山際の郷の郷守だけは「爺さんにきいてみないとわからない」の一点張りだったそうだ。

弦馬が愚痴《ぐち》をいった。

「尾狗紗杜が心配だよ。あそこの郷守は代替わりをしたばかりだが、経験のすくない若者だからといってだな、社の戸をあけたことがないとか、御神体があるかどうかもきいてみなきゃわからんとか、情けないよなあ。放蕩《ほうとう》息子と有名だったが、あそこまでとは——」

古老が「まあまあ」と取りなした。

「若者はすぐに変わるものだよ。教えるほうも悪いのだよ。若者と年寄りのあいだに隔《へだ》たりがあればなおさら、若者は遠慮をして『教えてくれ』といえないものだ」

木漏れ日を浴びて、古老は笑った。

「『いまだ、覚えよ』と伝えるものほど残らないものだよ。後世に残るものは結局のところ、赤子のころから繰り返し見聞きする身近なもので、御神体であれ秘伝の何かであれ、隠し過ぎず、大っぴらに見せてしまうことが、そのまま正しく守り継ぐひとつのすべだと、私は思うよ」

人里から離れた山奥にも、人の営みがあった。山道に面した枝には方角を示す木の札がかかり、誰かの落とし物らしき蔓細工《つるざいく》の籠《かご》がひっかかっている。

道は小さな川に沿っていて、清流の水音が絶えず響いている。

ぽとぽと、ほとほと——心地よいせせらぎの音に耳を傾けるうちに、真織の目には、光がひとつ、またひとつと飛びかいはじめた。

光には、ふわりと宙を舞う蝶ほどの小粒のものもあれば、宙に筆を走らせたような帯状の光もある。耳には、くすくす、ふふふと笑い声も届きはじめた。

川の水しぶきにじゃれつくような、ふしぎな歌も――。

ほうほう、ほほほ　ぬくぬく、ぽとぽと
かえろう、ほほほ　まどろみ、くうくう

(あの歌だ)

水辺でほのかに輝きながら遊んでいるのは、八百万《やおよろず》の御霊《みたま》と呼ばれる、草木や土、水や、風の神々だ。精霊とも呼ばれた。

精霊は水ノ宮の奥や神領《じんりょう》の庭など、聖域と呼ばれるところに多く暮らしているが、この山も、精霊にとって居心地のいい場所なのだろう。

「真織」と、先を歩く玉響が振り返る。

玉響も川辺を眺めて微笑《ほほえ》んでいた。

「精霊がたくさんいるね。草木も川もむかしのままなんだろうね。ねえ真織、精霊たちは何を話しているの？」

精霊は無邪気で、イタズラ好きの子どもに似ている。

ちち、ささと、高い声で笑って、玉響をとりかこんで舞っていた。

——いらっしゃい、客人《まれびと》さま。

——あぁ、おかえりなさい！　石の神さま。

「なにって——玉響は、精霊たちの大切な友達をおぶっているじゃない。おかえりなさい、だって」

「あ、そうか」と、玉響は自分の背中に笑いかけた。

「見られている気がしたんだけど、私じゃなかったのか」

玉響は背中に布包みをくっていた。包みの中には〈祈り石《いのいし》〉という御神体が収められていて、わくわくと外を覗《のぞ》く気配もあった。

——帰ってきた……帰ってきた。

やがて、細くなりゆく山道の果てに苔生《こけむ》した社が現れる。

「八馬紗杜の社です。裏手の泉は、水《みず》ノ原《はら》まで流れゆく川の水源《みなもと》なんですよ」

川は山道をいくにつれて細くなって、いまや岩の上をちょろちょろとしたたる、ほんの小さな筋になっていた。

「水源かぁ。じゃあこの川は、生まれたばかりの赤ちゃんの川ってことですね」

川筋を目で追う真織に、弦馬が笑った。

「赤ちゃんの川か。うまいことといいますね。ええ、ここから山々の水を集めて、水ノ原の湖まで旅をするんですよ」

八馬紗杜の社の境内には、時が経つごとに人がふえていった。神事をひと目見ようと、里から続く山道を登ってくる賑《にぎ》やかな足音が、社までたどり着きはじめたのだ。

「さて。支度をしましょうか」

玉響の背中から包みがおろされて、〈祈り石〉が取りだされる。水ノ宮の神域から戻った〈祈り石〉を本来鎮まっていた場所、八馬紗杜の社に戻す神事がはじまった。

玉響は〈祈り石〉を両手でうやうやしく目の高さに掲げ、留守居《るすい》の御神体、鏡が鎮まる祭壇へと歩いていき、祝詞《のりと》を捧げた。

「掛けまくもかしこき、荒金《あらかね》の土の神の御前《みまえ》にかしこみかしこみ白《もう》さく、水ノ宮より杜ノ国をしらしめす母なる女神の祝《はふ》りをもちて、この地にとこしえに鎮まりますよう」

神事の祭主をつとめる時の玉響は、男にも女にも見えない。

人なのか神なのか精霊なのか、それ以外か。人外《じんがい》の生き物じみた妖艶《ようえん》な気配をまとって、玉響がもつ澄んだ気配で、濁《にご》ったものや淀《よど》んだものを清めていく。彼がいる場所が、神々が来訪する聖なる庭へと仕上げられていく。

ささき、ちちっと、星の姿をした精霊たちは、玉響の声にあわせて遊んでいた。

――おかえりなさい、よくご無事で。

――ふふふふ。

境内に集まった八馬紗杜の人の目も、自然と玉響に集まった。

玉響の正体を知っている人は一握りだろうが、立ち居振る舞いから、ただ者ではなさそうだと気づく人がいるようで、「ありがたい、ありがたい」と、八馬紗杜の人たちは低頭して感謝した。

(神官って、人と精霊のあいだに立って、どちらも魅了する人なのかな)

玉響がつくりあげる世界が心地よくて、真織もぼんやりしていった。

いつか、頭のずっと奥のほうから、少年の声がきこえはじめた。

『ここは、とても気持ちのよいところだな』

張りのある凛とした声で、その少年は、ははははっと屈託《くったく》なく笑っている。

『神々がこちらを向いている。おまえと友達になりたいのだ。挨拶《あいさつ》しようよ。神咒《しんじゅ》なら、私が教えてやるよ？』

(──誰の声だろう)

少年の声は耳できいているわけではなくて、脳裏《のうり》というのか、身体の芯《しん》のあたりからじんわり響いてくる。聞き覚えのない声で、玉響の声と似ている気がしたけれど、神事の祭主となって祝詞を捧げている玉響の声よりもずっと幼い、高い声だった。

脳裏に声が響くたびに、泡と泡が押しあうような軽い圧迫感があった。

幻だろうか。白昼夢？　でも、あまり心地のいい夢ではなかった。

目の前の景色がぼやけていき、目まいがしてぐらぐら揺れた。

満員電車の中で押しつぶされていくのに似ていた。乗客はみんな子どもだった。

(そんなに押さないで。苦しいよ)

しばらくして、人波を抜けて真織に近づいてくる青年の姿がある。

「どうしたの?」

そこで、はっとする。いつのまにか、笛や太鼓を手にする人たちが輪の内側に躍り出ている。固唾《かたず》をのんで神事を見守った人たちの輪が崩れ、厳《おごそ》かな神事の場から、賑やかな祭りの場に変わっていた。

「あれ? あれ——〈祈り石〉は?」

「もう帰したよ。ほら」

玉響が背後を振り返る。社の戸がひらかれて、奥に祭壇が見えている。

祭壇には御神体がふたつ並んでいた。ここまで運んできた〈祈り石〉と、これまで御神体として社の留守居役をつとめていた鏡だ。

〈祈り石〉を社に鎮める儀式が終わっていた。

「賑やかだね。千紗杜もそうだったけれど、神事って楽しみごとなんだね」

「いこう」と背中を押されて気づいたが、服がびっしょり濡れて重くなっていた。

水気が豊かな山奥なだけあって、湿《しめ》り気を帯びてしまったのか。それとも、汗か。

（寒い）

ひゅっと風が吹きぬけて、身体をこわばらせた時だ。

短い髪を隠していた布がめくれあがって、頭上にひらめいた。

「あっ」

するりと抜けていく喪失感。夢中で手を伸ばすものの、摑《つか》むことができたのは布の端っこだけ。しかも、布を織りなす細い糸一本だけだった。

布を攫《さら》いゆく風と真織の指の力に負けて、糸もぷつんと切れた。

布は風にあおられて宙に舞いあがり、飛び去ってしまった。

―水《みず》ノ原《はら》―

記憶にもしも形があったら、粒の形をしているかもしれない。

明るい色をした幸せな粒や、ちくちくと他を傷つける悲しい粒が器に盛られていて、大事な思い出を忘れていく時には、思い出の粒がひとつずつ器の外へとこぼれ落ちていくのかもしれない。

新しい思い出が生まれた時には、粒と粒の空いた隙間《すきま》に新しい粒がおさまって、隣りあう粒が変われば、きっと気分も変わりゆく。

真織《まおり》の頭の奥で、誰かが話していた。

十歳くらいの少年の声だった。

『だんだん、わかったことがあるのだ』と、少年の声はいった。

『神王《くまみこ》になって女神《めがみ》から命をいただけば、神々の仲間になれる。でも、そうなると人が持つべきものを失ってしまう。母の顔や兄上たちの顔、思い出も。じつはおまえのことも、誰だったかと、さっきふと悩んでしまったのだ』

少年は、誰かと話していた。話し相手が驚くと、少年の声はすこし暗くなった。

『それに、痛みを感じなくなっているのだ。どういうことだろう？　つまり痛みは、人のものなのか？　私は不安だ。神々の仲間になれば、人の痛みを忘れてしまうのかもしれない。そうなった後で、どうやって人を救う方法を探せるだろうか？』

つぎにきこえた声は、人のものではなかった。精霊だ——と、真織は思った。

声の出し方が人とは違っていて、喉を使わない声だった。

『簡単さ。女神と一緒に豊穣《ほうじょう》の風《かぜ》を吹かすのさ。俺たちも人も、死んだ奴らも喜ぶし、俺も感謝する。女神の手伝いをしてくれてありがとう、神王』

——神王？

そんなふうに呼ばれているなら、精霊と話している少年は「神王」なのか？

話題がかわって、少年と精霊は和気あいあいと笑いあった。

『なあ神王、約束だよ。頼んでいたものを、俺にもおくれ』

『もちろん。神王は人の姿をした神。けっして嘘《うそ》をいわない』

『やったぁ！』

精霊の声が飛び回る。

大はしゃぎをして右へ左へと飛びかう精霊を追って、少年の目も忙《せわ》しなく動いた。

『そんなに喜んでもらえると嬉しいな。ほしいのは、名前だっけ？』

『ああ、人と仲良くなったら名前をもらいたかったんだ！ 人はいい名前をたくさんもってるんだろ？ 俺たちはだめなんだ。生まれた場所か住んでる場所くらいしか、名前をもっていないんだ』

（なんの話？ 夢？）

少年の目の動きにあわせて、真織の目も動いていた。

真織は夢の中で、少年の身体の内側にいた。もしくは、真織の内側に少年がいる。真織とその少年の身体は、生身の身体に魂《たましい》が宿るように重なりあっていた。

（神王《くまみこ》になる夢を見ているのかな――）

真織は、「神王になりたがっている娘」と呼ばれたことがあった。

でもべつに真織は、神王に憧《あこが》れたことも、近づきたいと思ったこともなかった。近づきたいのは玉響《たまゆら》で、神王に興味をもったのも、神王だったころの玉響のことがもっと知りたかったからだ。むかしの彼がどんな暮らしをして、どんな世界を見ていたのか。玉響とのふたり暮らしが心地よくて、一緒に暮らす相手のことが気になったから。

神王に近づきすぎてはいけないことも、真織はよく知っていた。

中途半端な不老不死になっているせいで踏みとどまっているだけで、枷《かせ》がはずれてしまったら、感情が薄れ、思い出もなくして、人の世界から切り離されてしまう。

いまもそうだった。

「神王」の声がきこえるたびに、記憶の器に、自分ではない誰かの思い出の粒がまじっていく気がして、うすら寒い。

驚いたり納得したりするたびに、その粒は記憶の器に残ろうとして、べつの思い出が、いまにもこぼれ落ちそうに縁に寄った。

「真織」

呼ぶ声がして、まぶたがぴくりと動いた。

(帰らなきゃ)

少年と精霊の話し声はまだ続いていた。

ここにいちゃいけない。きいちゃだめだ——。

意識を逸《そ》らしたけれど、ひっつかんで戻すように、ちかちか、ばちっと、壊れかけた蛍光灯《けいこうとう》のような光が目の前に浮いた。ビーズ玉のような小さな目がふたつあって、わくわくとこちらを見つめていた。

『なあなあ、俺にどんな名前をくれるんだ？』

(この光、見たことがある——)

この光と、話したことがあると思った。

でも、いつだっけ。誰だっけ——。

夢の世界を振り返って立ちどまった真織の内側で、少年の声がふふっと笑った。

『なら、トオチカはどうかな。おまえは透きとおっていて、ちかちかしているから』

「真織！」

はっと我に返る。

まぶたがあいて、目の前に玉響の顔が見えた。その顔の生々しさに目が驚いた。

色白の肌や、粗野《そや》過ぎず可憐《かれん》過ぎず、中性的な顔立ち——。真織と玉響は暗い場所にいて、闇にぼんやり浮かぶ玉響の白い頰から、力がゆるゆると抜けていく。

「よかった——。気がついたら真織がいなくて、戸があいていて」

「戸？」

周りを見回してみて、ぎょっとした。寝床にいたはずなのに、真織は玉響とふたりで暮らす家の前庭にいて、星の光を浴びていた。

なんだ、この状況は。いわゆる、これは——。

「夢遊病……」

寝ぼけて家を出て徘徊《はいかい》するなんて、ベッドから落っこちる以上の醜態《しゅうたい》である。

「わたし、何をしていたんだろうね。ごめんね、心配かけて。へんな夢を見て——」

げんなりと地面にうずくまる真織のそばで、玉響は「夢？」と目をまるくした。

「どんな夢だった？　夢の中に女神が会いにきた？」

「女神が、会いに？」

「女神」というのは杜《もり》ノ国《くに》の水《みず》ノ宮《みや》で祀られる主神のことで、玉響にとっては母親のように慕《した》ってきた相手だ。すこし荒っぽいところもあるが、愛に満ちていて、やさしくて、いつも人の幸せを願っていて——と、女神への賛辞も何度もきかされたが、真織にはなかなか賛同がしにくい。

その女神は、やさしい、というより、恐ろしい、という形容が似合う。

玉響にとっては母親代わりだったかもしれないが、真織にとっては、お化けや幽霊と紙一重《かみひとえ》で、できるだけ会いたくない相手だった。現実でも、夢でも。

「違った？」と、玉響は笑った。

「でも、夢は、遠いところにいる相手と出逢《であ》える場だから、誰かが真織に会いにきたのかもしれないよ」

「夢が、出逢える場？」

「うん。眠っているあいだは魂と身体が離れやすいし、夢の中には神々の路《みち》に繋がる入り口があるから。私も前は、寝床じゃないところでよく目が覚めたよ。庭とか、社《やしろ》とか」

玉響は懐《なつ》かしそうに話すのだが、真織の顔はかえってひきつっていく。

「怖いことをいわないでよ。眠れなくなっちゃうじゃない」

徘徊を面倒がられないのはありがたいが、全肯定されても困るのである。

「あぁあ、千紗杜《ちさと》で過ごす最後の夜なのに」

真織と玉響は、千紗杜の家をしばらく離れることになっていた。

玉響とふたりで過ごす最後の晩だなぁ、と感傷にふけって眠りについたのだが、まさか、夢遊病騒ぎを起こすことになるとは——。


「支度は済んだかい？」

翌朝、そう声をかけたのは、神領《じんりょう》から訪れた神兵だった。

なんと若い女で、万柚実《まゆみ》という。

ある日、根古《ねこ》の手引きで千紗杜を訪れた万柚実は、こういったのだった。

「玉響さま、真織さま。どうか私に攫《さら》われてください」

万柚実は身分を隠すために旅女《たびおんな》に化けていたが、顔立ちに華《はな》があり、女性らしい色気もある人で、黒槙《くろまき》からの手紙を証拠として渡されるまでは、神兵だとは誰も疑わなかった。ただ、いざ面と向かうとしゃきっと背筋が伸び、喋《しゃべ》り方が妙にきびきびしていて、ふとした凄味《すごみ》を感じさせる。

「水ノ宮から流天《るてん》さまが消えたいま、神宮守《じんぐうもり》の一族はあらたな神王《くまみこ》を得て面目《めんぼく》を保とうと考えるはずです。玉響さまはもとの神王ですから、水ノ宮に呼び戻そうと軍を差し向ける恐れもございます。神領の神兵が原境《はらざかい》に目を光らせておりますが、千紗杜の民を人質にとられれば守り切れなくなるかもしれません」

万柚実は、弓道や空手の選手のようにきりりと頭をさげた。

「あなた方を神領へお連れさせてください。あなた方がいないとわかれば、神宮守の一族はわざわざ千紗杜へ兵力を割かないでしょう。争いが起きるとすれば神《かみ》ノ原《はら》の中央か、もしくは――とにかく、北ではございません」

「千紗杜に害が及ばないようにするためなら、従わないわけにいきませんが」

話し合いの場になったのは古老《ころう》の家で、真織と玉響のほかに、古老と千鹿斗《ちかと》、千紗杜の長をつとめる郷守《さとのかみ》の一族がつどっていた。

真織も玉響も、知る人ぞ知るお尋ね者のようなものだ。黒槙が水ノ宮を襲撃した今となっては、火種のひとつにもなるだろう。

いまは千紗杜の人たちの好意で身を置かせてもらっているとはいえ、さんざんお世話になった人たちを困らせるつもりも、真織にはなかった。

郷守は現代でいうと市長や村長にあたる人だが、その役目を負って千紗杜を率いる千弦《ちづる》やその息子、一番若い跡取りの千鹿斗も、渋い顔つきをして万柚実の話に耳を傾けていた。

「どこへ向かうんでしょうか。神ノ原ですか？」

真織が尋ねると、万柚実は「いいえ」と首を横にふった。

「水ノ原です。流氏《ながる》と轟氏《とどろき》が治める神領地《じんりょうち》がありまして、流天さまもそこにおいでなのです」

「流天に会えるのか？」

玉響が身を乗りだす。万柚実は両手を床につき「はい」といった。

「黒槙さまが、ぜひお引きあわせしたい、と」

では、二日後に——と出発の日はすぐに決まった。

水ノ原へ向かうのは、玉響と真織と、千鹿斗。千鹿斗は若者世代のリーダーで、身寄りのない真織と玉響のことも、いつも親身になって助けてくれる頼もしい人だ。放っておけないからと、これまでも千鹿斗は真織と玉響に付き添って出かけてくれたが、今回ばかりは、真織は千鹿斗についてきてほしくなかった。

千鹿斗はひと月後に大きな祭りを控えているのだ。彼の婚礼である。

集合場所になった西の郷境《さとざかい》で、旅の支度を終えた千鹿斗と落ち合うと、真織は肩を落とした。

「断るなら今が最後ですよ？　本当にきてくれるんですか？　婚礼の主役なのに」

「婚礼なら、ひと月も先だよ」

「でも、行事があるってききましたよ？」

結婚式の作法は現代でも複雑だが、千紗杜でも、特別な儀式が数々あるらしい。

千鹿斗の妻になる娘は、名前を漣《さざなみ》といった。漣のほうは、すでに準備のために機《はた》織《お》り小屋にこもったそうだ。なんでも、婚礼衣装の一部は花嫁が織るのだとか。

茅葺《かやぶき》屋根の軒先にふいに赤い花飾りがさがっていたり、建てられるのを待つ櫓《やぐら》の建材が立てかかっていたりと、千紗杜の郷をひろく見渡してみても、結婚式へ向けたお祭りムードがじわじわ高まっている。

「おれだって、そりゃ――。でも、きみらを放りだすわけにはいかないだろ？」

千鹿斗はため息をついた。たぶん、本気のため息だった。

「神ノ原で乱が起きたって話だし、何が起きているかを調べにいきたいっていうのもあるしさ。きみらを送り届けて黒槙さまと話したら、先に千紗杜に戻るよ」

「そうしてください。漣にもうしわけが立ちません」

杜ノ国では、早ければ十四歳くらいで相手が決まるそうで、千鹿斗も漣も、結婚をするにはやや遅い年だった。

千鹿斗と漣の仲は郷のみんなが知るところで、婚礼の話も何度もあがったが、ことごとく延期されたのだそうだ。

「ひどいのよ。もうじき飢渇《きかつ》の年だから祝ってる場合じゃないとか、水ノ宮への直訴《じきそ》が終わるまでは考える暇がないとか、水路を造っていて忘れてたとか！　あのねえ、千鹿斗が暇になる年はこないの。さっさと漣を幸せにしてあげて！」

千鹿斗が里の女たちに喧嘩腰《けんかごし》で囲まれていたのを、真織も見かけたことがあったが、女からも男からも詰め寄られて、今年こそは祝わせろと、婚礼の日を決められてしまったそうだ。

「漣、かわいそう」

真織も同情した。千鹿斗は大勢から慕われる人気者で、自分のことを後回しにしても他を助けるところがある。彼のいいところだが、その陰で、里の人を守るために捕虜になるといいだしたり、交渉役を頼まれて遠く離れた山里へひとりで向かったりと、いつ捕まってしまうか、いつ大けがをするかと、彼を支える恋人のほうは心労が多過ぎるのである。

婚礼までを彼の後回し癖《ぐせ》に付き合わされてしまうなんて、あまりにも哀《あわ》れだ。

玉響がぽかんとして尋ねた。

「みんながよく話しているが、婚礼というのはなんだろう？」

「男と女が夫婦になって一緒に暮らしはじめる儀式、かな」

答えた千鹿斗に、玉響は首をかしげた。

「一緒に暮らすって、私と真織も婚礼か？」

「ちょっと違うかな」

「ふうん？」

玉響がますます考えこむ。真織も答えた。

「ええとね、婚礼っていうのは、千鹿斗と漣のためのお祭りだよ。これからもふたりでお幸せにって、みんなでお祝いをするの」

「お幸せに？　幸せ――」

玉響はまだ納得がいかないようで、反芻《はんすう》して、黙りこんだ。

最近の玉響はよく考えこむ。深く物事を考えることを覚えて、覚えたてのスキルを試しているように見えなくもないが、集中力が並外れている人なので、一度はじめてしまうと、てこでもやめようとしない。

いまも、婚礼とは、幸せとは――と哲学者じみた気難しさを見せていた。

一度、こんなことがあった。

日が暮れても玉響が家に戻ってこない日があって、捜しに出かけた。祈りの稽古か、もしくは、好奇心に任せて薪割《まきわ》りにでも夢中になっているとか――とにかく、時間が経つのを忘れて没頭しているのだろうと、思いつく場所を巡ってみるが、どこにも姿がない。薪割りや農作業の手伝いをしていたなら千紗杜の人が姿を見ているだろうが、祈りの稽古のほうだったら、居場所の候補は無限だ。川やら滝やら草むらやら木の根元やら、「いい感じ」の場所を見つけると、玉響はどこでも座りこんで長居してしまうので、捜しに出かける場所も、かなりの広範囲になった。

しかも、玉響はいつ攫われてもおかしくない人だ。水ノ宮の神官がまぎれこんでいたかもしれないのに、どうして目を離してしまったんだろうと、泣きっ面《つら》で千鹿斗に頼みにいき、里の人も総出で暮れゆく山際を捜索したが、玉響は結局、小さな水車のそばで寝ころんでいるところを見つけられたのだった。水車が回るのが面白くて、ずっと見ていたそうだ。

「だって、回り続けるんだもん。目を逸らす暇がなくて」

「あのねえ。水車がとまる時は、川の水が流れなくなった時だから！」

玉響の世話をしている真織としては、時おり血の気がひく思いをするのだった。


合流して三人でしばらく歩き、神ノ原方面へ向かう山越えの道にさしかかったところで、神兵がひとり待ち受けていた。

「弓弦刃《ゆづるは》ともうします。神軍では大武長《おおぶのかみ》をつとめており、万柚実の上官にあたります。お見知りおきを」

弓弦刃と名乗った神兵は、三十代前半といったところか。百九十センチはありそうな大男で、杜ノ国の人は現代人より平均身長が低いので、飛びぬけた上背だ。体格もがっしりしていて、目つきも鋭く、いかにも武人という風体だった。

喋り方も勇ましく、弓弦刃は演説をするように朗々《ろうろう》といった。

「神王《くまみこ》をおそばで守る名誉を賜《たまわ》りぃ、まことにぃ光栄至極《しごく》にござります。玉響さまを無事に送り届けるという密命を果たすためぇ、命を捨てる覚悟にござります。なんなりとお申しつけくださいますよう！　真織さまにつきましてもぉ、黒槙さまより

——」

「声が大きいです、大武長」

結局、万柚実が呆《あき》れてとめにはいった。

「神王とか、密命をとか、そんなことを堂々といわないでくださいよ。水ノ宮の間諜《かんちょう》がいないともかぎらないのに」

万柚実は容赦《ようしゃ》なくずばずばという人だった。

「さっさと山道に入って身を隠しましょう。こんなに見晴らしのいいところで大声で立ち話をしてどうするんですか」

一行が落ち合ったのは、山に入る手前の三《み》つ辻《つじ》だった。山に沿って東西にのびる道と、南へむかって山に入っていく道が交差するところで、北《きた》ノ原《はら》の南端にあたる。

山の上から見下ろす誰かがいたなら必ず目に留まってしまうひらけた場所で、巨漢

の弓弦刃は遠くからも目立つだろうし、もしも本当に間諜が近くに潜んでいたなら、「密命を」とか「神王《くまみこ》をおそばで守る」とかは絶対に禁句だ。しかも弓弦刃は、野外コンサートの歌い手のような大声を出していた。

弓弦刃は颯爽《さっそう》と山に入っていく部下の後をそそくさと追いかけ、顔を赤くした。

「面目ない。悪い癖が出た」

「お気持ちはわかりますが、張り切り過ぎて周りが見えなくなるのは困りますよ？」

万柚実は息をついて、真織たちを振り返り、上官のフォローまでしてみせた。

「大武長《おおぶのかみ》は頭がかたいところが玉《たま》に瑕《きず》ですが、凄腕《すごうで》の武人です。あなた方の御身はかならずお守りします。ご安心ください」

弓弦刃が上官、万柚実が部下とはいえ、ふたりの関係は持ちつ持たれつのようだ。

北ノ原と神ノ原をつなぐ道は、おもにふたつあった。

恵紗杜から水ノ宮のそばへ抜ける東回りの道と、千紗杜から神領《じんりょう》方面に抜ける西回りの道だ。

東回りの道は、水ノ宮と北ノ原を行き来する人が多く、西回りの道は、神ノ原の西側に位置する神領や西ノ原へ抜ける人がよく利用した。東回りの道とくらべると、西回りの道は人の往来がすくなく、道そのものも素朴だった。道々に据えられた山の神への小さな祭壇も、東回りの道にあるものよりも古めかしく、苔生してきれいな緑色をしているものも多かった。

弓弦刃と万柚実、神兵ふたりに護衛をされて、北ノ原と神ノ原を隔てる山道を登っていくが、人通りのすくない暗い道を、武装した巨漢、弓弦刃に付き添われて奥へ奥へと連れていかれるのは、夜逃げとか、逮捕されて連行されている途中とか、いわくありげな雰囲気を醸《かも》した。

大きな人だなぁ、プロレスラーみたい——と、真織がそばを歩く弓弦刃の巨体をちらちら見ているのに気づいて、万柚実は冗談をいった。

「大武長が一緒だと、無理やり連れていかれるように見えるでしょう？　道中で水ノ宮の神官と出くわしたら、この人に攫われたんだって怖がるふりをしておくれね」

「お芝居《しばい》をしろっていうことですか？」

尋《たず》ねた真織に、万柚実は忍《しの》び笑いをこぼした。

「ああ、そうだ。うまくやっておくれね。その後はこっちでなんとかするから」

山道は森を貫《つらぬ》き、頭上には枝葉のまるいトンネルができている。

木漏れ日の中を歩きながら、万柚実は何度も玉響の姿をたしかめた。

「それにしても玉響さまはまたこう、一段と凜々《りり》しくおなりですね。春に見かけた時も驚きましたが——」

玉響は十二歳の時から時間をとめられ、ついこの前まで子どもの姿をしていたが、不老が解けてからは、一気に身体が大きくなった。ただ、その年の青年にしては子どもっぽくふるまうことが多く、顔つきにもあどけなさが残っていた。

でも、最近の玉響はまたすこし顔つきが変わった。言動も二十二歳という年相応になってきて、いつのまにか筋肉もついて、顔の印象もすこし精悍《せいかん》になった。

じつは、千紗杜に戻ってきてからの玉響は、千鹿斗を追いかけ回していたらしい。水路工事や農作業に出かけて、千鹿斗と同じ力仕事もしていたとか。

「おれの後をついてきてさ、じーっとおれのことを見てるんだよ。玉響は怒るかもしれないけど、かわいいよなぁ」

千鹿斗からそうきいて、真織と玉響がふたり暮らしをする家で「そういえば、こんなことがあったよ」と夕飯をいただきながら話すと、玉響は不機嫌になった。

「学ぶには、千鹿斗の真似《まね》をするのが一番てっとり早いと思ったのだ」

「学ぶって、力仕事を？」

「いろいろだ。千鹿斗はなんでもうまくできる」

玉響は、なぜか千鹿斗にだけはきつく当たる。

その晩も、玉響はこんなふうに文句をいっていた。

「どうせ千鹿斗はやさしい顔をして、にこにこ笑いながら私のことを話していたんだろう？　千鹿斗にそういう顔をされるのは好きではないのだ」

やさしい顔をしてにこにこ笑われるののどこが不満なのかは、真織にはわかりづらいところだが――。

（それって、憧れの裏返しみたいなもの？）

そう思ったが、ふてくされるのが目に見えて、口に出すのはやめておいた。

「ひと休みしましょうか」

峠《とうげ》近くの湧《わ》き水のそばで休息をとることになった。

苔の香りのする水で喉を潤し、泉をかこむ岩に腰かけていると、後方から、もーう、もーうと牛の鳴き声がきこえてくる。

道行く人はほとんどおらず、峠を越えるまでにすれ違ったのは二組だったので、三組目になる。西回りの道は、のどかなものだった。

万柚実は弓弦刃のことを「無理やり連行していそうな雰囲気をつくる係」のように話していたが、効果はたしかにあった。前にすれ違った二組も、弓弦刃を見てぎょっとして、目を合わすまいとうつむいてしまうのだ。そのたびに万柚実は笑いをこらえて、隣を歩く真織に共犯をもちかけた。

「ね？　大武長《おおぶのかみ》の悪漢面《あっかんづら》は使い勝手がいいだろう？」

うん、と答えれば弓弦刃が悪漢面をしていると認めることになるし、いいえ、と言えば嘘になる。

万柚実は意外にイタズラ好きな人で、もっといえば、ちょっと軽薄なほど人をからかうのが好きだ。明るいムードメーカーだが、そこまでお互いのことを知らないいまは反応がしづらいので、答えずにいると、万柚実はさらにけしかけた。

「この巨体に、この顔だもの。盗賊のお頭《かしら》にも化けられそうだよね？」

「ええと――おふたりは仲がいいですよね」

結局真織は、言葉を選んでお茶を濁《にご》した。

万柚実にさんざん話のネタにされても、弓弦刃は苦笑いをするだけだった。

弓弦刃のほうも、見た目のわりに温厚で控えめな人だった。

人は見掛けによらないものである。

千紗杜方面から牛をつれてやってきたのは、十五歳くらいの少年と、その父親らしい親子連れだった。牛の背には藁布《わらぬの》に包まれた荷物がぶらさがっている。

少年はよく日に焼けていて、勝気そうな上がり目をしていた。

「神兵さま？」

弓弦刃に気づくと、よほど恐ろしいのか、少年は一緒にいる真織たちのこともじろじろ見つつ水場へ近づいてくるが、「あっ」と大きな声を出した。

「千鹿斗じゃないか。どうしたんだよ！　おまえ、何かやったのか……？」

少年の目は弓弦刃と千鹿斗の顔を行き来して、びくびく怯えている。

千鹿斗は面倒くさそうな顔をしたが、万柚実からいわれた通りの芝居をしてごまかした。

「ちょっと――。平気だよ。二、三日で帰してもらえるはずだから」

千鹿斗がちらりと目配せを送ると、弓弦刃は低い声で凄んでみせた。

「無駄話は控えろ。いくぞ。歩け」

弓弦刃は千鹿斗の肩をやや乱暴につかんで、歩かせようとした。

こちらも芝居だろうが、堂に入っている。

早くこの場を去ろうと、ふたりはアドリブにしては息のあった演技を見せた。

知り合いであれ、よけいなことを悟られるわけにはいかないのだ。

おかげで、少年の目はいまや監獄へ送られゆく受刑者を見送るようだ。

「千鹿斗ぉ――」

少年はいまにも泣きだしそうな涙目になるが、芝居だと知っている真織にはそれも完璧なアドリブに見えて、悲愴感漂う効果ＢＧＭが脳裏に流れた。

弓弦刃に追い立てられるふうをよそおって歩きはじめるものの、千鹿斗は振り返って少年を宥《なだ》めた。

「情けない声を出すなって。おれなら大丈夫だから。それより、おれに会ったってことは誰にもいわないでくれ。よけいにまずいことになるから」

「さあ、いきましょう」

万柚実にうながされて、真織と玉響も後を追いかける。最後に弓弦刃は、少年たちをぎろりと睨《にら》んで牽制《けんせい》しておくことも忘れなかった。おかげで、離れてしまった後も親子はまだ不安そうにこちらを見ていた。

親子の姿が小さくなった後で、千鹿斗は「あぁ」と愚痴をいった。

「いやな役目だなぁ。人を騙《だま》すのは気が引けるよ」

「知り合い？　知り合いじゃなくても、嘘なんてつきたくないでしょうけど」

真織が尋ねると、千鹿斗は首のうしろをわしわしと掻《か》いた。

「水ノ原の子で、鷹乃《たかの》っていうんだ。北ノ原に塩を届けてくれる親子なんだよ」

「塩？」

「ああ。貴重なものだけど、水ノ原でしか手に入らないんだ。鷹乃の一族は北ノ原の奥でとれる辰砂《しんしゃ》が欲しいそうで、ついでにもってきてやるよって、塩を運ぶ役を引き受けてくれていてさ」

「辰砂か。異国の人が欲しがるってきくね」

万柚実がいう。異国に渡すということは、輸出品だろうか。

「辰砂ってなんですか？」

「武具をつくる時に使うそうだよ。冠《かんむり》とか、錺金具《かざりかなぐ》にも」

千鹿斗は目をまるくした。

「異国に売ってんのか？　北ノ原じゃ見向きもされない石だから、あんなものが塩の礼になるのかって気になってたんだ」

やがて、山をおりると、神領《じんりよう》まではまもなくだ。

西回りの道の起点は、神領に近い場所にあった。

杜《もり》氏の邸へ向かって、まずは一夜の宿を借りる。神領諸氏《じんりようしよし》の長、黒槙の邸だが、黒槙には会えなかった。すでに水ノ原に向かったのだという。

翌朝ふたたび出発するが、今度は真織たちも神官に化けることになった。

「そのほうが都合がいいだろうからね。うん、似合う似合う」

門前で待ち合わせて、万柚実は真織と千鹿斗の化けっぷりを褒《ほ》めたが、自分の姿どうこうよりも、真織の目は万柚実の姿に釘付《くぎづ》けになった。

万柚実は旅女に化けていた変装を解いて、神兵の恰好に戻っていた。真織と同じく男装だが、さすがはプロで、似合い方が凄まじいのだ。

真織たちが借りた神官の服は、遠出がしやすいように袴の裾《すそ》がしぼられていたが、神兵の袴はさらに動きやすい仕様で、膝丈の袴に脛巾《はばき》という脛当てを巻き、刀を提《さ》げている。しかも万柚実は、女性らしい色気と華をもつ人だ。艶やかな長い髪を頭のうしろできゅっと結う様も凜々しくて、華やかさと勇ましさが拮抗《きっこう》する、文字通りの

「男装の麗人《れいじん》」の姿になっていた。

「かっこいい……！」

「よく言われる」

万柚実は笑って、否定も謙遜《けんそん》もしなかった。

「では、いきましょうか」

水ノ原は、杜ノ国の南端に位置する。水ノ宮のお膝元、杜ノ国で一番大きな盆地、神ノ原を囲む山を南方面に越えた先にあった。

ふたたび山越えの道をいき、下り坂にさしかかると、緑のトンネルの先にきらきら光る水面《みなも》が見えはじめた。

万柚実が案内役をつとめて指をさした。

「あれが巳津池《みついけ》だよ」

「水ノ原にある湖ですか？」

「ああ、そうだよ。巳紗杜《みさと》はもうまもなくだ」

「巳紗杜は郷の名前？ 千紗杜みたいな？」

真織が尋ねると、そばを歩く千鹿斗が「そう」と答える。

「水ノ原には郷が六つあって、水都六郷《すいとろくごう》と呼ばれているよ」

「水都六郷——へえ。北ノ原の北部七郷《ほくぶしちごう》みたいですね」

平地へ向かって坂道をくだるにつれて、川をよく目にするようになった。

道は川沿いにつくられているので、川の水を追いかけて進むことになるのだが、べつの川と合流をくりかえして、そばを流れる川の幅はしだいにふくらんでいく。

水量も豊かで、川底が見えない深さだ。水をたたえた水面はたぷんとゆるやかに揺れ、太陽の光を浴びてきらきら輝いた。

水辺では植生も豊かだ。蒲《がま》が群れて、鮮緑《せんりょく》の細い葉で生き生きと天を衝《つ》いている。

「うらやましいなぁ」と千鹿斗がいった。

「水がこれだけ豊富なら、水路をつくってそこら中に水を引けそうだよなぁ。川はいい土を運んでくれるって話だし」

千鹿斗は、水路工事のリーダーをつとめている。千鹿斗が暮らす千紗杜では農地に水を送る水路が張り巡らされていて、水路をどう掘って、実りをどう増やしていくべきかと、かぎりのある水との付き合い方は、郷全体の命題だった。

万柚実は苦笑した。

「さあて、どっちがいいんだろうね。水ノ原じゃ大水《おおみず》も多いんだよ？　それに、川がいい土を運んでくれるのは、氾濫《はんらん》した後さ」

万柚実は「ほら、そこにもある」と、道の行く手に顔を向けた。

道の先に、川を背にした大きな石があった。石の面には字が彫ってある。

こうあった。『水神《すいじん》』――。

(氾濫しないでくださいって、水の神様に祈る場所なのかな)

大水は、洪水《こうずい》のことだ。

万柚実と弓弦刃は石の前で足をとめ、指先をあわせる。

両手の指先を合わせて親指で山形の印をつくるのが、杜ノ国の祈り方だ。玉響も同じように足をとめて祈りを捧げた。

低頭を解き、弓弦刃は川を眺めた。

「このように水の神を祀る場所も多いのですよ。水ノ原は、水神とうまく付きあわねば暮らせない場所なのです」

平地へくだるごとに、川幅はさらにひろくなる。

水上に浮かぶ船影もふえていき、櫂《かい》を操る船頭の仕事歌がのんびり響き、岸辺には船着き場も目につくようになった。

「湖はあの先だよ」

万柚実が指をさして教えてくれる。

道の彼方に、空がひろくなって景色ががらりと変わる境があった。地上にあるものが、広大な水上の世界へ切り替わる地点だ。

道も賑やかになっていく。集落を通ることもふえて、釣り道具や、野菜籠を背負った人とも頻繁《ひんぱん》にすれ違った。

湖岸に近づくと、道はさらに賑やかになる。市場が近づいていた。

東屋《あずまや》がずらりと並び、筵《むしろ》の上に品物を並べて商人が声をあげている。青瓜や甘瓜、山葵《わさび》を並べた八百屋《やおや》風に、海老《えび》や鱒《ます》、鮒《ふな》、蜆《しじみ》など、魚介を売る魚屋風。人の恰好もさまざまで、湖の方角から品物を運ぶ漁民に、背負子《しょいこ》をくくった山の民。

間違いなくここは陸と水上の道が交差する交易場で、服も道具も、言葉のイントネーションも、鼻歌のメロディーもばらばらで、珍しいものを面白がって、目も耳もきょろきょろ動いてしまう。

「すごい。水ノ宮の門前よりも賑やかじゃないですか？　いきましょうよ！」

先頭を歩く万柚実が市場の手前で足をとめてしまうので、真織はせっついたが、万柚実は振り返って苦笑する。

「悪いね。ここまでだ。市場にはいかないよ」

「ええー、どうして？」

万柚実は「こちらへ」と、市場にたどりつく前の辻で曲がり、喧騒から遠ざかる方向へと進んでいく。

浮足立つ真織とは裏腹に、万柚実の表情はかたくなっていた。周囲を警戒して、左右に目を光らせている。

「そこは、水ノ原で一番大きな市場だ。異国の人も、異国の品が欲しい人も大勢寄るんだよ。あまり人の目につきたくはないからね」

「目につい ちゃいけないって、ここは神領《じんりょう》じゃないのか?」

千鹿斗が尋ねる。真織もいった。

「わたしも、神領にいくものだと思っていました」

水ノ原には流氏と轟氏が治める神領地があるという話だったので、てっきりそこへ──警戒する必要がない場所に向かっていると思っていたが。

「水ノ原の湊《みなと》と市場は無主領《むしゅりょう》といってね、誰の領地でもないことになっているんだ。表向きにはね」

万柚実がいい、弓弦刃もうなずいた。

「無主領では、揉《も》め事もよく起きるのです。水ノ原の水神を祀る神領諸氏《じんりょうしょし》を主とする一派と、水ノ宮をつかさどる卜羽巳《うらはみ》氏を主とする一派がいて、些細《ささい》なことで喧嘩をはじめるのですよ。この市場は神領が近く、神領諸氏と繫がる者が多く訪れますが、そうではない者も出入りをするので──」

「神ノ原で睨みあってる同士が一緒にいる場所ってことか? 危ないじゃないか。なんで、おれたちをこんなところに連れてきたんですか？」

怪訝顔《けげんがお》をする千鹿斗に、弓弦刃は大きな背中をまるめてみせた。

「下流の橋がこの先にあるのです」

道は川に沿って、つかず離れずの場所に敷かれていた。

杜ノ国の川には堤防がほとんどなく、川は流れるままに流れ、雨が降るたびに流路が変わることもある。

堤防がすくないのと同じく、橋もすくなかった。

千紗杜で水路工事を手伝ってから真織も身に沁《し》みたが、道路をつくったり水路をつくったりする土木工事は、技術力のたまものだ。小さな橋ならともかく、大きな橋をつくろうとすれば、相当の技術と人手と材料が要る国家プロジェクトなのだ。

そばを流れる川は、いまや二十メートル以上に河原の幅がふくらんでいる。

河口に近づくごとに水かさも増した。浅瀬はともかく、深い場所は、橋がなければ泳いで渡るしかなさそうだ。

橋が近づくにつれて、道が混みあっていく。濡れずに対岸にいきたければ橋を渡るしかないので、人の列は吸い込まれるように橋の出入り口へと流れていた。

「神領地は橋を渡った先です」

橋桁《はしげた》が、ひっきりなしに踏まれてかたかた鳴っている。

橋を渡りはじめると、人々は端に寄って道を譲ろうとした。

真織たちが、神官一行に化けていたからだ。

祭祀で政治をおこなう杜ノ国では、神官は政治家でもある。身分も高かった。

橋の幅は道幅より狭く、端っこで水に落ちそうになりながら頭をさげる老人もいて、真織は懸命に知らんぷりをした。

正真正銘の神兵の万柚実たちや、もとの神王《くまみこ》の玉響と違って、道を空けられたりするのに慣れていないのである。ふつうの大学生だ。気を抜けば目が泳いでしまう。

千鹿斗が目ざとく見つけて、耳元で笑った。

「もっと堂々としていないと、偽者の神官だってばれちまうぞ？」

「わかってますよ――」

わかっているから、困っているのである。

見ないふり、偉そうなふり――と、胸を張った時だった。

橋の向こうから勢いよく駆けてくる男がいる。混みあっているのにしきりにうしろを振り返っていて、そこらじゅうで人にぶつかっている。真織はちょうど男の進行方向にいたので、思い切り体当たりをされることになった。

「いってえ、端を歩けよ……と、神官さまと、神兵さま――」

男は真織を罵倒《ばとう》したものの、「神兵だ」と息をのんで、大きく避けていった。

男の顔を見たのは一瞬だったが、思わず「あっ」と声が出る。

千鹿斗も「おい」と男が走りゆく先を振り返った。

とはいえ、腹が痛い。真織は立ちどまり、腹を押さえた。男にぶつかられたところがとんでもなく痛いのだ。物干し竿の先で力いっぱい突かれたような衝撃があった。

痛いのは不老不死になりきっていない証なので、真織にとっては悪いことではなかったが。痛いうちが花というか、痛みがあることが人らしさのバロメーターになっている。

「いたたた。よかった、いたたた」

痛がって喜ぶのもおかしな話だが、治癒が早いので、この痛みも、あっというまに消えていく諸行無常《しょぎょうむじょう》のものである。うたかたの痛みをじんわり味わって、腹に添えていた手を放した時だ。

弓弦刃が踵《きびす》を返し、男を追った。

「その者、待て。その武具をどこへ運ぶつもりだ」

(武具?)

大男の弓弦刃と比べると、逃げた男はかなりの細身をしていた。少年と呼ばれる年で、しかも――。

「真織、大丈夫?」と、玉響が寄り添ってきて腰をかがめる。

千鹿斗も「平気か？」と真織を覗《のぞ》きこんだが、千鹿斗の顔は青ざめていた。

「いまの、鷹乃だった」

北ノ原から神ノ原へ抜ける山道で出会った少年だった。十五歳くらいで、父親と一緒に牛をつれていて、北ノ原へ塩を運び、辰砂という鉱物を水ノ原へ持ち帰る仕事についているのだとか。

鷹乃は、大きな荷物をかかえていた。布で巻いて隠していたが、布がめくれて一部があらわになっていた。棒状の細いものが束になっていたが、真織の腹にぶつかったものも、おそらくそれだ。

鷹乃は逃げ、弓弦刃も勢いよく後を追っていく。

橋桁が乱暴に踏み鳴らされ、目の前で起きた逃走劇に通行人も足をとめ、目を見張っていた。

万柚実も「大丈夫かい？」と真織のそばに膝をつくが、深刻そうに弓弦刃が向かった先を振り返っている。

「なあ万柚実、武具って？」

尋ねた千鹿斗に、万柚実は短く答えた。

「刀だ。いまの男は刀を運んでいた」

「刀？」

「ああ。しかも、滴大社《しずくおおやしろ》に溜めてある刀だった」

「滴大社——」

「水ノ原の一之宮だ。真織、歩けるかい？」

万柚実は真織の様子をたしかめ、玉響の肩に手を置き、立たせた。

「ひとまず橋のたもとまで戻りましょう。無主領にて私がひとりでお守りするのは危険です。大武長《おおぶのかみ》も深追いはしないでしょうし——ちっ」

万柚実は真織と千鹿斗の腕をつかんで、おしやった。

「歩いてくれ。戻ろう。先にいけ。私の陰へ」

「どうしたんですか？」

万柚実の険しい目が見張るものを、真織も振り返ってみる。すると、早足で橋を渡ってくる男が三人いた。三人とも背が高く、万柚実たちが身にまとうのと同じく立ち回りがしやすい袴をまとい、刀をさげている。

「帯刀衛士《たいとうえじ》です。早く」

万柚実の声が凄味を帯びる。真織もぞっとした。

「帯刀衛士って、卜羽巳氏の私兵ですか？」

「ああ」

向こうもこちらに気づいたようで、駆け足に近かった歩みがゆっくりになった。

「玉響さまと真織は先に。千鹿斗は私と並んでおふたりを隠せ」

「わかった」

万柚実と千鹿斗が耳打ちをしあう。

相手の視界をふさぐ壁になりつつ、幅の狭い橋を抜けることに専念した。

「争うのか？」

「いや、無主領での小競り合いは禁忌《きんき》と心得ているはずだ。神兵と帯刀衛士《たいとうえじ》がいま騒ぎを起こせば、国を巻きこむ争いの火種になる。ただ——」

万柚実の目が、真織と玉響を向いた。

「水ノ原に玉響さまがいることを知られてしまえば、まずい」

千鹿斗は辟易《へきえき》といった。

「——知ってるよ」

橋を戻り切る前に、鷹乃を追いかけていた弓弦刃が怒濤《どとう》のごとく駆け戻ってくる。

状況を察したようで、川沿いの道を猛然と戻るなり、千鹿斗と立ち位置をかわった。

「千鹿斗、おふたりを連れて離れてくれるか」

「どこまで離れればいい？」

「目が届くところにいてくれ。すぐ追い払う」

肩をそびやかしてやってくる帯刀衛士という私兵には、荒くれ者の雰囲気があった。水ノ宮や卜羽巳邸で見かけた時の騎士的な印象はなく、直垂と袴には土埃《つちぼこり》がつき、生地の色がくすんでいる。

細い橋を抜けて岸側にたどりついたところで、弓弦刃と万柚実は足をとめ、立ちはだかる。

千鹿斗は真織と玉響をつれて、橋の出入り口に設けられた広場の隅に寄った。

真織と玉響は、千鹿斗の背後に庇《かば》われる形になった。

「なんの用だ？」

帯刀衛士らは弓弦刃たちの目の前までやってくると、喧嘩を買った。

「なんの用とは、妙なことをおっしゃる。あやしい者がいると、追いかけてきただけでございますよ」

「あやしい者？」

「あなたですよ。無主領とはいえ、安寧《あんねい》を乱すものを取り締まるのが我らの役目ですが、まさか神兵さまだったとはと、乱暴ぶりに驚いているところでございます」

帯刀衛士は弓弦刃に嫌味をいい、鷹乃の話をはじめた。

「さっきの男はどうなさいました？」

「さっきの男？」

「あなたが執拗《しつよう》に追いかけていた男です。俺たちは、民を脅《おびや》かそうとしたあなたを懲《こ》らしめようと追ってきたのですよ？　あの男は何者だったのですか？」

「さあ。見失った」

「体《てい》のいい言い方をなさる。もしや、殺しておしまいになったか？」

「殺すだと？　さっきの男には訊《き》きたいことがあっただけだ。なぜ俺が、理由もなく民を殺《あや》める必要があろうか」

「疑わしきは殺めよ、ではないのですか？　神兵さまなら、神々の祟りといえば済むでしょう？」

挑発を続ける帯刀衛士《たいとうえじ》に、弓弦刃の目つきが変わる。

温厚さは影をひそめて、弓弦刃の大きな肩に怒気が滲《にじ》みはじめた。

「神の御名《みな》を借りて人を殺めて回るのは、おまえたちだろう？　おまえたちこそ、さっきの男になぜこだわる？　あの男と関わりでもあるのか？」

弓弦刃たちは神領諸氏《じんりようしよし》に、帯刀衛士は卜羽巳氏に仕えている。

個人的な恨みがなくとも、過去や、仲間がらみの恨みをかかえて不満をもっている同士で、皮肉や責め文句が互いを傷つければ、あっというまに火がついて燃えひろがるのだろう。

橋を渡ろうとする人たちが近寄らないように避けていき、橋の付近はもともと人が集まる場所だが、大きな輪ができた。

ざわざわと噂声《うわさごえ》が立ち、弓弦刃も帯刀衛士も、人の目を気にしはじめた。

「さっきの男を追いたいなら、追え。山手《やまのて》に向かったところで見失った」

「われらがあの者に用がございましょうか？　神兵さまが、かよわき民をいじめているのを見つけて追っただけでございますよ？」

互いに睨みあいながら牽制し、ついに帯刀衛士が踵を返す。

「かよわき民を、あまりいじめないでくださいますよう」

帯刀衛士は捨て台詞《ぜりふ》を残して、人の輪をおしやって離れていく。三人連れだって橋から遠ざかっていくが、向かう先は川沿いの道——鷹乃が逃げた方角だった。

「いきましょう」

弓弦刃と万柚実が、帯刀衛士の行方を振り返りつつ真織たちのもとへ寄る。

万柚実が玉響の真横について背中をおし、歩いた。

「妙な連中です。大武長《おおぶのかみ》があの少年を追ったのを見たから私たちを追いかけた、だと？　言いがかりも甚《はなは》だしい。あのように野蛮にやってきて、無主領の安寧を乱しているのはあいつらではないか」

万柚実は眉を吊り上げて怒っていた。

弓弦刃も万柚実も示し合わせたように早足になったが、進んでいく方向は、帯刀衛士が去った道とも、橋を渡った先にあるという神領《じんりよう》とも別だった。渡りかけたはずの橋から遠ざかっていく。

「どこへいくんだ」

尋ねた千鹿斗に、弓弦刃がこたえた。

「いったん隠れる。さっきの連中が何か嗅《か》ぎつけたかもしれない」

「何かって？　隠れるってどこへ？　それより、さっきの子だよ」

千鹿斗は鷹乃を気にして、何度もうしろを振り返った。さっきは弓弦刃に追いかけられたが、いまは帯刀衛士《たいとうえじ》から追われる羽目になっている。

「なあ。あいつが何かやったのか？」

「話は後にしよう。後をつけてくる奴がいる」

真織たちが進む道の先には、水ノ原をかこむ山がなだらかな稜線《りようせん》をつくっている。道沿いの集落にさしかかっていたが、橋からも市場からも遠ざかり、人の姿はまばらだ。

万柚実はひそかな目配せで後方を振り返った。

「うしろに三人はいる。さっきの連中がまじっているかは知らないが、神領諸氏《じんりようしよし》の様子を窺《うかが》って無主領をたむろする奴らがそれだけいたということだ。目をつけられたんだろう。――大武長《おおぶのかみ》、どうします？　行き先が悟られそうですが」

「仕方ない。ご無事を守ることが第一だ。明るみになることを最小にするまで」

弓弦刃はおもむろにくちびるをひらき、「千鹿斗」と呼んだ。

「この道をもうすこしいったら横道がある。おまえは玉響さまと真織どのをつれて、その道をいってくれ。一本道だからひたすら進めばいい。俺と万柚実は、道の入り口で追手の相手をする」

「相手って、戦うってことか？」

「懲らしめる必要があるなら、する。道の果ては行き止まりになっていて、洞窟《どうくつ》がある。洞窟に逃げこんで隠れろ。俺も万柚実も追いついてこなかったら、そこで助けを待ってくれ」

「話が違うじゃないかよ」

千鹿斗がやれやれと息をする。弓弦刃は詫《わ》びた。

「すまない。おまえも無事でいてくれ。千紗杜の若長《わかおさ》を巻きこみたくない。玉響さまと真織どのを頼む」

早足で歩くうちに、集落も抜ける。人の気配がさらに減り、道の左側にこんもりと木々がしげるようになり、森がひろがった。椎《しい》や樫《かし》、栂《つが》に椿《つばき》。樵《きこり》の手が入っていない自然の森で、幹と幹の隙間に羊歯《しだ》や草花が繁茂《はんも》し、倒木は苔むしている。

木々の内側に、細い隙間がある。背の高い木々が途切れる空間——森の奥へと分け入る小道があった。

「あの道か？」

「そうだ。万柚実、うしろにさがれ」

先導役を負って先頭を歩いていた万柚実を列の最後尾に呼び寄せ、早足を続ける。

小道の入り口まであと十メートル、あと八メートル——目的の場所はぐんぐん近づいていくが、道を曲がり切る瞬間まで、弓弦刃は待たなかった。

「お逃げください。走れ！」

弓弦刃がみずから走りだし、最後尾から追い立てる。

小道へ逃げこめと、全力疾走がはじまった。

追手に気づかないふりをやめた途端に、つかず離れずの距離を保って追いかけていた男たちも、にわかに走りだす。追手は四人いた。帯刀衛士《たいとうえじ》の恰好をしている男も、釣り人の恰好をしている男もいた。

「振り返るな。走れ！」

万柚実も後方から追い立てる。小道の入り口にたどりつくなり万柚実と弓弦刃は足をとめ、刀を抜く。弓弦刃たちが戦闘態勢をとると、追手のほうも刀の柄に手をかけた。立ちどまって食いとめる弓弦刃たちの声がきこえたが、うしろを振り返る余裕はなかった。

「いくぞ真織、玉響！」

横道に入り、森の中を貫く一本道をひたすら走った。

森の道を走り切れ。洞窟に逃げこめ——。

追手に追いつかれないうちに森の道を走り切って、行き止まりにあるという洞窟の中へ。そこに身を隠して、ようやくゴールだ。

跳ねあがった土を袴で受けながら、三人で思い切り走った。

猛然と駆けるうちに、行く手にそびえる崖《がけ》が森の木々の隙間に顔を出す。

『道の果ては行き止まりになっていて、洞窟がある。洞窟に逃げこんで隠れろ』

弓弦刃の話の通りなら、洞窟の入り口が崖のどこかにあるはずだ。

崖を目印にして走るうちに、木々の奥に建物の屋根が現れた。

崖の手前に堅固な木の柵《さく》があり、砦《とりで》のような門があって、兵が守っている。

真織たちがやってくるのを見つけて、兵は槍《やり》を構えて睨みをきかせた。

「何者だ！」

「おいおい。きいてねえぞ」

千鹿斗が天を仰いだ時だ。うしろから大声をあげて万柚実が駆けてくる。

「その方たちを通せ！　神軍武長《しんぐんぶのかみ》、万柚実だ。大武長《おおぶのかみ》とともに密命の途中である。その方たちを御洞《みほら》へ！」

万柚実の後方には弓弦刃の姿も見えた。

追手を刀であしらいながら、自分も森の奥へと逃げこんでくる。

兵たちは怪訝顔をしたが、必死の形相《ぎょうそう》で駆けてくる真織たちと、そのうしろを怒濤の勢いで追う万柚実を見くらべ、しぶしぶ槍を引いた。

「御洞へ入れ、早く！」

万柚実の声に追い立てられて兵と兵の隙間をすり抜け、門の奥へ。

門をくぐると、目の前に崖がそびえたつ。門から先は一面に白砂利が敷き詰められていて、門と崖をつなぐ線の先に、鳥のくちばしの形にぽっかり口をあける穴があった。

「洞窟って、あれか」

「入れ。身を隠せ！」

後方から万柚実の声が叱咤《しった》する。

踏みつけた白砂利がこすれて大きく響く中、真織たちの足が御洞に辿《たど》り着くのを見届けて、万柚実は門前で刀を構え、追いかけてくる男たちを威嚇《いかく》した。

「この先は神聖なる滴《しずく》ノ御洞《みほら》。刃をしまえ。水神への冒瀆《ぼうとく》とみなして最大の罰をくだすぞ！」

万柚実たちがどうなったのかを見届けることはできなかった。

洞窟に足を踏み入れてすぐに日の光が遮断され、真っ暗になる。崖に口をあけた穴の奥には長い横穴があって、奥へと続いている。外の世界の音は遠ざかり、後方で威嚇を続けているはずの万柚実の声もきこえなくなった。

真織たちを先導しながら、千鹿斗がぼやいた。

「どこまで続いているんだろう。隠れろっていってたけど、このへんで待っていればいいのかな」

洞窟の中には冷気が満ちていて、初夏だが、冷蔵庫の内側めいた涼しさに身体が冷えていった。

水気の多い洞窟で、ぽつん、ぴちょん——そこかしこで水音が鳴っている。滴が垂れる水音にまじって、ふふふ、くすくすと笑い声がきこえるのに、真織は気づいた。

——いらっしゃい、客人《まれびと》さま。

——ぴちょん、ぴちょん、ぴちょん。ふふ。

(精霊の声だ)

「ううん、進もう」

闇の中で、玉響が千鹿斗の背中を押した。

「真織、精霊の声がきこえる?」

玉響の顔が、暗がりの中で真織を向く。真っ暗闇の中なので当然ながら顔は影のまだが、玉響の姿が光ったり崩れたりしていないことに、まず真織はほっとした。

「御洞」には、入ると肉体が崩れてしまう、人間が入れない場所もあるからだ。

「うん、きこえる。水ノ宮の御洞ほどじゃないけど、たくさん遊んでいるね」

「私も感じる」と、玉響はうなずいた。

「きっとここは聖域と呼ばれる場所だよ。万柚実たちが逃げこめというなら、つかさどるのは神領諸氏《じんりょうしょし》だ。いこう、奥のほうが賑やかだよ」

「あのさ、一応きいておくけど、賑やかってどういう意味かな？」

千鹿斗は気味悪そうにいったが、了承した。

「わかったよ。奥に進んでも問題ないんだな？」

「大丈夫です」

真織もいった。

精霊というのは、自然物に宿る小さな神様のことだ。八百万の御霊とも呼ばれて、神領や聖域、昔ながらの景観が残る場所にたくさん住んでいた。

日本に古くからある信仰では、自然のすべてのものに霊魂《れいこん》が宿るという。だから人は、いろんなものに感謝して祈るそうだ。

「精霊は怖がるものじゃないですよ。八馬紗杜《やまさと》の社にもたくさんいたし――」

真織は暗闇に耳を澄ました。精霊はふと通り過ぎていく風に似ていて、姿はぼんやりとしか見えないが、人懐っこくて、耳もとをすり抜けていくついでに笑いかけたり、囁《ささや》き声を残していったりと、人によくかまう。

——ととと、ててて。

——遊びましょう。ほうら、ぴちょん、ぴちょん。

鼻先につむじ風を起こしたり、目の前でスパークして目を眩《くら》ませたり、いたずらっ子めいて人をからかうこともあるが、驚かせる程度だ。

精霊よりも人のほうがずっと怖いと、真織は思った。

「いらっしゃいって、歓迎してくれてますよ。水音みたいな声で喋っています。歌っているみたいなんです。かわいい」

思わず、笑みがこぼれた。

この御洞で遊ぶ精霊は「ぴちょん、ぴちょん」と水音をまねた音を発するのが好きなようで、歌の合いの手のように繰り返していた。

「よくわからんが、きみらがそういうんなら——」

千鹿斗はぶるっと身震いをしたが、覚悟を決めたらしい。

精霊の声がきける真織と、声ははっきりきけずとも精霊の存在を感じることができる玉響はともかく、何もきこえず感じない千鹿斗にとっては、「神様がたくさんいますよ」といわれるのは不気味だろう。肝試しの会場に入ったようなものである。

ぴちょん、ぽとん——と、そこら中から水滴が落ちている。

滴が落ちる水音は洞窟の奥に進むとさらにふえて、時おりは洞窟を進む真織たちの頭上からも大きな滴が落ちた。

人の気配はなく静かだが、自然の音は賑やかだ。

ぴちょん、ぽとん、ぽちょん——と、音の高さも響きの間隔も異なる水音で、来た道も行き先も、全方位がつつまれている。

「気持ちがいいよ。力強いところだね」

玉響は洞窟の中に興味津々《しんしん》だった。水音まじりの足音が遅くなったり、「ん？」と耳を澄ます声をたびたびきいたりして、ついには足音が離れていく。何か見つけたようで、玉響は洞窟の壁側へ向かいはじめた。

「なんだろう、震えがあるね。この洞窟は生きているみたいだ」

「生きているって——おいおい」

千鹿斗の怯えた声とは裏腹に、玉響の声は爽やかに澄んだ。

足音がやみ、ひたり——と湿った石に手のひらをつける音が鈍く鳴った。

「生きているのは、水かな？」

「まっとうな人だとな、そういうのは不気味に思うものなんだが。生きている洞窟とか、水とか」

千鹿斗は愚痴をいったが、結局玉響は洞窟の壁に触れて動かなくなった。

「いこう」と声をかけても返事がかえらず、置いていくわけにもいかないので、みんなで立ちどまることになる。

「おい、そろそろ進もう」

千鹿斗がとうとう業《ごう》を煮やした時だ。

千鹿斗ははっと顎《あご》をあげ、警戒をはじめた。

「足音がする」

「えっ？」

水音の中に、じゃっ、じゃっと、濡れた岩を踏む足音がまじりはじめていた。

足音は、三人が足を踏み入れた方角とは真逆から響いている。洞窟の奥に当たる方角。洞窟の中には、真織たちが逃げこむ前からすでに誰かがいたのだ。

千鹿斗の腕が力強く真織を引いて、玉響がいる壁際に寄る。

「万柚実たちじゃない」

精霊たちも気づいたようで、愉快がって真織の耳もとでしきりに囁いていく。

——あら、客人《まれびと》さまだわ。どうするの？　ちちち。

やってくる人も、真織たちが潜んでいることに気づいた。

「誰かそこにいるな。何者だ」

男の声が呼びかけてくる。声の張りからすると、若い青年か。

出入り口の明かりが一切届かない洞窟の奥で、互いの姿はすべて闇に隠れているが、青年は真織たちがいるところをめがけて呼びかけた。

「精霊が騒いでいる。そこにいるだろう。名乗れ」

精霊の囁き声をきくことができる人なのか。

青年の話し方には、異様な落ち着きと不届き者への侮蔑《ぶべつ》があった。

当然だが、入ってはいけない場所なのだろう。神領諸氏《じんりょうしょし》の聖域なのだ。

玉響の顎がふと上を向く。洞窟を流れる冷えた風を浴びて、くちびるをひらいた。

「魂合《たまあ》う友垣《ともがき》なり、うむがしきこと」

暗がりに響いた玉響の声に、青年の声が気色《けしき》ばんだ。

「なんだと？　なんといった」

騒々しい足音も、うしろから勢いよく近づいてくる。水気を帯びた足音を響かせて早足でやってくる人がいて、女にしては猛々《たけだけ》しく声を張りあげた。

「いらっしゃいますか。お返事を！」

千鹿斗の耳が、声を追って闇を向く。

「万柚実だ」

青年の足音はとまっていたが、そのぶん切迫した気配が満ちていく。聖なる御洞に足を踏み入れた者に鉄槌《てっつい》をくだしたいが、万柚実の足音は青年にとって、賊に仲間が増えたことを意味する。青年は警戒して、近づくのをやめて間合いをとった。

玉響は自分を庇おうとする千鹿斗の腕をよけて、一歩前に踏みだした。

「万柚実、私たちはここだ」

玉響は迷いもみせずに「万柚実」と名を呼び、みずからも名乗った。

「あなたは誰だろうか。私の名は玉響という。流天の前の神王《くまみこ》をつとめていた。精霊が、あなたは友だと教えてくれたのだ」


「ここは暗すぎる」と、青年の案内で洞窟をさらに進むことになった。

やがて光の輪が見えてきて、まぶしさで目を眩ませながら外へ出る。

洞窟の外には白い砂利が一面に敷かれていた。逆方向に進んだはずなのに、洞窟の入り口に戻った錯覚がして目をしばたたかせたが、入ってきた時には森の中を駆けてきたはずだ。いまは目の前に社の屋根が見える。

「この洞窟は、入り口がたくさんあるのかな」

千鹿斗が周囲を見回している。どうやら、入ったところとはべつの場所から外に出たようだ。

青年は狩衣《かりぎぬ》をまとっていた。浅葱《あさぎ》色の地に白茶色の紋が織られていて、雅《みやび》やかな印象がある。

青年の顔立ちを見て、真織は気づいた。

(神領諸氏《じんりょうしょし》だ)

粗野過ぎず可憐過ぎず、中性的で、玉響によく似た顔をしている。年は二十代前半だろうか。真織のすこし年上という若さだが、佇《たたず》まいが落ちつき払っていた。

青年は玉響の真正面で足をとめ、深く頭をさげた。

「玉響さま。お目にかかれて光栄です。流《ながる》の氷薙《ひなぎ》ともうします」

「氷薙さま」と、一緒に洞窟から出てきた万柚実が青年のそばで白砂利に膝をつき、平伏した。

「神ノ原で黒槙さまにお仕えしております、神軍武長、万柚実ともうします。黒槙さまの命で、前《さき》の神王《くまみこ》の玉響さま、玉響さまの世話をなさっている真織さま、千紗杜の若長の千鹿斗どのを轟領へおつれしております。じつは途中で――」

万柚実は、洞窟に逃げこむことになったいきさつを知らせた。

刀をかかえて逃げた男を見つけたこと。その刀に見覚えがあったこと。帯刀衛士《たいとうえじ》がその男を追っていて、諍《いさか》いが起き、後を追われたこと。

「はっ。滴大社《しずくおおやしろ》の刀に見えました。神兵以外が運ぶものではございません」

「刀？」

氷薙は眉をひそめ、物憂《ものう》げにうつむいた。

「武庫《むこ》を調べさせよう」

やがて、後方から弓弦刃も追いついてくる。万柚実と同じく氷薙に平伏した弓弦刃も、事と次第を氷薙に伝えた。

「わかった」と、氷薙はうなずき、万柚実と弓弦刃を立たせた。

「義兄上《あにうえ》に知らせを送ろう。玉響さまは客殿へ。ご案内しましょう」

みずから先頭に立った氷薙について、境内を進むことになった。

洞窟は、大きな神社の奥に位置していた。

建物の様式は神社風だが、規模は宮殿と呼ぶべきで、洞窟のある崖を背にして、十を超える館が群がって建っている。建物が密集して屋根だらけになった光景は、水ノ宮の「水宮内《すいぐうない》」と似ていた。

(刀の話をしていたよね。あの刀が滴大社から持ち出された刀で、滴大社っていうところが水ノ原の一之宮なんだって)

なら、ここがその滴大社だろうか。

その神社では、そこら中から水音が響いていた。洞窟に一番近いところに建つ主殿は小さな川でかこまれていて、橋があちこちに架かっている。水辺には菖蒲《しょうぶ》が群れ、蓮《はす》が蕾《つぼみ》をつける池もあった。

洞窟から遠ざかって進むうちに　壁に白い幕を垂らした館のそばを通る。幕には、弧を六つ組み合わせた紋があった。氷薙がまとう衣の柄と同じ紋だ。

「水の紋、ですか？」

波紋に見えて、真織がつぶやくと、氷薙が振り返る。

氷薙は笑っていたが、玉響に似た顔で、ひやりと冷たい笑い方をした。

「流紋《ながるもん》というが、なぜそんなことが気になった？」

「えっと――」

話し方が突然とげとげしくなるので面食らうが、氷薙には気に留める様子もなく、真織の姿を頭の先から足の先までじろじろ見た。

「女のくせに、なぜ神官に化けている？　女の姿ではまずい理由があるのか？」

「それは、私が」と、万柚実が口をはさんだ。

「神領《じんりょう》にて私が用意したのです。玉響さま方、神官と娘が歩いていればよけいに目につくのではと――」

「おまえには訊《き》いておらん。おれがいいたいのは、女の恰好をするほうが、ただの女ではないと怪しまれるからではないのかと、そういうことだ。異国者の顔をしているな。千紗杜の顔ではあるまい？　どこの生まれなのだ？」

「あの――」

「氷薙さま、真織は――」

千鹿斗も助け船を出そうとするが、氷薙は「おれはこの女に訊いているのだ」と一蹴した。

「このように妙な奴が玉響さまの世話をしているだと？　玉響さまが穢されてしまうぞ？」

「氷薙、真織は私を穢したりなどしない」

玉響も悲しげに眉をひそめて訴える。

ようやく氷薙は口をとじ、とめていた足を浮かせた。

「義兄上にはおれから話しておく」

氷薙という人は、真織をかなり煙《けむ》たいものとして見ていた。

仕方がないか。と、あきらめはつくが、またこれか――とうなだれてしまう。

(黒槙さんや千紗杜の人も、はじめはそうだったもんね……)

よそ者というのは、すぐには受け入れてもらえないのだ。異端者や化け物を見るような目をされるのである。

真織はもともと、現代の東京で暮らしていた。

ごく普通の大学生で、異端者や化け物と扱われた経験も生まれてこのかた一度もなかったが、杜ノ国の人にとっての真織は、突然やってきた奇妙な人間でしかないのだ。

狩衣を借りて神官に化けていたが、顔立ちも髪型も、杜ノ国の人とはすこし違うので、異邦人が衣裳を借りているようにしか見えないはずだ。

背も、真織は杜ノ国の女性より高かった。同じ日本人とはいえ、現代人は体格も顔立ちも違っているのである。

(まあ、あやしいよね――)

いつものことなので、残念ながら慣れてもきたが。

そもそも、自分以外の誰かの考え方をむりやり改めることなんか、できないのだ。

(きっと、いつか。大丈夫、そのうちわかってもらえるよ)

「武庫に寄ろう」と、氷薙は一度道を逸《そ》れた。

訪れた館には扉を守る番兵がいて、氷薙がやってくると深く頭をさげる。

「開けよ」

氷薙の命令で扉があくと、中にはおびただしい数の武器があった。

壁中に棚がしつらえられて、二十振、三十振ともつかない刀が白い紐《ひも》で束にされ、ずらりと並んでいる。槍や弓矢、鎧《よろい》や脛当ても百、二百とあった。

「武器だらけだ」

千鹿斗が目を見張る。氷薙は、弓弦刃をつれて奥へ入った。

「賊が運んでいたという刀はこれか」

「はい。同じ形でした。盗人が入ったという話はございませんか？」

「滴大社《しずくおおやしろ》ではきかないな。べつの武庫かもしれん」

「よい、閉じよ」の命令で、また扉がしまる。

万柚実や弓弦刃が手にする刀を見たことはあっても、これだけ大量の武器を見たのははじめてで、圧倒されてしまう。

玉響もふしぎそうにしていて、氷薙が用を済ませて外に出てくると、尋ねた。

「なぜ、これほど多くの刀があるのだろうか」

氷薙は目を細めて、愛らしいものを撫《な》でるように玉響を見つめて、笑った。

「卜羽巳氏を倒し、神王《くまみこ》上位の世を取り戻すためでございますよ、玉響さま」

―水占《みずうら》―

案内された客殿というのは、来訪客のための宿泊施設らしい。滴大社《しずくおおやしろ》の中では外門に近い場所に建ち、一間だけの館だが、間仕切りになる御簾や衝立《ついたて》など、家具も贅《ぜい》沢《たく》に揃っていて、そのどれもに手が込んだ装飾がほどこされていた。

喉を潤してくださいと、冷たい水もふるまわれた。コーヒーや紅茶はもちろんない時代で、お茶も、杜ノ国《もりのくに》では薬として扱われている。井戸や泉から汲《く》んだばかりの冷えた水は、疲れた身体に染みわたるありがたい飲み物だった。

「ああ、おいしい」

ひとまず、人心地つくことができた。床にあぐらをかいて、千鹿斗《ちかと》が笑う。

「腰が驚いてるよ。そういや、朝に山を越えてからはじめて座ったかな？」

真織《まおり》も同じ感想だった。

「わたしも膝が変です。座るって、いいですねぇ」

すこしくつろいだ後で、千鹿斗が弓弦刃《ゆづるは》に問いかける。

「たしかめておきたいんだけど、ここは神領《じんりよう》なのか？　滴大社、だっけ？」

弓弦刃は「ああ」とうなずく。上座に席をとる玉響《たまゆら》、真織、千鹿斗に対して、弓弦刃と万柚実《まゆみ》は戸口の近くにあぐらをかいていた。

「ここは滴大社、水ノ原《みずはら》の一之宮だ。湖と洞窟の水神を祀り、流氏《ながる》が代々の社守《やしろのかみ》をつとめておられる」

「さっきの方もそうなのか？　氷薙《ひなぎ》さま、だっけ？」

「ああ、そうだ。氷薙さまは流氏の長の次男にあたる方で、黒槙《くろまき》さまの義弟だ」

「義弟？」

「氷薙さまは河鹿《かじか》さまの弟君なのだ。河鹿さまは黒槙さまの奥方だから――」

代々の神王《くまみこ》を輩出する一族、神領諸氏《じんりようしよし》では、当主となる男の妻はかならず一族の中から選ばれるという。血を薄めてはならないという、ロイヤルファミリーならではの掟があるそうだ。

神領諸氏は神王四家《くまみこよんけ》とも呼ばれて、杜氏《もり》、轟《とどろき》氏、流氏、地窪《ちくぼ》氏の四氏族からなるが、その中で結婚しあっているらしい。

「なんか、神領諸氏って関係が複雑そうだよな。全員が誰かの義弟、義妹にあたるってことだよな」

たしかに、と真織も思った。四つの一族がそこら中で繫がりあうので、家系図もとんでもなく複雑そうだ。

「それにしても、ここは水ノ宮《みずのみや》とはずいぶん趣が違うんだな。主殿のすぐそばに武器庫があるなんて」

真織もうなずいた。

「驚きました。なんていうのか、雄々《おお》しいですよね。もしかして、戦いの神様を祀っている、とか？」

「いいえ」と弓弦刃が苦笑した。

「湖の対岸に鍛冶《かじ》の里があるのですよ。そこでは湖の水神を刃の神として祀ってい て、滴大社《しずくおおやしろ》はこのあたりの水神を祀る総本宮ですから、刀を清めてほしいとやってくる異国の鍛冶の匠《たくみ》や武人が多いのですよ」

「ふうん。なら、さっきの刀もお祓《はら》い待ちなのか？」

「いえ——もとは奉納された武具を集めた場でしたが、いまは——」

しばらく経った後だ。客殿の外が騒がしくなる。

人が大勢やってきたようで、話し声や砂利を踏む音が乱雑にかさなった。

真織たちが案内された客殿には、ひろく造られた縁側がそなわっていた。御輿に乗り降りするためのデッキを兼ねた屋根付きのテラスのような場所で、かなり身分の高い客を滞在させることも想定されているらしい。

ひろびろとした縁側の高欄のきわまで出てみると、門から続く参道を早足でやってくる神官の列がある。先頭の男はほぼ駆けていて、縁側に姿を現した玉響を見つけると、笑顔を浮かべた。

「よくご無事で」

その男は名前を黒槙といった。神領諸氏《じんりようしよし》をまとめる杜氏の長で、年は三十六。若すぎない姿に見合う貫禄《かんろく》と、ただ者ではないと知らしめる勇ましい華があって、大勢の配下を従えたいまも、ひとりだけ特に目立っていた。

弓弦刃と万柚実が館から飛びだしていって、縁側の下で平伏する。たどりついた黒槙は、まずは部下を叱《しか》りつけた。

「どういうことだ、弓弦刃。帯刀衛士《たいとうえじ》に追い回されたときいたぞ！」

「はい、じつは――」

弓弦刃の頭がさらに深くさがる。

玉響は困り顔に笑みを浮かべて、縁側から話を振った。

「黒槙、流天《るてん》はどこにいるだろうか。会いにきたのだ」

黒槙は神兵を十人つれていた。弓弦刃と万柚実も加わって、十二人になる大所帯だ。

玉響は御輿にのせられることになり、四方に垂れた御簾で姿を隠す。

行列は橋を渡り、やがて、神領《じんりょう》の道へ。道の左右に四季折々の草木が目立つようになり、青い小花をつける紫陽花《あじさい》と、赤い実をつけた山椒《さんしょう》が、梅雨の季節を艶やかに彩った。

「もしかして、迎えにきてくださったのですか？」

並んで歩きながら千鹿斗が尋ねると、黒槙は「当たり前だ」と肩をいからせる。

「大仰《おおぎょう》にしてはならんと神兵ふたりに供をさせたが、危うい目にあわせるくらいなら目立ったほうがましだ」

御輿の中から玉響が声をかけた。

「黒槙、流天は元気にしているか。ぶじに母に会えたか？」

黒槙は眉をひそめ、浮かない顔をした。

「それが――。まずはお会いになってください」

道は、板垣で囲まれた豪華な邸へといきついた。

玉響も御輿からおりて連れだって歩くが、神《かみ》ノ原《はら》にある黒槙の邸と同じく、門をくぐった先には真っ白な砂利が敷かれた道があり、四季を告げる庭があった。池には、花蓴菜《はなじゅんさい》が愛らしい黄色の花をつけている。

庭の奥に、玉響を出迎えて深くお辞儀《じぎ》をする女性がいた。

「轟氏当主の妻、蛍《ほたる》ともうします」

「流天さまの母御《ははご》、河鹿の叔母《おば》にあたる方だ」と、黒槙も説明を加えた。

蛍は庭の奥に建つ館にまなざしを向け、案内役をつとめた。

「こちらです」

蛍は三十代くらいで、姪《めい》だという河鹿よりも十は年上に見えた。

河鹿と、どことなく顔立ちが似ているような、そうでもないような——。

蛍には、おっとりした雰囲気があった。

前に神ノ原で世話になった河鹿の顔を思い浮かべてみるが、河鹿は気丈で凛とした人で、近寄りがたい有能な美女の雰囲気があった。

顔そのものは似ていても、当たり前だが、べつの人間同士だ。

神領諸氏《じんりょうしょし》の人は男たちも顔が似ていたが、みんな、似ているようで違いもある。

黒槙は黙っていても周囲を威圧する野性味があったし、玉響は無垢《むく》で無邪気で天然で、素直さが顔に出ている。滴大社《しずくおおやしろ》で会った氷薙という人は、妙に冷えた目をして妖しく笑う人だった。

氷薙のことを思いだして、息をつく。

(あの人、わたしのことがそうとう嫌いなんだろうなぁ)

向こうもだろうが、あれだけ嫌味をいわれてしまえば、真織のほうも第一印象は最悪だ。

（やだなあ。夢に見そう）

ただでさえ、最近は妙な夢をよく見るというのに。

『夢は、遠いところにいる相手と出逢える場だから、誰かが真織に会いにきたのかもしれないよ』

夢遊病騒ぎを起こした晩の玉響の声を思いだして、ぎくりとする。

夢には出てこないでください――真織はじっと願った。

苦手な人と出くわす夢など、悪夢以外の何ものでもないうえに、玉響流の考え方では、氷薙がわざわざ真織に会いにくるという意味になる。呪詛《じゅそ》を疑うレベルだ。

館の入り口に辿り着き、蛍が声をかける。

「流天さま、玉響さまがいらっしゃいましたよ」

御座《ござ》には、ぼんやりあぐらをかく少年がいた。

流天は御年《おんとし》八歳。現代でいえば小学一年生か二年生くらいだ。玉響の後を継ぎ、今年の春に神王《くまみこ》として即位して、いまも華奢《きゃしゃ》な身体に緑の狩衣をまとっている。

緑は、神王のための色なのだそうだ。緑――つまり、森の色。狩りの女神《めがみ》を助けて、杜ノ国に森の形をした豊穣をもたらす、聖なる御子の証だ。

「玉響さま？」

ゆっくり振り向いた少年の顔は青白く、生気が感じられなかった。初夏の花々がいきいきと咲き乱れた彩り豊かな庭にかこまれた館にいれば、目をこらさないと見失ってしまいそうなほど柔弱だ。

先に御座にあがった蛍が流天のそばに膝をついて、細い背中を支える。

流天はゆるゆると玉響を向いてあぐらをかきなおし、きれいな所作《しょさ》で頭をさげた。

「八十九代神王、流天です。ごぶさたしております」

玉響も近づいて流天の正面にあぐらをかき、頭をさげた。

「八十八代神王、玉響です。私が神王だったころにきっと会ったのだね。すまないが、そのころのことはあまり覚えていないのだ」

「はい。神王になる前に内ノ院《うちいん》でご挨拶をしました。でも、本当に玉響さま？」

流天の視線がいぶかしげに上下する。

顔や身体をたしかめる流天の仕草に、玉響は微笑んだ。

「会った時は十二歳の姿だったよね。こんなに大きくなってしまったんだ」

「そうですか」

流天は力なくうつむいた。見る見るうちに目の縁に涙の粒がたまり、ぽろぽろ、ぽろぽろと頬のまるみをつたって落ちていく。

流天の背中を隣で支える蛍も、うっと嗚咽《おえつ》をこぼした。

「ずっと泣いておられるのです。まだ神王になれないと――」

「だって、母上。私はまだ一度も神王になれないんだもの。毎日女神さまに祈っているのに。この腕を見てください、玉響さま」

流天は緑色の袖をまくりあげ、玉響に手首が見えるようにさしだした。

色の白さがきわだつ華奢な腕には、細い傷痕《きずあと》がいくつもついていた。ナイフで切ったような痕で、三センチくらいの傷痕が手首から肘のあたりまで並んでいる。傷の数は十以上あった。ぱっと見ただけでは数えられない数だ。

まるで自殺の痕――リストカットの痕だ。

真織は玉響のうしろから覗《のぞ》いていたが、ぞっと胸が凍った。

「まだ治らないんです。神王と認められれば治るのに、まだ血が出るのです」

玉響は顔をひきつらせて、首を横に振った。

「その傷は……？　おまえは女神から証をもらっていないのだから、血が出るのは当たり前だよ。血が出るのはいいことなんだよ？　人なんだから……」

「でも、神宮守《じんぐうもり》が」

「じ、じ――」と声をうわずらせた。

流天が、うっと喉を詰まらせる。発作が起きたようにびくっと大きく震えて、

「出来損ないだって。眠るからいけないって。食べるからだめなんだって。もっと祈れって——まだですか女神さま、まだですか女神さま、まだですか——」

「流天さま。もう神宮守はいません。あなたを怖がらせる者はおりません」

流天の震えごと、蛍が小さな身体を抱きしめる。

力強く抱く蛍の腕は、隠しきれない憤りでぶるぶる震えていた。

玉響が呆然として動かなくなったので、真織はすこし膝を進め、名乗った。

「真織といいます。玉響と一緒に暮らしています。あの、どういうことですか。その傷はどうしたんですか？」

「真織さま。黒槙さまからうかがっております」と、蛍は真織にも丁寧に頭をさげた。

「流天さまが水ノ宮に昇殿した後、神宮守はたびたび神王としての成熟具合をはかっていたようなのですが、それがこのように、刃で傷をつけて血が出るかどうかだったようで……」

蛍は流天をいっそう抱きしめて、細腕についた傷痕を何度も手のひらでさすった。

「恐ろしい真似を——。怖かったでしょう、痛かったでしょう。おのれ神宮守！　水ノ宮に押し入って、あの男に同じ真似をしてやりたい——！」

う、う、う、と蛍の嗚咽が館にしみる。

「酷《ひど》い……」

真織も、言葉が出なくなった。

神宮守《じんぐうもり》は流天にわざわざけがをさせて、治るかどうかを――人離れした治癒の力が働くかどうかを調べていたということか。

(あんまりだ。酷すぎる)

幼い子の腕にむりやり傷をつけるなんて。

眠るとか、食べるとか、そういう話をするということは、睡眠や食事すら責められていたのだろうか。水ノ宮で流天は、眠らないように、食べないようにさせられていたのか。身体が悲鳴をあげなければ女神に祈りが届かないと、こんなに怯えるほど、恫喝《どうかつ》されていたのだろうか。

(傷をつけられたら痛いんだよ。怖いんだよ)

真織は治癒が早い特殊な身体になっていたが、悲しさや苦しさは、あっというまに癒える傷のようには癒えてくれなかった。

不老不死の命が与えられたとしても、心についた傷はそのままなのだ。人の世界との繋がりが途切れ、過去の記憶をすべて忘れ去る時まで――流天はいま、心のほうまで傷だらけだ。

玉響が、かすれた声を絞《しぼ》りだす。

「治癒の祈禱《きとう》をしてもいいだろうか」

玉響はくちびるを嚙《か》みしめ、繊細な飾りを扱うように流天の細腕に手を伸ばした。

傷痕に手を添え、まぶたを閉じる。

「もとの健《すこ》やかな身にたち帰らしめたまいて、守りに守り、恵み幸《さきわ》えしめたまえと、一向《ひたぶる》に乞祈《こいのみ》奉らくと白す」

祝詞《のりと》だろうか。長い呪文を熱心に唱え続けるうちに、玉響の額に脂汗が浮く。

——この子を癒して。

——私の代わりに、どうかこの子を。

玉響は、自分の身体に宿った治癒の力を流天に移そうとしていた。

でも、思い通りに都合よくは利いてくれない力だ。

風が吹くとか手が光るとか、奇跡が起きることもなかった。

「あついです。玉響さま」

いつのまにか、流天に触れる玉響の手に力が入っていた。

流天が苦しげにいうので、玉響は祝詞をあげるのをやめて手を放した。

「あ、ごめん」

不安げに見守っていた蛍が、流天の腕を覗きこむ。

「——傷痕が薄くなった気がいたします」

流天も、自分の腕の傷を見おろして「本当だ。傷が……」とつぶやいた。

傷痕はまだ生々しくそこにあったが、色が薄くなった——気がした。

でも、そう見えるのは、玉響が熱心に祈る姿に感化して、うまくいったと錯覚したがっているから——そう疑う程度だ。

「そうだといいね」と、玉響は寂しそうに笑った。

流天は赤いくちびるをきゅっと噛んで、傷痕から目を逸らした。

「玉響さまは、傷を治すこともできるのですか。治癒の祈禱なら私もしたのに、私がおこなった時には何も起きなかったのです。どうしてですか。どうして私は神王《くまみこ》になれないのでしょうか……」

流天の頰に、涙の粒がまたほろほろと落ちてゆく。

「ねえ玉響さま。黒槙にきいたのですが、女神さまは杜ノ国の外に出かけてしまったのですか？」

「それは——」

「女神さまはもう私の祈りを聞き届けることができないので、私のもとへ神の清杯《さやつき》たる証をさずけに訪れることはなく、神王になることもできないとききました。どうして女神さまは、私に証をさずけていってくれなかったのでしょうか？　たくさん稽古をしたのに、足りなかったのでしょうか」

流天に不老不死の命がわたるのを阻んだのは、玉響だった。女神から神の清杯たる証、不老不死の命をさずかって正真正銘の現人神になってしまった少年は、人の世界から切り離されてしまうから。

不老不死の命を得てしまえば、自分が人であることを忘れていき、親の顔も忘れ、すべての記憶をなくし、感情も薄れていく。もし神王の役を終えて生き延びられたとしても、帰る場所を失ってしまうから。

「あのね、流天――」

玉響の顔が、苦しそうに歪《ゆが》んだ。

流天は細い肩をまるめてうなだれ、さめざめ泣いた。

「私が出来損ないだからでしょうか。あまりに出来が悪かったから、私などに神王の大役は果たせぬと、女神さまが私に罰をくだしたのでしょうか」

「違うよ。そうではないんだ」

神王は、杜ノ国に豊穣をもたらすための生贄《いけにえ》でもある。

玉響が流天を人でいさせようとしたのは、流天に同じことをさせてはいけない、自分が最後でいいと、流天を守るためだった。

玉響は力強くいったが、流天に言葉が届く気配はなく、華奢な身体がまた震えはじめた。肩ががくがく揺れて目が虚《うつ》ろになり、瞳が宙を追う。

「はい……はい、きこえています。どうか私をお導きください。いう通りにしますから。稽古に励んで、もっとあなたの声をきけるようになりますから。お願いします。助けて――」

流天の口元が小さく動き、くちびるの内側でぼそぼそと喋りはじめる。幻の誰かと話しているつもりなのか、視線は空虚でさだまらず、うわ言のようにくりかえす。見ているだけで痛々しく、流天に集まる視線はこわばり、沈黙が凝り固まった。

「もうよいのです、流天さま。お心を安らかになさいませ」

蛍は流天の肩を抱いて、涙をにじませた目で玉響を睨んだ。

「どうかお引き取りを。ここで過ごすうちに、ようやく落ち着かれたところなのです。あなたの存在はいま、流天さまのお心を乱すのです」

黒槙は、真織たちをべつの邸に案内した。

「神領諸氏《じんりようしよし》が、神王となる御子《くまみこ》をつれて時おり過ごす別邸だ」

神王には、即位後に神ノ原から出てはいけないというルールがある。それで神領諸氏は、神王となる御子を連れて四季折々に別邸を訪れ、暮らしているそうだ。こういう別邸は杜ノ国の各地にあるそうだが、つまり、神王四家《くまみこよんけ》のための別荘だった。

板塀に囲まれた広い敷地の中に庭と池があり、宮殿を思わせる大きな寝殿を中心に、小さな館がいくつか建っている。流天が滞在している轟氏の邸や、神ノ原にある黒槙の邸とも似た造りだった。

「ここには、玉響さまが幼いころに何度もいらっしゃっていますよ。俺も何度かご一緒しました」

「――わからない。神王になる前のことはひとつも覚えていないのだ」

玉響が暗い顔で首を横に振ると、黒槙は苦笑した。

「きっと、身体の奥で覚えていますよ」

黒槙は、苦虫《にがむし》を嚙み潰したような顔をした。

「まあそもそも、即位した神王が神ノ原を出てはならぬという決まりは、わが一族のものではないがな。杜ノ国の民の願いを叶える御子ならば、神ノ原の外もとくと見て、杜ノ国を知り、八百万の神々にご挨拶をなさるべきだろうに」

「神領諸氏の決まりじゃないなら、誰がつくった決まりなんですか？」

千鹿斗が尋ねると、黒槙は「決まっておるだろう」と舌打ちした。

「卜羽巳《うらはみ》氏だ。あいつらは、自分たちが神と語らう許しを得た特別な血筋だといいはって、人の最上位と位置づけた。俺にいわせれば、神と語らう力があるどころか、託宣ひとつさずかる力のない、至極普通の一族だがな。だいいち玉響さまは、神ノ原を出た後も神威を保っておられたではないか」

「神王《くまみこ》を神ノ原から出そうとしないのは、卜羽巳氏が神王を都合よく扱いたいから、ですかね？」

「そうだろうさ。春ノ祭《はるまつり》のたびに神王は卜羽巳氏の邸に拉致《らち》されるが、卜羽巳氏の邸こそが、欲と偽りだらけの穢《けが》れの場ではないか。あの宴のたびに神王が穢され、神威が削がれておるわ」

黒槙はぴしゃりといい、玉響に向き直った。

「玉響さま、しばらく水ノ原に留まっていただけないでしょうか。流天さまが気がかりなのです」

「うん、それは」

玉響は暗い顔でうなずいた。玉響でなくても、さっきの流天を見れば、ここへ玉響が呼ばれた理由がわかるだろう。

黒槙はほっと息をついてみせた。

「ぜひ、どうか。母御はああいっていましたが、神王同士にしかわからぬこともあるでしょうし」

「うん――。私も、流天ともっと話したい。流天に伝えなくちゃ。現人神にならなくても、神々と話はできるから——ううん」

玉響は目を伏せ、いった。

「考えて、気づいたことがあるのだ。神々と本当に話すためには、人の身を保つべきなのだ。不死を得て現人神になっても、神王は神々の仲間になれなかった。相手に認めてもらうために大切なのは、似ていることよりも異なることなのだ。流天がちゃんと神王になれる方法は必ずあるんだ。私が探すと、約束もした」

「なんかまた、難しい話をはじめたな」

千鹿斗が、やれやれと肩をすくめてみせる。

「つまり、玉響は黒槙さまの元に残るっていうことで、いいんだな？」

「うん」と、玉響がうなずくのを待って、千鹿斗は黒槙に向き直る。目と目を合わせて、慎重にいった。

「黒槙さま。玉響を預けてもよろしいでしょうか。玉響を守っていただけますか」

「ああ、もちろん」

黒槙が力強くうなずく。千鹿斗は深く頭をさげ、真織のことも見やった。

「ありがとうございます。玉響をお願いします。真織も、玉響と一緒に残るってことで、いいのかな？」

もうしわけなさそうに話に入ってくる男がいたのは、その時だった。

「あの――」

庭先に弓弦刃が膝をついていて、広間で輪をつくる真織たちを見上げている。

「お話し中に失礼します。千鹿斗をすこし借りてもいいでしょうか」

「おれ？」

千鹿斗が目をまるくする。黒槙も不機嫌に庭に目を向けた。

「なぜ入ってきた。いまでなければならない事情があるのか」

「はっ」と弓弦刃は頭を垂れ、もうしあげた。

「いまそこに、滴大社《しずくおおやしろ》の刀を盗んだという男がまいりまして――」

「鷹乃《たかの》か！」

千鹿斗が立ちあがり、庭に駆け寄った。

弓弦刃は「はい」とうなずき、千鹿斗ではなく黒槙にこたえた。

「ややこしい事情があるようなのです。その男がいうには、滴大社の刀を盗めと、神軍の兵から唆《そそのか》されたというのです」

鷹乃というのは、水ノ原で暮らす少年だ。荷運びをして水ノ原と北ノ原《きたのはら》を行き来しているそうで、千鹿斗とは顔見知りだった。

水ノ原の橋の上で会った鷹乃は、滴大社の刀を大量にかかえていた。いったいどこから盗みだしたのだと、弓弦刃から追われ、社守の氷薙の耳にも入った。

弓弦刃は主の黒槙にも報告を済ませており、黒槙も「とんでもない奴がいるのだな」と憤慨していた。

騒ぎはじわじわ大きくなっているが、真相は謎のままだった。

「待て待て、神軍だと？　滴大社の刀をつかさどるのも神軍だぞ。どういうわけだ？　神軍の中に裏切り者がいるというのか？」

「いえ、話をきくと、その男がいう神軍の兵とは、帯刀衛士《たいとうえじ》ではないかと――」

「帯刀衛士？」

「はっ。じつは――」

弓弦刃は大きな背中をかがめて几帳面《きちようめん》に頭をさげたが、黒槙が「もうよい」と遮《さえぎ》る。

黒槙は眉間にしわを寄せてゆらりと立ちあがり、命じた。

「その男をここへ呼べ。俺がみずから問いただす」

弓弦刃が戻ってくるまで、時間は長くかからなかった。

「その男」は弓弦刃に連行されていたものの、我先にと早歩きで庭に入ってきた。しっかり顔が見える距離まで近づくなり、連れてこられた少年は勝気そうな上がり目をゆがめて大声を出した。

「千鹿斗ぉ！　やっぱり千鹿斗だ！」

鷹乃だった。よく日焼けをした十五歳くらいの少年で、庭先に足を踏み入れたばかりのところでふらついて、その場でくずおれて泣きじゃくりはじめた。

「無礼だ」と弓弦刃に力ずくで引きずられ、黒槙の正面で平伏させられることになったが、その後もえっえっと肩を震わせ、砂埃《すなぼこり》にまみれた頰に涙の筋をつけている。

「話をきいてくださると仰《おお》せだ。いま一度丁寧に話せ」

弓弦刃に命じられ、鷹乃は「はい」とかくかくうなずき、涙をぬぐった。

「俺は、滴大社《しずくおおやしろ》の刀を盗みました。これまでに八十八本を盗みだし、あと十二本、全部で百本いただくつもりでした……」

「百だと？」

黒槙が眉を吊りあげる。

「はい……」と鷹乃は庭の土を爪で搔《か》き、肩を震わせた。

「そうすれば、弟を神子《みこ》にしなくてよいといわれたのです。水ノ宮の女神さまは神子も刀も等しく受け取ってくださるから、どうしても弟を渡したくないなら、刀を用意せよと――」

「神子？」

（神子って、たしか――）

神子というのは、杜ノ国にある郷が十年に一度ずつ、水ノ宮へ差しだす子どもたちのことだ。水ノ宮に集められた子どもたちは少年神官となり、郷の窮状《きゅうじょう》を女神に伝える代弁者になるべく、修行をおこなう。

でもその修行というのは虐待《ぎゃくたい》まがいで、ひと月もすれば目が虚ろになるという。そのうえ最後には、儀式のたびにひとりずつ首を斬られて殺されるのだった。

千鹿斗はその目で儀式を見て、こう話していた。

『子どもは、殺されていた。縛《しば》られたままで御狩人《みかりびと》に首を刎《は》ねられた。魚の頭を落とすようで、ためらわれることもなかった。この目で見たが、惨《むご》かった』

千紗杜や北ノ原の人たちは、一度水ノ宮に逆らっているが、郷の子をそんな目に遭わせてたまるかと、神子を今後捧げなくてよいと認めさせるために、一揆《いっき》まがいの騒動を起こしていたのだった。

鷹乃は嗚咽をこらえつつ、ぽつぽつ話した。

「水ノ原から神子を貢《たてまつ》る今年の番は、巳紗杜《みさと》なんです。俺の弟が神子に選ばれ、御《み》輿《こし》が迎えにくることになりました。でも――」

鷹乃は怯えで泣き顔をゆがませ、黒槙を見上げた。

「神子になった子は殺されるっていう噂です。それに、神子が本当に女神さまに郷の窮状を伝える尊《とうと》い御子になるなら、みんなが神子になりたいって、役を奪い合うはずでしょう？　でも、俺も家族も悲しいし、自分の子が連れていかれずに済むと、周りの連中はほっとしています。それが俺、我慢ならなくて、湊で神兵を見かけた時に頼んだんです。ほかの物を渡すから、弟を連れていかないでくれって。それなら、刀がいいっていわれたんです」

「神子となることと引き換えに、刀を渡せと、その神兵がいったというのか？」

黒槙が額をおさえてうつむいた。

「ばかな。そんな神兵がいるものか。名はきいたか？」

「いいえ。でも、役府《やくふ》におられました。神子の御輿をかつぐ役に就いているそうで――」

「御輿？」

反芻した黒槙に、弓弦刃が説明を加える。

「神子となる子を水ノ宮へ連れていく際に使う御輿でしょう。神子に関わる役目は卜羽巳氏側が負っております。水ノ原にある役府の長も、卜羽巳氏に近い一族です」

ひっく、ひっくとしゃくりあげながら、鷹乃は弱々しく頭をさげた。

「俺は、滴大社《しずくおおやしろ》の倉に出入りしているんです。異国に渡す辰砂《しんしゃ》を届けるためです。その神兵に、その倉にある刀しか知らないと話したら、それがいいといわれて、弟の代わりに、刀を御輿で運んでやるっていったんです。おかしいとは思ったんです。神兵がどうして滴大社の刀を持ちだせというのか。今日は神兵に追いかけられるし、偽者の神兵に騙されたんじゃないかって、怖くなって。だから、ここにきました。ここは神王《くまみこ》さまがいらっしゃる邸なんでしょう？　神王さまのお供の神兵なら、きっと本当のことを教えてくれるんじゃないかと――」

ボロ布のようにうなだれる鷹乃のそばで、弓弦刃がまた言い添えた。

「神軍がふたつに分かれていることも、帯刀衛士《たいとうえじ》と神兵の違いも、民は知らないでしょう。神宮守《じんぐうもり》のもとに残った神兵もおりますし、一族それぞれの顔を知っている当人同士でなければ、見分けがつかないでしょう」

黒槙が侮蔑《ぶべつ》の息を吐く。

「どうあれ、卑劣だ。民を唆して、神軍の刀を盗ませたというのか？」

「滴大社は、鍛冶に関わる者と深く繋がっているところです。武具も多く集めており、帯刀衛士にとっては脅威でしょう。卜羽巳氏、水ノ宮にとっても、同じかと――」

「なおさら卑劣だ。許せるものか――」

黒槙は眉間をいらいらと指でおさえつけ、地べたでうずくまる鷹乃に声をかけた。

「おまえの弟が水ノ宮へ向かう日はいつだ？」

「夏至《げし》が過ぎてからです。御輿がくるのは、滴《しずく》ノ神事《しんじ》のつぎの日だと――」

「わかった。それまでに手を打つ。もう刀は盗まなくてよい」

黒槙はいい、顎に手をかけて思案した。

「もしまたその神兵と会うことがあれば、刀の数は揃ったといっておけ。その者が手柄欲しさに独断でやっているなら、おまえに刀を盗ませたなどという悪事は隠したいだろうし、そうでなくとも、御輿が里を出るまでは数をたしかめる暇などなかろう。すでに盗んだ分だけ刀をのせてやって、御輿が離れた隙に、弟も家族も連れてここへこい。かくまってやる」

「本当ですか……」

鷹乃の目に、またじんわり涙が溜まる。

黒槙はうなずき、目をぎらりと光らせた。

「おまえに刀を盗ませたのは穢れた神兵だ。御輿にのせた後で、その刀も取り返すように命じておく。ああそうだ、偽者ではない証に名乗っておこう。俺の名は黒槙だ。神領諸氏《じんりようしよし》の筆頭、杜氏の長をつとめる。神軍は俺の配下だ。俺に歯向かえる神兵などおらん。安堵《あんど》しろ」

鷹乃はふらついていたが、「千鹿斗に会えたおかげだ。ありがとう」と頭をさげた。

「昨日会った神官が千鹿斗に似ていた気がして、神王《くまみこ》さまの邸にこようと思いついたんだ。千鹿斗は命の恩人だよ」

泣き笑いをしながら鷹乃が帰っていき、館の中がしんと静かになる。

千鹿斗は、黒槙に深々と頭をさげた。

「鷹乃のこと、ありがとうございます」

「おまえの知り合いだから手を貸すわけではない。気にするな」

「そうでしょうが、お礼はいいたいですから」

千鹿斗はあぐらをかきなおして、しみじみいった。

「玉響と真織をぶじに送り届けたし、明日発とうと思っていたけど、鷹乃を見届けるまでは帰れなくなっちまったなぁ」

「そうやって、漣《さざなみ》を待たせてきちゃったんですね……」

真織もしんみりといった。

面倒見がいいところは千鹿斗の長所で、真織も玉響もさんざん世話になってきているわけだが、千鹿斗が誰かを助けるたびに漣は待たされているわけである。

「明日帰るつもりだっただと？　もうすぐ滴ノ神事がおこなわれる。帰るのは、それを見てからにしろ」

「黒槙さん、滴ノ神事ってなんですか？」

真織が尋ねると、黒槙は自慢げにこたえた。

「滴大社《しずくおおやしろ》がおこなう、もっとも大きな神事だ。神ノ原の春ノ祭のようなもので、水ノ原のほうぼうで祝いの行事がおこなわれて、湊も里も賑わう」

「へええ。楽しそうですね」

千鹿斗も「ふうん」と興味深そうにうなずいた。

黒槙は気をよくして、さらに誘った。

「ああ、御洞《みほら》の中の一番いいところから神事を見せてやろう。一年の穢れが祓《はら》えると、あの神事を心待ちにする者も多いのだぞ？　滴ノ神事を見て、さらに十日ほどいればよいのだ。神兵に添わせてゆっくり水ノ原を見て回らせるぞ？」

「いいえ黒槙さま。騒動に巻きこまれて帰れなくなったら困るので、なるべく早くここを出るつもりなんです。黒槙さまはいつも騒動の種になるじゃないですか」

千鹿斗は歯に衣《きぬ》を着せない言い方をしたが、黒槙は、ははははと豪快に笑う。

「おまえのそういうところが好きだぞ。そういわずに俺に仕えればよいのだ。引き立ててやるぞ？」

「おれが苦手なのはそういうところですよ、黒槙さま。おれは帰りたいんです」

千鹿斗は黒槙のお気に入りで、「俺の側仕えをしろ。うんと言うまで帰さんぞ」と監禁されたこともあった。

黒槙は権力者らしく欲望に素直というか、遠慮や気遣いが苦手で、意見を曲げないところもある。やっぱり手元に欲しいと、いつまた無理やり閉じこめられるかもわからないのだから、千鹿斗が警戒するのは当然だと、真織も思った。

「黒槇さん、千鹿斗は婚礼を控えているんですよ」

「婚礼？」

「はい、ひと月後に。相手の娘さんのほうは新妻になる行事がはじまっているんです。早く戻らなくちゃいけないんですよ」

「それはめでたいな。祝いを贈ろう」

千鹿斗は迷う顔を見せた末に断った。

「お気持ちだけで十分です」

「邪魔者扱いをするな。祝わせろ、いいな？」

黒槇は笑い飛ばしたが、千鹿斗はかえって面倒そうな顔をした。

「そういうところですよ、黒槇さま」

黒槇は聞く耳をもたず、あさっての方角を向いて笑っている。

「忠告する。婚礼はひと月後といわず、早くおこなえ」

「どうしてです？」

「杜ノ国が騒がしくなろう。ひと月後は、ちょうどまずいころではないかな」

「――戦をはじめるのですか」

「実りの季節の前に決着をつけねばならん。鷹乃とかいう者の話といい、卜羽巳氏のほうもやや焦っていると見える。神兵の数も、武具の数も質も、こちらのほうが上だからな」

「おれたちには関わりがありません。争うなら、神ノ原の中でやってください」

「どうあれ、関わることになろう？　水ノ宮は劣勢になれば、神ノ原の外に兵力や兵糧を求めるぞ。北ノ原も例外ではあるまい？」

「そうですが」

千鹿斗が渋面《じゅうめん》をしたところだ。

「黒槙さま」と、従者が広間に顔を出す。

「氷薙さまがお見えです」

「ああ。通せ」

黒槙はうなずき、べつの用もいいつけた。

「ここに人を寄越せ。玉響さまたちを客殿へご案内させろ」

「はっ」

従者が去りゆくと、黒槙は快活な笑顔を玉響へ向けた。

「お疲れでしょう。おくつろぎください。真織と千鹿斗も、よく休んでくれ」

「ありがとう」

「ありがとうございます」

三人のお辞儀が揃った。

黒槙は権力者らしく傲慢だが、実直で義理堅い紳士だ。客として招いたからには、真織たちを手厚くもてなす気でいるのだろう。

「水薙さまというと、さっきの滴大社《しずくおおやしろ》の方ですか？」

「ああ。占《うら》の話がしたいといわれていてな」

尋ねた千鹿斗に、黒槙は多少億劫《おっくう》そうな顔を見せた。

「水薙は神官の力がきわだっていて、能《よ》く神の声をきくのだ。水占《みずうら》を得意とするが、先日凶兆が出たそうで、戦が起きようとしている大事な時に何かの間違いではないかと、もう一度水に尋ねるように頼んでいてな」

「凶兆――怖いですね」

真織が反芻した時だ。

華やかに着飾った召使が縁側に現れて、膝をついて平伏した。

「黒槙さま。客人《まれびと》をお迎えにあがりました」

「ああ、頼む」

やってきた召使は、明るい気性の女だった。「では」と三人で代わる代わる挨拶をして、広間を抜けるなり、召使は気前よく邸内の案内をしてくれた。

「客殿はあちらにございます。湯浴《ゆあ》みはなさいますか？　あぁそうそう、庭の紫陽花《あじさい》がちょうど見ごろでございます。一番美しく見える場所がちょうどこの先、みなさまが通っていくところにございまして――この邸にお仕えする者の内で評判のひそかな名所なんでございますよ？　あとでしっかりご披露《ひろう》を――」

よく喋る人で、にこやかで、観光ガイドを思わせる人だった。

寝場所になる客殿は黒槙がいる主殿とはすこし離れた場所にあって、館と館をつなぐ屋根のついた渡り廊下、渡殿《わたどの》と廊《ろう》を通ることになったが、ちょうど門前からのびる道をやってくる男とすれ違うことになる。

浅葱色の狩衣をまとった、雅やかな青年。氷薙だった。

（水占の話をするといっていたし、黒槙さんのところへいくんだろうな）

渡殿と庭、距離はあったが、玉響の姿を見つけた氷薙は、その場で足をとめて渡殿に向かって会釈《えしやく》をした。

玉響への挨拶を済ませて姿勢が戻った時、氷薙が見つめた相手は、真織だった。

目が合った瞬間、真織は目を逸らした。よそ者の厄介者《やっかいもの》と扱われているのは真織もいやというほど知っていたが、不愉快を見せつけられるのはいい気がしないし、気づいていないふりや、なんでもないふりをするのも疲れてしまう。

目を逸らす前の一瞬に見た氷薙の目も、冷え切っていた。

まるで、禍《わざわい》の種《たね》を見るようだった。

◇◇

「鮎《あゆ》群れる豊穣の水、笑《わら》らかなる心安《うらやす》の水、淀みなき清浄の水。青き山々より流れいで、美《うま》し地《つち》を潤す水の神にお尋ねもうしあげる」

氷薙の手でそそがれた水が、白い器の内側に水鏡をつくる。

手元につくりあげた静かな水面へと氷薙は一礼し、まぶたをとじた。

黒槙のもとに参上した氷薙は、水を張った枚盤《ひらさら》を黒槙と自分のあいだに置き、水占をした。

人払いがされて静寂につつまれた広間で、ふたりで差し向かってあぐらをかく。

「返事《かえりごと》が届きました。どうぞ、義兄上《あにうえ》」

氷薙の目があき、うながされるので、黒槙は右の手を枚盤の中に差し入れる。手のひらを水に浸し、黒槙も目をとじて水の声に耳を澄ますと、脳裏に浮かぶ言葉があった。

「『終焉《しゅうえん》』――」

氷薙は微笑み、「ええ」といった。自分も指先を浸して水面をなぞり、濡れた指で鼻先とくちびるをそっと撫《な》で、うなずいた。

「何度やっても、こうなるのです。凶兆の理由を問い直すと、終焉とかえるのです」

湿った風が庭の葉を揺らす音をきき、しばらく考えたのちに、黒槙は尋ねた。

「なんの終焉なのだ」

「わかりません。尋ねようとすると、水は黙ります。しかし、あの娘がかかわるのは間違いありません」

「真織か？」

「ええ。あの娘のことを占っても、同じ言葉がかえるのです。『終焉』と」

ふうむと、黒槙は息をついた。

「水が教えようとしないなら、知らずともよいとの啓示ではないのか。大事なことであれば、是が非でもおまえに伝えようとするだろう？」

氷薙は枚盤《ひらさら》の中に手のひらを浸し、ゆらりと円を描いた。

器の中にやわらかな渦を起こし、目を瞑《つむ》る。

「禍の兆《きざ》しがあるのは事実です。滴ノ神事にて、明らかにしとうございます」

「それは、かまわんが――」

黒槙はうつむき、宥《なだ》めた。

「おまえは、あの娘のことを思い違いしているぞ。あの娘は気立てのいい普通の娘だよ。おまえがそこまでこだわるべき者では——」

「いいえ。あなたが疑おうとしないなら、なおさらおれは疑わねばなりません」

氷薙は眉を寄せ、黒槙をじっと見つめた。

「義兄上、おれは幼いころからあなたに憧れていました。河鹿があなたのもとに嫁ぎ、理想の兄を得られたことをひたぶるに喜んでいます。あなたは強く、賢く、人を思いのまま惹きつけますが、やさしく、時に魔性すら抱きこむところがございます」

「魔性？」

「ええ」と、氷薙は目を細めた。

「それだけが、心配なのです」

―継承《けいしょう》―

緑螂《ろくろう》はうなだれ、烏帽子《えぼし》ごとおのれの頭を鷲摑《わしづか》みにした。

痛みを感じるくらいがちょうどよかった。腹立たしさと痛みはよく合った。

先日、神領諸氏《じんりょうしょし》が神軍をつれて水ノ宮《みずのみや》に押し入り、あろうことか神王《くまみこ》を連れ去った。

ご丁寧に、内ノ院《うちのいん》には文が残されてあった。

『神王なきいま、水ノ宮は神の宮にあらず。人の宮なり。これより以後、神王を擁《よう》する神領を神の宮とする』

宣戦布告である。

神宮守《じんぐうもり》をつとめる卜羽巳《うらはみ》氏と、神王を輩出する神領諸氏は、かねてから不仲だ。

しかし、波風が立つことはなかった。水ノ宮の要職はほぼ卜羽巳氏で占められており、神領諸氏が物をもうせる場もなかった。黒槇《くろまき》という男が頭角を現しはじめてからは結束を強めているようだったが、せいぜい水ノ宮の外で不満を漏らすだけだ。

それがまさか、聖域に刃物をもって押し入り、神王を攫《さら》う暴挙に出るなど——。

不和が表沙汰《おもてざた》になり、水ノ宮にも溝が生まれた。神官も神兵も、どちらに与《くみ》するべきかと皮算用をはじめ、すでに水ノ宮を去った者もいる。

黒槙と神領諸氏は、神の御名を借りて、この世に混乱をもたらしたのだ。穢れそのもので、すぐさま処罰せねばならぬが、もっとべつのことも緑螂の頭を悩ませた。

緑螂の父であり、神宮守をつとめる蟇目《ひきめ》が、倒れた。

邸の奥にある黎明舎《れいめいしゃ》の跡地で、梁《はり》と屋根に潰されたのだ。救いだされてすぐに手当を受けたが、ひどいけがで熱がさがらず、いまだ目が覚めていない。

緑螂も大けがをしてしばらく臥《ふ》せっていたが、順調に回復し、水ノ宮へ出仕ができるほど身体が動くようになった、その矢先の出来事だった。

神領諸氏が水ノ宮を襲ったのは、その直後。

父の不幸を知っての襲撃に違いなかった。

緑螂の回復も、よく思っていなかったのだろう。見舞いの品はよこしていたが、形ばかりで、あまり元気になっては困ると、裏では呪詛していたかもしれない。

そして、蟇目が倒れ、緑螂が職務に復帰しきる前に水ノ宮を穢したのだ。

卑劣で、祭政に対する冒瀆である。

(おのれ)

神領諸氏《じんりようしよし》の横暴は目に余り、すぐにでも討伐してやりたいが、武力行使を躊躇《ためら》う理由も多々あった。

神領諸氏は神王《くまみこ》を輩出する一族で、血が途絶えれば、いずれ神王が誕生しなくなる。

そうなれば、誰が神事の祭主をつとめ、女神《めがみ》に陳情し、御種祭《みたねまつり》で命を捧げるのか。

武力で仕置きをしてよい相手なのか。そもそも杜ノ国《もりのくに》に争いを生んでよいのか？

争うとなれば、入念な準備が要る。人心の掌握に、武具に兵糧、さまざまを気にかけなくてはいけないが、誰が何に関わっているかをすべて把握できているか？　勝ち目はあるのか？

「父に相談できれば――」

緑螂は、いずれ神宮守《じんぐうもり》を継ぐべく幼いころから学び続けてきたが、父はまだ男盛りで、権勢を誇っていた。その男が急に床に臥し、水ノ宮に現れなくなるとは、誰も考えなかった。その隙に大事が起き、父に代わって判断をくだす時が訪れるなど――。

「緑螂さま」

庭を横切って、部下が御座をめざして駆けてくる。

大声に吉報の上ずりを感じて、緑螂は立ちあがって出迎えた。

一時でも早くと部下は勢いよく駆けこんで緑螂の足元で平伏し、涙目で見あげた。

「蓑目さまが目を覚まされました！」

「おお」

喜びと安堵で、緑螂も目元を濡らした。

「緑螂さまと話したいと仰せです。すぐさま本邸へ」

部下は立ちあがり、腕をかかげた。階《きざはし》で緑螂がよろけかけたので、身体を支えようとしたのだ。

「ああ、いこう。ありがとう」

部下の気遣いをねぎらい、下位の者にそうさせるほど気弱になった自分を恥じる。

緑螂は庭におりた。


神宮守、蓑目が暮らす卜羽巳氏の本邸は、緑螂が暮らす邸からやや離れた場所にある。蓑目が臥せる寝所へ向かうと、神官が結界をつくっていた。柱に張った清縄に紙垂《しで》が垂れ、風になびいている。

「みな、さがれ。緑螂と話をさせよ」

寝床から、蓑目の唸り声がきこえる。

緑螂は階を駆けあがって寝所へ入り、枕元で膝をついた。

「父上、よかった。心配したのです」

汗で張りついた髪の隙間から覗く蟇目の目は、血走って赤くなっていた。

「ああ、死ねるものか」

蟇目は、さしだした緑螂の手をぶるぶる震えるほどの力で握り返し、神官と召使を怒鳴りつけた。

「さっさと出ていけ。いいというまで、決してここに近寄るな」

蟇目は肌も赤らんでおり、はあ、はあ――と息を荒くしている。

緑螂の手を握り返す指も、驚くほど熱かった。熱がさがっていないのだ。

「父上、休んでください。お身体に障《さわ》ります」

ようやく回復の兆しが見えたところなのに、無理をさせてはならない。

「俺ならここでいつまでも待ちますから」

説得を試みるが、蟇目は聞く耳をもたなかった。

「そこに箱がある。開けろ」

蟇目の黒目が動いた方向に、細い木箱が置かれている。笛を納める箱くらいの大きさで、いたるところに焼き印が押されている。二本の鎌が刃を重ねて描かれる、双《ふた》つ鎌《がま》紋――卜羽巳氏の嫡流《ちゃくりゅう》のみに許される正統の紋で、並々ならぬ妖しい気配が立ち込めている。

それと似たものを、緑螂はよく知っていた。

「これは——黎明舎の戸と同じ仕組みでしょうか」

入れば死ぬ。出れば生き返るが、出られなければ死んだまま——緑螂にとって、黎明舎とはそういう場所だった。

卜羽巳氏の本邸の奥に建つ古い館で、一歩足を踏み入れれば人の世ではなくなる霊威の館で、死の世界を彷彿《ほうふつ》とさせた。

その館は一族が代々守り継ぐ禁秘に深く関わり、ゆえに、嗣子の選定にも大きく影響を与えた。黎明舎の闇にのまれずに立ち向かえる子どもだけが後継者として認められ、一子《いっし》相伝《そうでん》の口伝も、一族の財《たから》もすべてそのひとりに集められ、繁栄《はんえい》を託された。

緑螂はごくりと喉を鳴らし、箱を手にとった。

「卜羽巳の血をもって解除《はらえ》」

一族の祖が後継者と認めた者のみが開けられる特殊な仕掛けで、黎明舎の戸と同じく、緑螂の血に反応する。

触れる者を拒む妖しい気配が、従順になつく生き物の気配に変わり、蓋《ふた》の封が解ける。蓋を開けると、古い鎌がふたつ納められていた。

「それはな、蛇脅《へびおど》しの鎌という」

息子が箱の中に見入るのを満足そうに見て、蟇目は枕に頭をもたれさせた。

『杜《もり》ノ国神呪《くにしんじゅ》』と同じく一子相伝で、なんたるかを知るのは私だけだ。黎明舎にしまってあったのだ」

「では、父上が黎明舎にいかれたのは――」

蟇目がけがを負ったのは、崩れかけた黎明舎の中に無理やり入ったからだ。あのように危ないところへなぜ出かけたのかと、誰もがふしぎがっていたのだった。

「鎌の下に、布が二枚あるだろう？　神縛《かみしば》りの封《ふう》という穢れの札で、相手が神であろうとも力を奪うことができる呪いの札だ。ただし、使った者は祟《たた》られる。自分では使うな」

「使う？　しかし、父上」

「おまえに渡したぞ、よいな？　守り、子に伝えよ。つぎは『杜ノ国神呪』だ。四十九ノ条から後はまだおまえに教えておらん。八十三ノ条まであるから、残すところあと三十五条。あと二年かかると算していたが、そうもいかん。毎日ここにかよい、一日も早く覚えよ」

『杜ノ国神呪』とは、卜羽巳氏に伝わる禁外の古事《ふるごと》の一連だ。杜ノ国がたどった歴史や氏族の縁起、神事の由来、手法を伝え、知るべきではない者が知っては神呪が力を失ってしまうと、大切に守り継がれてきた。

一族が黎明舎を特別視したのも、『杜ノ国神咒』を守るためだった。『杜ノ国神咒』を語ってもよい唯一の場が、黎明舎だったのだ。

しかし、黎明舎は崩れ落ちた。水ノ宮が祀る女神が白い大蛇となって現れ、巻きついて壊したのだ。緑螂の大けがも、その大蛇に締められて負ったものだ。

なぜ、卜羽巳氏は女神を恐れ、命を懸けて祀るのか。

緑螂は理由に思い当たるようになったが、あまりいい理由ではなかった。

「よいか、緑螂。女神が絶無の祟りを起こそうとしておる。知恵の途絶は、命の途絶とは比べようがなく残酷だ。君子が何代にもわたって蓄えたものが無に帰するのだ。そうなる前に、是が非でも『杜ノ国神咒』を身に刻みこめ。この国を亡ぼすな。絶無を起こしてはならん」

「しかし」

父がいわんとすることは理解できた。

『杜ノ国神咒』とは、知恵の髄であり、証だ。

卜羽巳氏が、神宮守《じんぐうもり》を継ぐ一族たらしめる大切なものだった。

しかし、いま緑螂は『杜ノ国神咒』だけに執着するわけにはいかなかった。

「お耳に入ったでしょうか。水ノ宮が穢されました。神領諸氏《じんりょうしょし》が、俺と父上の不在を狙って押し入り、神王《くまみこ》を連れ去ったのでございます」

「無論、きいた。であれば、なおのことだ」

蟇目は枕から頭を浮かせて、ぎろりと睨んだ。

「おまえが『杜ノ国神咒《しんじゅ》』をつぎに遺《のこ》す支度ができなければ、わが一族はおまえの代で終わる。神領諸氏《じんりようしよし》が神領諸氏たるのは、連中が守る純粋な血ゆえだ。それと対になるものが、わが一族の知恵だ。『杜ノ国神咒』であるぞ！」

「おっしゃることはわかります。しかし」

口伝を暗記するのは容易なことではなかった。『杜ノ国神咒』は一子相伝の秘伝で、黎明舎の外で暗誦《あんしよう》の稽古をすることも許されない。黎明舎の中にいる短いあいだに、一言一句を誤ることなく身体に刻みこまなければいけなかった。

「せめて、父上のお言葉を紙に記させていただけないでしょうか。身に刻みこんだ後は焼いて捨てますから」

時間がないなら、せめて記録を残せないだろうか。

水ノ宮の騒動を落ち着かせることも、緑螂にとっては急務だった。

「『杜ノ国神咒』だけに時を費やすことは、いまはできないのです。神領諸氏の悪行に、水ノ宮の神官も巫女も不安がっております。一刻も早く手を打たなければ、動揺は民にもひろがりましょう」

蟇目は眉根を寄せ、身を起こした。

『杜ノ国神咒』を記すだと？　なんということを――」

蟇目は血走らせた目で緑螂を睨んだが、くちびるをわななかせて、「よい」とうなずいた。

「わかった、記せ。一言一句を遺せ。途絶えさせるな。知恵は命と同じで、一度でも途絶えれば、ふたたびよみがえらせることはできん」

「はっ」

胸を撫でおろす緑螂の前で、蟇目は横顔を向け、頬に涙を垂らした。

「私も『杜ノ国神咒』を黎明舎ではなく、ここで伝えようとしているのだ。末代まで遺すため、一族を守り、心願を果たすために、禁を破るのだ。仕方のないことだ」

神に祈るようにまぶたを閉じ、蟇目は緑螂に命じた。

「頼みがある。多々良《たたら》を呼べ」

「多々良――御狩人《みかりびと》の若長でしょうか」

「ああ。あいつに頼みたいことがある」

自邸に戻る前に、緑螂は黎明舎に寄った。

壁だったものは石の山になり、覆い屋の木材はずたずたに折れ、土からはすでに草が芽を出し、瓦礫《がれき》の底に根を伸ばそうとしている。

(恐ろしい大蛇だった)

まさにこの場所で、緑螂は大蛇に殺されかけたのだった。

あの夜に何があったのか、そのほかは思いだすことができなかった。

覚えているのは、黎明舎の異変に気づいて夜道を駆け、大蛇と対峙《たいじ》したことだけだ。

大蛇には、天女の姿がかさなって見えた。御種祭《みたねまつり》の日に斎庭《ゆにわ》へと天下る天女で、つまり、その大蛇は杜ノ国が祀る女神の化身だった。

その時に見た大蛇の両目を、緑螂はありありと覚えていた。人のひとりやふたりなどやすやす一飲みにする巨大な顔をつきつけて睨まれたが、緑螂がその大蛇の目に震えあがったのは、自分たったひとりを殺そうとする目ではなく、自分へと繋がる祖先や、今後生まれていく何百人、何千人をすべて殺そうとする目だったからだ。女神の化身は、卜羽巳氏を存在ごとこの世から根こそぎ消し去ろうとした。

あの目を思いだすと、脂汗がとまらなくなる。脈もどくどく早鐘《はやがね》を打つので、懸命に緑螂は深く息を吸って、吐いた。

自邸への帰り道に、緑螂は部下に話した。

「父上は、死を覚悟なさっているな」

部下は、名を蟻真《ありま》という。緑螂が幼いころから仕える男で、従兄弟同士でもあり、位に差はあるが、気心が知れた仲だった。

「私もそう感じました」

蟻真は感極まって涙ぐみ、声を詰まらせた。

「蓁目さまは、ご自分の命を縮めるのをものともされていません。そうまでして、あなたにすべて遺したいとお考えなのでしょう」

父のために泣いてくれる蟻真に、緑螂ももらい泣きをしつつ、肩を撫でてやる。

「ああ。俺も覚悟を決めなければ――」

卜羽巳氏の遠い祖は、水ノ宮の女神を脅し、非礼をしたのではないか。だから女神は怒り、卜羽巳氏に祟りを起こそうとしたのでは――。

父から預かった木箱にも重みを感じた。蛇脅しの鎌に、神縛りの封。呼び名からして、どちらもその罪――女神への非礼に関わる秘具だろう。

あるいは、「神縛り」の封とは、女神に非礼をした時に使われたものかもしれない。『杜ノ国神咒《しんじゅ》』に遺されたのも、その罪であり、罰から逃れるすべではないのか。

ならば、これは一族の宝などではなく、罪の証だ。

なぜ父は、そんなものを命を懸けてまで取りにいったのか。

（もはや呪いではないか）

罪をおかしたとはいえ、はるか昔だ。罰もすでに受けたではないか。

それでもなお守ろうとするのは、因習にとらわれているだけではないか？

決別すべきではないのか。そんなものを、俺は継いでいくのか――。

「いや」と、緑螂は小さく笑った。

「考えるまでもない。何を甘えているのだろうな？」

罪も含めて、わが一族だ。父が命がけで残そうとするものなら、必ずや一族が守るべき叡智《えいち》だ。そして自分は、守り継いでいく者として育てられた、たったひとりだ。

どうせ、一度は失いかけた命だ。決心もついた。

緑螂が邸に戻るのを、妻、灯梨《あかり》は待ちわびていた。

門をくぐって庭に足を踏み入れた時、すでに灯梨は庇《ひさし》の下に立って笑っていた。

「おかえりなさいませ。そろそろお戻りではないかと耳を澄ましていましたら、通りから緑螂さまの声がきこえた気がして――」

灯梨は、夫思いのやさしい女だ。緑螂が大けがを負った時には、身重の大きな腹をかかえながらも甲斐甲斐《かいがい》しく看病をしてくれた。男児を産んで母となってからも、夫を支えようとする愛くるしい笑顔は変わることがなかった。

緋色《ひいろ》の袿《うちぎ》をまとって稚児《ややこ》を抱いた灯梨は、ほんのり頰を染めて帰宅を喜んだ。

「よくお戻りになられました。さあ奥へ」

妻の笑顔がまぶしくて、緑螂も目を細めて笑った。

「ああ。霊火丸《おにまる》も、ただいま」

御子には、霊火丸と名づけた。いとけない命を狙う禍々《まがまが》しいものが寄ってこないように、幼名には不穏な名をつける風習があった。

小さな手足をばたつかせながら、霊火丸は「ああ、ああ」と可愛らしい声をあげる。

「霊火丸も父上に、おかえりなさいませと」

灯梨が、腕の中のわが子を見つめて微笑んでいる。いとしいものがいとしいものを抱く姿がたまらなくいとしくて、緑螂はほうと息を吐いた。

「まぶしいな――」

「はい？」

灯梨がぽかんと目をまるくして笑う。

緑螂は噴《ふ》きだして、妻の肩を抱いた。

「なんでもない。霊火丸が、明るい光に見えたのだ。隙をつくればのまれそうになる暗がりの中で、足もとも行く先も照らしてくれる、大切な光だ。おまえも、俺に力を与えるやさしい光だ」

いとしい妻と子を、なんとしても守らねばと思う。

霊火丸が歩きはじめ、武人の手習いをするようになって、やがて卜羽巳氏の長となる時まで、栄華を守り切らなければ――。

自分を継いでいく霊火丸を、この命を懸けて生かさねばならぬ。

なんとしてでも――と、魍魎《おに》の牙が生えていく。

翌日、水ノ宮に参宮した緑螂は、高位の神官を守頭館《もりかみのたち》に集めた。

蟇目が目を覚ましたこと、父の不在のあいだ自分が代理をつとめることを伝えた。

神領諸氏《じんりょうしょし》が水ノ宮に背を向け、四分五裂の危機にあるいま、人心をまとめ直さねばならなかった。

「皆に命じる。兵または武具防具、兵糧を献上せよ。支度ができる者には一律の昇進を約束する。神領諸氏が水ノ宮、神王《くまみこ》を穢した。神領諸氏は争いを企て、杜ノ国をさらに穢そうとしている。神王を取り戻し、神領諸氏に罰を与え、この穢れを祓い、杜ノ国を清浄に戻さねばならない。そうせねば、豊穣の風はもう吹くまい」

「緑螂さまが何かはじめなさった」と、噂はすぐに広まった。

もともと緑螂は評判のよい若者だった。年が近い若者からは自分たちの声を上へ届ける総代として慕われ、父親と繋がる年寄りからも目をかけられている。

「とうとう表舞台に出てこられた。いまこそお支えするのだ」

緑螂に報いよと、水ノ宮には活気も戻った。

守頭館で執務にはげむ緑螂を手伝いながら、蟻真が尋ねた。

「しかし、一律の昇進ですか。月料もふやすということですか？」

「そうなるな」

「用意できるのでしょうか」

「簡単だ。ほかを下げればいい」

「それは――」

「もしくは、従わない者から役目を奪い、その分を振り分ければよい」

「あなたに背く者を罰すると？　不満をいう者や、寝返る者が出ませんか」

「兆しがあれば獄屋《ひとや》に籠める。それとも、祟りでも起こすか。いずれにせよ、こちらに背いて神領諸氏のもとに逃げ、富が流れるのは防がねばならん」

文机《ふづくえ》に肘をついて淡々とこたえる緑螂に、蟻真は苦笑した。

「驚きました。蟇目さまが乗り移られたようです」

緑螂ははっと手をとめ、顔をあげた。

動揺をみせた主に、蟻真は「いいのですよ」と緑螂の手元で世話をした。

蟻真の手で、緑螂が読み終えた文書《もんじょ》が片づけられていく。

緑螂は首をかたむけ、格子窓《こうしまど》の向こう側をぼんやり眺めた。

「ふしぎなものだ。父を見ていた時は、強引なまねをなさる、俺はこうはしまいと思っていた。しかし俺には、父の後を追うほかのすべが思いつかないのだ」

「蟇目さまを支えてきた者たちは安堵しましょう。変わらないのは、大事なことです。一気に変えてしまうほうが反感をかいましょう」

緑螂は息をついた。蟻真の気遣いはありがたいが、自分が圧政を敷く暴君《ぼうくん》となろうが、慈《いつく》しみ深い仁君《じんくん》となろうが、蟻真は「それでいいのです」と寄り添ってくれる男だ。孤独でもある。

むげに信じるわけにはいかない。俺が決めねばならない——。

緑螂は額を押さえて、ひとり自問した。

「俺もわかっている。いまの俺は野蛮だった。ともに政をおこなう者を選ぶなら、やり遂げる能のあるなしで選ぶべきなのに、信を置けるかどうかが条件になるなど、下の下だ。しかしいま守り切らねば、のちに変えてゆくことすらできなくなる」

うなだれる緑螂のそばで、蟻真はてきぱきと書類の束をととのえた。

「その通りです。いまは大事の時。仕方がないではありませんか。おや？」

蟻真が耳を澄まして戸を開けにいく。

「誰かきたようです」

やってきたのは、濃い黒橡《くろつるばみ》染の衣をまとい、腕利きの鍛冶が鍛錬した大刀を佩《は》く男。名を多々良といい、御狩人《みかりびと》として代々水ノ宮につとめる一族の若長だった。大きな刀を操るにふさわしい逞《たくま》しい身体をしている。

蟻真に迎えられて館の中に入ると、多々良は平伏した。

「神宮守《じんぐうもり》より命じられた件につきまして、お知らせにあがりました」

「ああ。どうだった」

「北ノ原からは出られたようです」

「やはりな。まあ、俺でもそうする」

多々良に調べさせたのは、前の神王《くまみこ》、玉響《たまゆら》の行方《ゆくえ》だった。

流天《るてん》は黒槙によって連れ去られたが、杜ノ国にはべつの神王がもうひとりいた。

水ノ宮で神事の祭主をつとめられるのは神王だけだ。流天を失ったいま、せめてもうひとりの神王を水ノ宮へ呼び戻すべきだったが、そう考えることは黒槙も察しがついたのだろう。先手を打たれたのだ。

玉響は、退位してからは千紗杜《ちさと》という郷で暮らしていた。

黒槙が玉響を千紗杜から連れだしたなら、行き先は――。

「玉響さまは神領《じんりょう》におられるのか」

「おそらく。しかし神ノ原ではなく、水ノ原にある神領ではないかと――。それらしい方を見たという者が三人ほどおりました」

「水ノ原か。轟《とどろき》氏の神領《じんりょう》があるな。まてよ？　なら、流天さまも水ノ原におられるのか？」

多々良が目を伏せ「おそらく」と答える。緑螂は目をみひらいた。

「まさか――。なぜ黒槙さまは、流天さまを神ノ原から出したのだ！」

神王《くまみこ》とは、生き神として君臨する現人神である。

神と対話をする唯一の存在、神の清杯《さやつき》であり、その聖なる身を保つために、せねばならぬこと、してはならぬことが数々あった。そのひとつが、「神王は、神ノ原を出てはならぬ」。神ノ原という清浄の地に留まり続けることで、力を保つためだ。

神王が禁忌をおかすなど、とんでもないことだ。水ノ宮、ひいては国の力が失われてしまう。それは、神領諸氏《じんりょうしょし》も心得ているはずなのに――。

「流天さまを一刻も早く清浄の地へ戻さねば！　多々良、攫えるか？」

「――難しいでしょう。神兵に守られていますから、流血の覚悟をすべきです。赤穢《あかえ》、黒穢《くろえ》をそばで目になされば、流天さまは神ノ原を出る以上の穢れに触れることになり、神王としてのお力が弱まってしまうかもしれません」

「おのれ」

先手を打たれ、牽制《けんせい》され、水ノ宮への襲撃以来、黒槙にはやられっぱなしだ。

黒槙よりも早くつぎの手を考えねば、窮地に立たされ続けるだけだ。

「卑怯者《ひきようもの》め。ならば多々良、千紗杜へいって報復をしろ。郷守《さとのかみ》を捕らえよ」

玉響の身は、千紗杜の郷守に託されていた。しかし、千紗杜の郷守は水ノ宮から預けられた尊い御子を神領諸氏に渡したうえ、報《しら》せすらよこしていない。

千紗杜には、罰されるだけの罪があった。

「郷守を囮《おとり》にして、玉響さまを呼びだせ。千紗杜の者には恩がおありだろうから、交渉の余地もあろう――」

そこまで考えて、緑螂は首を横に振った。

「いや、兵力は割けない」

北ノ原は、水ノ原とは真逆の方角にある。

水ノ宮側と神領諸氏側の兵力をくらべれば、残念ながら神領諸氏のほうが優勢だった。神領諸氏は神軍の大半を従えており、襲撃を機に水ノ宮を離れた神兵も多かった。かぎられた兵力で、千紗杜を相手にすべきではなかった。

そのためにも、神王を取り戻さなければいけなかった。水ノ宮側が握る兵力はほとんどが徴集兵だ。徴集兵が戦うには、大義よりも、豊穣の風を失うことへの怯えが要る。神王の存在は、人心の掌握のために必要だった。

「そうだ」と緑螂は顔をあげた。

「御種祭《みたねまつり》で、玉響さまと同じ矢に貫かれた娘がいただろう。あの娘も千紗杜の預かりになっているはずだが、あの娘はいまどこにいる？　千紗杜から出たのか」

「お暮らしになっていた家に、人の気配はありませんでした。おそらくあの娘も、玉響さまと行動をともにしているのでは――」

緑螂の目にぎらりとした輝きが宿り、多々良を見つめた。

「なら訊《き》こう。その娘が水ノ原にいるなら、玉響さまほど堅固に守られているだろうか？　その娘なら、攫えるか？」

多々良の眉根が寄る。

躊躇の色を帯びた目を、緑螂はまなざしで貫き続けた。

「その娘と戦い、もはや人ではなかったと話したのは多々良、おまえだったな？　その娘が、玉響さまと同等の、神王《くまみこ》としての力をもっていると――」

緑螂が発する一言一言に、多々良はじっと耳を傾けている。

緑螂は蟻真に外に出るように命じて、多々良の膝先に細い木箱を置いた。

「双つ鎌」紋で蓋を封じた、父から託された箱だ。

中にある秘具の名は、蛇脅しの鎌と、神縛りの封といった。

「父から話をきいたな？　使った者は祟られる」

緑螂は、木箱の蓋に手を置いた。そして蓋を開けるべく、解呪した。

「卜羽巳の血をもって解除《はらえ》」

◇　◇

蒸し暑い日だった。

湖の対岸には梅雨《つゆ》の雲が重くひろがって、山の稜線を隠していた。

その日、真織《まおり》は万柚実《まゆみ》に案内されて市場に出かけた。

「活きのいい鮒だよ！」

「ここでしか買えない上物だよ！」

市場では、筵《むしろ》を敷いて陣取った商人たちが元気な声をあげている。

籠《かご》に山盛りになるのは大小さまざまの魚や貝に、青々とした菜っ葉や瓜に、蔓《つる》や藁《わら》製の編み籠や靴《くつ》といった雑貨類。フリーマーケットのような賑わいだ。

行き来する人の恰好も多彩で、袖《そで》から腕を抜いて上半身をあらわにした肌脱ぎ姿の船乗りに、背負子《しょいこ》に野菜をかついだ農民に、毛皮を腰に巻きつけて山の方角へ帰っていく狩人に、異国の出らしい行商人に、旅人相手に商売をしようと群がる子どもたち。

「水ノ宮の周りとは雰囲気が違いますね」

水ノ宮の門前から続くメインストリート、「大道《おおみち》」沿いも賑やかだったが、思いだしてみれば、大道沿いには神官や貴族に仕える召使の姿が多くて、ここくらべればおしとやかだった。

「いやあ、すごい」

目をまるくする千鹿斗《ちかと》に、ガイド役をつとめた万柚実がふっと笑った。

「ここの賑わいは杜ノ国一さ。氷薙《ひなぎ》さまが、異国相手にうまくやっていらっしゃるからね」

先頭を歩く万柚実はふたりがついてくるのを確かめつつ、自慢げに話した。

「滴大社《しずくおおやしろ》は武運長久の神事を多くおこなっていて、私たちも年に一度は訪れて禊《みそぎ》をおこなうが、異国の者もよくやってくるんだよ」

真織が尋ねた。

「湖の周りでは、みんな同じ神様を祀っているんでしたっけ？」

「ああ。国や郷によって御名や祀り方は違うが、湖の水神《すいじん》の総本宮は滴大社だ。ここで祓い清めた刀は切れ味がよくなると評判で、流紋札《ながるもんふだ》といって、守り札を欲しがる人も多いのさ」

「守り札？」

霊験《れいげん》あらたかなお守りみたいなものだろうか？

万柚実の話からすると、人気のお土産《みやげ》という印象だが。

「水神の加護を移した札さ。もとは神兵を穢れから守護する札だが、誰だって好きこのんで罰したり戦ったりするわけじゃないからね。心と刃を清めてくれる、ありがたい札さ」

「はあ」

うなずくものの、真織は腑《ふ》に落ちずに生返事をした。

「じゃあええと、万柚実たちは人を罰したり戦ったりしても、そのお札があるから許されるっていうこと？」

「ああ、心の拠《よ》り所だね」

「この前、わたしたちを追いかけた帯刀衛士《たいとうえじ》も同じ？　その守り札があったら、湖の神様に許してもらえるの？」

万柚実はむっと顔をしかめた。

「あいつらは違うさ。守り札は持つ者に応じて働くものだ。札にふさわしくないみっともない真似をすれば、札に宿る守護の力も消え失せるさ」

千鹿斗が気難しい顔になり、活気に満ちた露天市場へ目を向けた。

「なんだか、手放しですごい賑わいだと思えなくなっちまったなぁ。刀で人を殺しても許してくれる神様を餌《えさ》にして、異国の富を集めてるってことだよな？　神領諸氏《じんりょうしょし》もあくどいなぁ」

「なんだと」

万柚実がぎろりと睨む。千鹿斗は見つめ返した。

「人を傷つけて、守り札一枚で許されると思うほうがおかしくないか？　それくらい、一生覚えて胸に刻んでおけばいいんだ。傷を負ったほうは一生忘れないんだからさ」

「神威を穢す言葉は慎め。黒槙さまが許しても、私は許さんぞ」

千鹿斗と万柚実のあいだの空気が淀んでいくので、真織は口をはさんだ。

「あの、ふたりとも。やめましょうよ」

このまま話しても、平行線をたどるのが目に見えた。万柚実と千鹿斗の言い分は、神兵と、神兵を恐れて暮らしている庶民の意見だからだ。

ふたりは生まれや立場からして、そもそも違っていた。

「喧嘩《けんか》って、怒りながらしないほうがいいと思うんです。喧嘩をする理由が、意見が合わないことから、相手が気に食わないっていう理由に変わっちゃうじゃないですか？」

「わかった、やめるよ」

千鹿斗が両手をあげるふりをする。おどけた言い方で、千鹿斗は停戦も求めた。

「悪かったな、万柚実。相手が偉い奴だと、つい口が悪くなっちまう癖があるんだ。許してくれ」

真織の顔もちらりと見た。

「これでいいか？　そうだよな。真織はいつもそうやって、合わない相手だろうが気にかけてやるもんな」

「わたし？」

「真織はいつもよそ者扱いをされるだろ？　でも、理解されないのは当たり前だって、相手が慣れていくのをじっと待つだろう？」

「いえ。わたしがよそ者なのは本当のことなので」

なにしろ真織は、別の時代から転がりこんでいるのだ。千鹿斗と万柚実どころではなく、誰とも立場の違う人間だった。

真織がふたりのあいだでじっと黙りこむと、万柚実も息をついて、不機嫌な頬のこわばりを解いた。

「悪かった。真織にも気を遣《つか》わせた。――さて、邸に戻るか。湊《みなと》も案内したし。もうじき発つなら、玉響さまも千鹿斗と話がしたいだろう」

市場を覗きにきたのは、千鹿斗がもうすぐ千紗杜へ戻るからだった。

神官が視察をするふりをして市場をうろついていたが、帰り道に向かおうと歩く向きを変えると、人ごみの中から声をかけてくる少年がいる。

「千鹿斗！」

鷹乃《たかの》だった。日に焼けた顔には、満面の笑みがある。若さという勢いがあふれていて、市場の活気や奥にひろがる美しい湖すら、鷹乃の背景になった。

「お邸にいくところだったんだけど、見つけて追ってきたんだ。湊にいたんだな！」

「――端に寄ろう」

万柚実が周囲を警戒して移動をうながす。人波を避けて市場の端へいくまでのあいだにも、鷹乃は待ちきれないと千鹿斗に耳打ちをした。

「いよいよあさってだ。あの里ともおさらばだ！」

鷹乃の弟は、巳紗杜《みさと》から水ノ宮へ向かう神子《みこ》として旅立つことになっていた。

出発は夏至の翌日、つまりあさってで、専用の御輿が自宅まで迎えにくるという。家の出入り口には幕が張られ、神子が御輿に乗り降りする姿を隠すことになっているのだと、鷹乃は話した。

「しきたりらしいけど、それを利用するんだ」

鷹乃は懸命に声をひそめているが、鼻息は荒いままだ。

「もうすこし声を小さくしないか」

万柚実が呆れるが、鷹乃は「うんうん、わかった」といいつつ、握りこぶしに力をこめた。

「この前な、刀のことをもちかけた神兵が会いにきたんだ。幕で囲われているあいだに弟の代わりに刀を御輿に積んでやるって、偉そうにいってきた。御簾《みす》を下ろしちまったら、御輿にのっているのが刀か神子かなんか、外からはわからねえからな。御輿が出発したら、郷のみんなは御輿を追って里外れまで見送りにいくから、そのあいだに俺たちは弟をつれて家を出て、黒槙さまの邸へ向かう！」

早口になる鷹乃に、千鹿斗が口元に人さし指を当てて釘をさす。

「しーっ」

いくら賑やかな市場にいるとはいえ、誰かにきかれてしまえばまずい話だ。

「焦るなよ？　落ちついていればうまくいくから。御輿の到着はいつだ？　家まで迎えにいくよ」

「鷹乃の家は、この近く？」

真織も尋ねた。鷹乃が興奮するのは当然だった。家族の命運をかけた大作戦が決行間近なのだ。

「わたしもいきますよ。わたし、たぶんその子を背負って邸まで走れますから」

中途半端ではあるが、不死身で、疲れ知らずの身体になっている。やろうと思えば――と真織は怪力をアピールしてみたが、鷹乃は笑って取りあわなかった。

「お姉さんに背負わせるって？　どうってことねえさ」

「お姉さんに背負わせるって？　よせやい！　俺は滴大社《しずくおおやしろ》の刀を八十八本も盗んだ男だぜ？　どうってことねえさ」

鷹乃は「まかせとけ」と、ひひっと白い歯を見せた。

「でも、うまくいかなかったら、あの人たちからどんな目に遭うか――」

「千鹿斗もたいがいだけど、お姉さんもお人好しだなぁ」

鷹乃が肩をすくめてみせるので、真織ははにかんでいった。

「弟を守ろうとする鷹乃がかっこいいと思ったからだよ。わたし、家族がもう誰もいないから」

真織は母を亡くして、天涯孤独になっていた。

病院で母を看取った時も、医師から余命をきかされた時も、真織は精一杯諦めた。

諦めたくなかったけれど、諦めて、その上でできることを探すしかなかった。

「わたしにはね、何もできなかったの。鷹乃は、弟を守るために帯刀衛士《たいとうえじ》や黒槙さんのところにお願いにいったりして、とても強いよね」

鷹乃は照れくさそうに笑って、「弱ったなぁ」といった。

「俺、あんまり世話を焼かれるのに慣れてないんだよ。御輿が出るのは夕方の黄昏時《たそがれどき》だ。千鹿斗たちがきてくれるっていったら親もきっと安堵するよ。ありがとう。――ああ、あと」

鷹乃は神官に化けた真織と千鹿斗と、戦い手の恰好をする女の神兵、万柚実を惚《ほ》れ惚《ぼ》れと見つめて、熱っぽくいった。

「なあ神兵さま、どうやったら神兵になれるのかな。俺にもなれないかな？　あの方の邸にかくまってもらった後で、俺もあの方にお仕えできないかな？　黒槙さまは素晴らしい方だった。男らしくて頼もしくて——。神兵じゃなくてもいいから、召使にさせてもらえねえかな？」


半日観光を終えて気分よく邸に戻ると、「おかえり」と出迎えるものの、玉響はご機嫌斜めだった。玉響は客殿の縁側で弓弦刃《ゆづるは》とくつろいでいたが、弓弦刃を恨《うら》めしそうに見た。

「私もいきたかった」

玉響が留守番をする羽目になったのは、「いけません」と止められたからだ。

弓弦刃は床に手をついて平伏した。

「お許しください。無主領《むしゆりよう》はあなたをお連れするには危険です。水ノ宮もあなたを取り戻そうと動きはじめたでしょうし、万全の警戒が必要なのです」

一緒に戻ってきた万柚実も苦笑して詫びた。

「それにほら、玉響さまはお顔が、神領諸氏《じんりようしよし》とわかってしまいますので」

神領諸氏は、血が濃ければ濃いほど顔が似ている。

玉響と流天も、黒槙も、一族の面影を帯びてよく似ていた。

「似ているようで、全然違うんですけどね」

温厚な性格の玉響は素直さが顔に出ているし、黒槙には勇ましい華があって、ひと目見れば顔を忘れられないインパクトがあった。流天も、いまは玉響と似ていたけれど、きっと性格が顔にあらわれて違いも出てくるはずだ。

「真織も目立つじゃないか。男の恰好をする娘があまりいないことは私も覚えたぞ？」

ここぞとばかりに玉響は知見を披露するが、万柚実は笑って流した。

「真織は背が高いから、男装もなかなかさまになっていますよ」

「まあまあ。それだけ玉響が大事にされてるってことじゃないか」

千鹿斗からも宥められると、玉響はふいっと横顔を向けてくちびるをとがらせた。

「責めているわけではない。千鹿斗がうらやましいだけだ」

「はいはい。で、玉響は今日なにをしていたんだ？」

玉響は大まじめにこたえた。

「人の幸せについて考えていた」

尋ねたのは自分のくせに、千鹿斗は苦笑いをした。

「——かたいな。さすが、というか」

「なあ千鹿斗。千鹿斗の幸せはなんだ？」

「いきなり、なんだよ」

「水ノ宮の女神は人が喜ぶ姿を見るのが好きだった。神王《くまみこ》が神事をおこなうのも、女神と一緒に人を喜ばせるためだ。つまり、神王のつとめとは、人を幸せにすることだったのだ」

玉響はうつむいて、顎《あご》に指をかけた。

またはじまった——と、真織は天を仰いだ。

一度夢中になるとてこでもやめようとしない、いつものあれである。

たぶん彼の頭の中では、こうで、こうで、こうだから——と、疑問と計算が溢《あふ》れかえって、脳みそが真っ赤になっている。

「千紗杜の人は腹がいっぱいになった時によく喜んでいたから、幸せというのは、食べ物があることかと思っていたのだ。でも、黒槙は食べ物があるだけでは喜ばないだろう？」

「まあ、お偉いさんは、食い物に困ることはないだろうからなぁ」

「黒槙が喜ぶのは、思い通りに何かが進んだ時だ。黒槙は仲間を守るのが好きだから、黒槙にとっての幸せは、仲間を守るために物事を動かすことかもしれない。それで、気づいたのだ。幸せは人それぞれで違うのだ」

弓弦刃は、もといた場所を真織たちに譲るために戸口までさがっていたが、玉響の様子を見守って微笑んでいる。背が高く、いかにも武者というガタイの人なので、ふふっと笑うと異様なかわいさがにじんだ。

「玉響さまは朝からずっとこの調子なんです。なぜ神王《くまみこ》は水ノ宮で神事をおこなうのかとお考えだそうで――」

「朝から――ぶれないなあ。おれの幸せねえ。いまは、千紗杜に帰ることかな?」

「帰る? 千鹿斗は家に帰ることが幸せか?」

「家にというか、漣《さざなみ》のところにかな。早く帰って安心させてやりたいよ。あいつが笑う顔を見たいよ。みんなから説教されずとも、おれだってそうしたいよ」

千鹿斗が投げやりに笑う。真織は「ごめんなさい」と謝っておいた。

「玉響、千鹿斗はわたしたちのために一緒にいてくれてるんだよ。自分の幸せを我慢させているの」

「幸せを、我慢――」

「いやいや。やらなきゃいけなかったらやるし、必要なければやらないんだって。おれは真織と玉響をちゃんと黒槙さまに託したかったんだよ。それも幸せのひとつじゃないの？　幸せなんて、大きいのも小さいのもたくさんあるもんだよ」

「幸せは人ごとに違ううえに、いくつもあるのか」

玉響は途方もない難題にぶつかったような顔をした。

幸せとは何か、という問いが、そもそも難題だが。

「幸せ幸せって、こんなに口に出したのは生まれてはじめてだよ。そんなことを一日中考えてるなんて、神王の頭はおれたちとは違うんだなぁ」

千鹿斗が「口が痒《かゆ》くなった」とくちびるのそばを掻く。

真織も同感だった。

「本当に、ねえ」

さすがはもとの神王で、神様として人を救うために生きてきた人だ。神様というのはもしかしたら、難しいことをずっと考えている存在なのかもしれない。

「じゃあ、玉響にとっての幸せは？」

真織が尋ねると、玉響は気難しい顔に戻った。

「千紗杜の家で真織と暮らすこと──そう思っていたんだけど、水ノ原に留まることにしたいまも、かわらず幸せだ。だから悩みはじめたのだ。幸せとはなんだ？　なら、真織の幸せは？」

「きかれると思ったけど。急にいわれてもなぁ」

「真織に幸せはないのか？」

「そうじゃないよ。考えたことがなかったから」

幸せか――。そう考えて、ふっと頭に浮かんだのは、母の顔だった。

母が亡くなったばかりのあの時は、たぶん幸せではなかった。父が亡くなった時はまだ母がいて、残ったもののありがたさを嚙《か》みしめていたけれど、それすら奪われてしまった時は、苦しかった。

いまは玉響がいて、千鹿斗もいて、いろんな人と過ごす日々が楽しい。

いまの暮らしはたぶん幸せだ。でも、幸せの分類をしたり、インデックスをつけたりした経験もなかった。

「幸せは、悲しくないこと、かな」

玉響の眉間《みけん》にしわが寄った。

「――ひろい」

― 滴《しずく》ノ神事《しんじ》 ―

巳紗杜《みさと》の役府《やくふ》に寄った多々良《たたら》は、玉響《たまゆら》らしき青年を見たという帯刀衛士《たいとうえじ》を呼び寄せた。

男がまとう直垂と袴は土埃で色がくすんでおり、水ノ宮《みずのみや》に仕える帯刀衛士とは毛色が異なる。水ノ宮と地方を行き来していると話したその帯刀衛士には、妙に荒くれた印象があった。

「神領諸氏《じんりょうしょし》のご子息に見えましたが——その、御狩人《みかりびと》さまがわざわざおいでになるほどの方だったのですか？」

水ノ宮の御狩人は、神官としては唯一神軍に属し、精鋭と知られている。神に逆らった者が食らう刃と恐れられる武具、骨刃刀《こつはとう》をふるい、神兵や帯刀衛士からも一目置かれる存在だった。

その帯刀衛士も多々良の骨刃刀が気になるようで、しきりに目線を低くしている。

「いえ、その——余計なことを尋ねてもうしわけございません。神官の恰好をしており、ほかにふたりいて、神兵に守られていました。妙な一行だったのですよ。神官のうちのひとりは娘でした。男の恰好をしていましたが、俺の目はごまかせやしません」

(まちがいない、玉響さまだ)

多々良はひそかに息をついた。神領諸氏《じんりようしよし》の顔をした青年と一緒にいたのは、千紗杜《ちさと》で世話をしていた娘だろう。名を真織《まおり》といった。

「その方々はどこに滞在している?」

「滴大社《しずくおおやしろ》が関わっているのはまちがいありません。御洞《みほら》に逃げこみましたから。かくまわれているとすれば滴大社の客殿か、神領の轟《とどろき》邸か、神領諸氏の別邸か——」

「その中のどこだ?」

「そこまでは——」

「妙な一行とわかったうえで、たしかめていないのか?」

二言三言話せば、相手の頭の回り具合や信を置ける相手かどうかくらいは、見抜けるものだった。

地方住まいの帯刀衛士《たいとうえじ》には、水ノ宮の名を負って力を誇示する者が時たまいるが、その男も水ノ宮の権威をかりるばかりの怠《なま》け者のようだ。

多々良は舌打ちをした。信頼できない者と手を組まねばならぬのは、神《かみ》ノ原《はら》の外で役目にあたる時の問題のひとつだ。日頃の怠けが積みあがれば、怠けを怠けと気づくこともできなくなるが、そのような者から手を借りれば、思いもよらぬところから足をすくわれかねない。

(よりによって、この大事な時に)

官舎から、早足で駆けつける男がいる。役府の長をつとめる男で、派手に明るく染めた狩衣をまとっていた。

「これは多々良さま。役府守《やくふのかみ》をつとめております。こちらは――」

役府守は、多々良とともに水ノ原を訪れた若い御狩人《みかりびと》にも会釈をした。

「鹿矢《ろくや》ともうします」

「そうですか、鹿矢さま。お見知りおきを」

役府守はうなずき、頭をさげなおした。

鹿矢は多々良と同じく、代々御狩人をつとめる一族の若者で、御狩人の証となる黒装束を身に着け、骨刃刀を佩いている。

多々良はほかにも部下をつれていた。従者の恰好をしていたが、身のこなしや目つきは、鍛錬を欠かさぬ武人の一族であることを隠そうとしなかった。

役府守は、目を泳がせた。

「御狩人がこのように大勢で――何か起きたのでしょうか?」

「そう思ってくれていい。密命だ」

多々良ははぐらかして答えて、役府守に命じた。

「二日後、巳紗杜から神子《みこ》を運ぶはずだな？」

「ええ、滴《しずく》大社《おおやしろ》の大祭の翌日に。御輿もあちらに用意してございます」

素朴な木造りの御輿が、役府の東屋《あずまや》に据えられていた。

神子は、水ノ原の祈りを女神《めがみ》のもとへ届けにいく聖なる存在で、その神子を送り届けるためだけに用意された御輿があり、水ノ宮と水ノ原《みずはら》を年に一度行き来した。

神王《くまみこ》や要人のための御輿ほど豪奢《ごうしゃ》ではないが、軒先はしめ縄で飾られ、柱の内側に神聖な結界をつくっている。

「じつは、神子をお連れする日を遅らせてほしいのだ」

「しかし、支度はすでに進んでおり――」

「遅らせろ。その御輿に用があるのだ」

「御輿に、ですか？」

役府守は視線をめぐらせたが、端で小さくなっていた帯刀衛士《たいとうえじ》に目配せを送った。

「それはそうと、われわれも水ノ宮へ知らせを送ろうと思っていたのです。ご存知でしょうか、滴大社は武具をしこたま集めているのですが、武器庫に忍びこんで盗みを働いた男がおりまして――」

「盗み？」

「ええ。刀を百本も盗みだした悪党だそうです。まもなく捕らえるつもりで、刀も水ノ宮へお届けにあがろうと――。滴大社の刀は一流品と有名です。武具、兵の献上のお達しが神宮守《じんぐうもり》の名で出ておりましたので、お力になれればと――」

にこやかに笑う役府守を、多々良は睨んだ。

「盗まれた刀を清浄の宮に持ちこむだと？　正気か？」

「いえ、その――」

「俺は神官だ。穢れた刀に用はない。盗人には相応の罰をくだせ。刀を百本も盗んだなら死罪だろう？　しかも、滴大社からだと？　神への畏怖《いふ》もない不届き者だ」

「はい、あの……」

「その者の名はなんというのだ。住まいは？」

「いえ――」

しどろもどろになる役府守に、多々良は眉をひそめて詰め寄った。

「捕縛のめどが立っているなら調べているのだろう？　どこの誰だ？」

「いや、その――」

「なぜ言わん？　うしろ暗いことでもあるのか？　それともわからんのか？」

隣で黙っていた鹿矢も、業を煮やして口をはさんだ。

「あまり多々良さまを困らせるな。なぜそう咎人《とがびと》を庇《かば》うのだ？　即座に罰せよとはいっていないぞ？　そうだな、たとえば――」

鹿矢は慎重に多々良を見あげて、折衷案《せっちゅうあん》をいった。

「われわれにとっては穢れた刀だが、帯刀衛士《たいとうえじ》長にとってはありがたい助力となって、おまえをねぎらい、その咎人の恩赦《おんしゃ》を願いでるかもしれないよ。百本も盗みだせる男なら、滴《しずく》大社《おおやしろ》の武器庫にも詳しいだろう？　その者から話をききたがるかもしれないね。水ノ宮に戻った後でうまくお伝えして、取りなすことも、多々良さまならお出来になるのだよ？　ねえ、多々良さま？」

――多々良さま、冷静に。まずは、この者たちの話をききましょうよ。

――我々には、何があっても成し遂げねばならぬ密命があるではありませんか。

そうっと微笑んでくる鹿矢の目に、多々良は黙るしかなかった。

◇　◇

夏至の日。漆黒の空が白んでいき、一年のうちでもっとも昼間が長い日の朝がきた。

「いきましょうか、玉響さま。滴《しずく》ノ神事《しんじ》にご案内します」

何度か行き来もして目になじみはじめた巳紗杜の道を、滴大社へ。

道沿いの辻《つじ》にはしめ縄が張られ、すれ違う人も褌《ふんどし》姿で徒党を組んでいたり、花飾りをかかえて笑い合っていたり、現代でいえばお正月とお神輿《みこし》をかつぐお祭りが合わさったようで、街には清らかさと喧騒がまじりあって、重要なイベントの日らしく装いをかえていた。

湖は空を映して青みを帯び、朝の風が吹き渡っている。

滴大社での神事は、奥の聖域、御洞でおこなわれるそうだ。

「御洞って、おれたちが逃げこんだあの洞窟ですか？」

尋ねた千鹿斗《ちかと》に、黒槙《くろまき》が答える。

「ああ。御洞の奥でしたたり落ちる水滴を数えて、吉凶を占うのだ。こう考えられている。御洞で滴となって落ちてくる水は、水ノ宮の裏にある御供山《みそなえやま》から、地中を旅して辿り着くそうだ。つまり、御洞にしたたる滴は、大地から溢れる血。水滴が落ちる速さは大地の脈の速さであり、神の息吹《いぶき》——と、こういうわけだ」

黒槙が、神ノ原のある北の方角を振り返る。水ノ原との境となる山の尾根が、梅雨空のもとでうっすら煙っていた。

「御供山って、あのまるい山か。あの洞窟の水が、あんな遠くから流れてくるもんなんですか？」

御供山はきれいなお椀《わん》の形をしていて、山々に囲まれた神ノ原でもひときわ目を引く山だ。水ノ宮は、その山の麓《ふもと》に建っている。

「巨人の神様が住んでいるんでしたっけ。禁足地《きんそくち》で、おれたちには縁のない山ですが」

「ああ。昼は人の刻《とき》、夜は神の刻。頂に祭壇があって、水ノ宮の神官も時おり登って神事をおこなうが、昼間だけだ。夜になると神の目がひらき、足を踏み入れた人は山神に罰されて帰れなくなるからな」

「そうなんだ。怖いなあ」

千鹿斗が棒読みで言い、ちらりと目を向けてくるので、真織は作り笑いを浮かべた。

じつはその禁足地に、真織は千鹿斗と登ったことがあった。

「夜明け前に禁足地に入りましたが、人を襲う神様なんていませんでしたよ」なんて、そんな話を黒槙にできるわけがなかったが。

滴大社《しずくおおやしろ》に着いて客殿で待っていると、水薙《ひなぎ》がやってきた。狩衣の浅葱《あさぎ》色が前よりも濃く、青空を映した水面《みなも》を思わせる。正装だろうか。

「まいりましょう。ご案内します」

氷薙は、妙に冷えた目で妖しく笑う人だ。黒槙と玉響に対する時は恭《うやうや》しくかしずいたが、真織を向く時の目は、刃の先で突くように冷たくなる。

（この人、苦手だなぁ）

自分を嫌っている人と一緒にいるのは、息苦しいものだ。

黒槙は、氷薙のことをこう話していた。

『氷薙は神官の力がきわだっていて、能く神の声をきくのだ』

（妖しいと感じるのは、いかにも神官っていう人だからかな）

黒槙は祭祀をおこなう人というよりは、政治家だ。これまで真織が出会ったほかの神官も、御狩人《みかりびと》という現代でいえば特殊部隊のような人や、御調人《みつきびと》という財務省の要人のような人たちで、じつは玉響くらいしか、祭祀をおこなう神官を知らなかった。

氷薙は玉響と同じく、神官らしい神官だ。

（だから、妖しいって感じるのかな）

玉響とは違うミステリアスさが苦しいのだろうか？

「この先は、清浄の川に守られた祭祀の場です。清めを」

滴大社の深部は、水ノ宮の「水宮内《すいぐうない》」と似ている。橋が架かっていて、川を境にしてエリアが仕切られ、橋の向こう側が神聖な場と見なされた。

ふたたび歩きはじめ、黒槙が尋ねた。

「神事はどうだ。滞りないか」

「一の場《いちば》は済みました。いまは次官《すけ》が水の聞き手をつとめています。まもなく二《に》の場が終わり、三人聞き手の場に移ります」

黒楨と氷薙の会話に耳を澄ましつつ、玉響が口をはさんだ。

「滴ノ神事というのは、神官が交代してつとめるのか？」

「ええ。長くかかる神事ですから。夜明けとともにはじまり、日没まで続くのです」

玉響はふしぎそうにしている。

「朝から夜までだろう？　そんなに長いか？」

「夏至の日ですから。神事は一の場から四《よん》の場まで、四場に分けて進めます」

一年で一番昼間の時間が長くなる夏至の日なら、昼間は十四時間以上はあるだろうか。神事も十四時間は続くということだ。

タフな玉響なら、一日二日くらい祈り続けてもへっちゃらだろうが、普通の神官はそうでもないのかもしれない。

「水の聞き手ってなんだろう？」

千鹿斗が話しかけた相手は真織だったが、声を聞きつけた氷薙が振り返った。

「水占《みずうら》をおこなう者をそう呼ぶのだよ」

氷薙が足もとに視線を落とす。宮を囲んで神域をつくる清浄の川があり、絶えず流れ、ほとほと、さらさらと水音を響かせていた。

「水は正直だ。障害《さわり》があれば淀み、力を得れば激しく押し流す。流れるさまが、真を明かすのだ」

「それはそうと、例の刀について、何かわかったか？」

黒槙が尋ねた。

「ええ、倉を調べました。盗まれた数も合っていました。仕組んだのは帯刀衛士《たいとうえじ》――卜羽巳《うらはみ》氏の側とか。浅ましさに吐き気がします」

氷薙は冷たく笑い、言い放った。

「いまの水ノ宮は、杜《もり》ノ国《くに》の穢れそのものです。神々は義兄上にこういっていることでしょう。早く祓え、と」

「もちろんだ。豊穣の風が吹くまで待っていただけで、支度も覚悟もとうに済ませたわ。とっとと卜羽巳氏を追放して、あの風の恵みに代わる治水工事をはじめねば、杜ノ国の全土に実りがいきわたらん」

「杜ノ国の全土？　水ノ宮の周りの民も救ってやるおつもりですか？」

黒槙は、氷薙を奇妙なものを見るように見つめた。

「もちろんだ。あの風の恵みと女神の加護を天秤にかけ、女神の加護を選んだのは、この俺だ」

「卜羽巳氏の領民も救ってやるのですか？」

「豊穣の風は、これから十年おきに吹かなくなるかもしれないのだぞ？　誰ひとり飢えさせないと誓った」

「義兄上は本当におやさしい。水ノ宮に飼い慣らされた民など放っておいて、無策の貧しさを覚えさせればよいのですよ」

「すがりついてくるのを待っていればよいのに」と、氷薙はくすくす笑った。

神事の場、御洞は主殿の奥にあった。

山と呼ぶには背の低い岩の丘が巨大な毛虫のように横たわっていて、御洞はその内側にある。滴大社《しずくおおやしろ》の社殿は、洞窟の出入り口を守る門のように建ち、御洞へ至る細い道には紫陽花を添えた御幣《ごへい》が飾られ、神聖な道に青と純白の彩りを添えていた。

神官の姿は多いが、静かだ。動きの多さとは不釣り合いな静寂のせいで、黄泉《よみ》の世界のお祭りに迷いこんだ気分にもなる。

「こちらへ」

氷薙はみずから御洞の入り口へと案内した。

白砂利が敷かれた広場には布張りの腰掛が並び、半分以上はすでに人で埋まっている。黒槙がやってくると、席につく男たちが会釈をするが、烏帽子の下に白髪が見える老神官など、佇《たたず》まいに貫禄のある人ばかりだった。

（貴族ばかり、なのかな）

また場違いなところにきてしまったなぁと、真織はひそかに嘆いた。

腰掛で待つ貴族たちを見やって、氷薙は玉響に詫びた。

「三《さん》の場では、滴大社の神官以外の昇殿も許しているのです。あなたをほかの者と等しくご案内する非礼をお許しください」

「気にしないでくれ。私はもう退位した」

貴族たちは玉響に気づくと、深く頭をさげた。もとの神王《くまみこ》だと知る者はいないだろうが、顔を見れば、神領諸氏《じんりょうしょし》だとひと目でわかるのだ。

玉響の素性をそれとなく察せるということは、真織と千鹿斗が誰なのかは、貴族たちにはさっぱりわからないわけである。

品よく伏せた目から「あの者らは誰だ？」と訝《いぶか》しがる無言の声がきこえてきそうで、真織は、貴族と並んで腰掛を使うのは遠慮することにした。

「黒槙さん、わたしはうしろに立っています」

「おれも――」

真織も千鹿斗も神領諸氏に縁がなく、熱心な信者でもない。気が引けて列を離れようとするが、氷薙に引き留められる。

「どうぞ、こちらへ」

氷薙は微笑んで、玉響の隣の席に真織をエスコートまでしてみせた。

真織は目をまるくした。遠慮したのは、一番煙《けむ》たがっているのは氷薙だろうと気にしたせいもあった。

「いいんですか？」

「おまえはこの方の世話をしているのだろう？」

氷薙は笑っていたが、檻《おり》に籠《こ》めた魔物を嗤《わら》うような目をした。

「おれも、そのように扱いましょう。滴ノ神事が終わるまでは」

氷薙はそういい、周囲で警護をつとめる兵に目配せを送った。

「みな、この娘をしかと見張れ。おかしな真似をすれば、かならず捕らえよ」

周りもざわめいた。妙な言い方をするのだから、当たり前だ。

「――あの」

さすがに文句をいおうとするが、黒槙が先に氷薙の耳に口を寄せた。

「氷薙。この娘のことは話したろう？」

口の動きを見ると、こう話している。

――そのように気にかける相手ではない。

――俺はこの娘に助けられた。神域に入り、玉響さまのことも助けた娘だ。

「いいえ。おれは、凶兆の原因はその娘であると疑っていますから。滴ノ神事で明らかにしたいともうしあげたでしょう？」

（まあ、仕方ないか）

真織は息をついた。現代の世界から神隠し同然に転がりこんだ身なのだから、あやしまれるのはいつものことだった。見張りたいなら、見張ればいいのだ。

「黒槙さん、いいんです。うしろめたいことは何もありませんから」

玉響も立ちあがり、文句をいった。

「氷薙。そんなふうに真織を見ないでくれ。真織は私の大切な家族だ」

「何事も起きなければ跪《ひざまず》いて詫びます。今日この奥は、聖の気で充たされます。目に見えないもの、あなたから隠されているものも、すべて明らかにしましょう。この娘の化けの皮も剝《は》いでくれましょう」

氷薙は、御洞の内側のことをウソ発見器のように話した。

洞窟の中を、単なる神事の場ではないと考えているようだが――。

「黒槙さん、滴ノ神事って、どんな神事なんですか？」

真織が居合わせたことのある神事といえば、水ノ宮でおこなわれた御種祭《みたねまつり》や、つぎの神王《くまみこ》、黒槙の息子のための祝いの神事だった。

そういえば、御種祭では真織と玉響は死にかけたのだった。

「危険なんですか？　その、御種祭みたいな神事ですか？」

周りを気遣って小声で尋ねると、黒槙は「まさか」と首を横に振った。

「滴ノ神事は清めの神事だ。御洞に入って出てくるだけだ。苦手な者も稀《まれ》にいるが――」

「真織、私と一緒にいよう」

玉響は真織に寄り添って肩を抱き、氷薙をじっと見つめた。

「おまえが勘違いをしているだけだ。真織を困らせないでくれ。――あちらへいこう、真織」

玉響は真織をつれて貴族のための待機場所から離れ、洞窟のある岩山のきわへ向かった。玉響はいつになく不機嫌で、「真織は悪くない。私は真織の味方だ」と周りに宣言するようだった。真織のそばを陣取り、貴族の視線から隠す気遣《きづか》いも見せた。

「ありがとう」

そっと見上げて礼をいうと、玉響は目をしばたたかせた。

「うん――」

「どうしたの？」

「なんでも――」

玉響は首を横に振ったが、氷薙を睨んでいた時の真顔がじわじわ緩《ゆる》んでいき、ふふっとにやけた。

「もしかして、いま私は真織を守ってる？」

「うん？」

玉響は真織の肩を抱く自分の手を惚れ惚れ眺めて、はじめて騎士になった少年のように笑っている。

「真織にはいつも守ってもらってばかりだから、わくわくしてしまった」

滴《しずく》大社《おおやしろ》をつかさどる氷薙を相手に、喧嘩調子で席を立った後である。

騒動の行方を追う目も多かったが、玉響はご満悦でにんまり笑いはじめた。

千鹿斗も真織たちが立つあたりまでやってきて、耳打ちした。

「面倒なことになったな」

「いつものことですよ」

厄介者の扱いをされるのは、とっくに慣れた。「そうではない」と一緒に抗《あらが》ってくれる人もいまはたくさんいるのだから、悔しいと思う気持ちすら浮かばなかった。

「千鹿斗も玉響も、ありがとう。早く済むといいですね。帰って、明日に備えないと」

氷薙や黒槙、水ノ原の人たちにとっての今日は、年に一度の大祭という大事な日かもしれないが、真織にとっては明日のほうが大切だ。

（鷹乃《たかの》は今頃、明日のための支度をしているかな）

明日になったら鷹乃は、取引をもちかけた帯刀衛士《たいとうえじ》と、里の人の目をごまかして、神子《みこ》になる弟と家族を連れて、里を脱出しなければいけないのだ。

千鹿斗もうなずいて、真織たちに並んで岩の壁に背をもたれた。

「そうだな。おれたちの祭りは今日じゃないよな」

やがて、氷薙が先頭に立ち、御洞の中へ案内がはじまった。

「義兄上、どうぞ。あなた方も」

いよいよだ。真織たちも後に続くことになり、洞窟の入り口へと進む。

もともとふしぎな洞窟だったが、入り口から覗《のぞ》く暗闇は神事の日を迎えていっそう黒々として、奥の世界を隠していた。

入り口のそばに浅葱色の狩衣をまとった神官がいて、神事の場へおもむく人の頭上にかがり火をかざした。

「水神のご加護があらんことを」

真織も番がきて火《ひ》の粉《こ》を浴びるが、すうっと身体から力が抜けていく。

（忌火《いみび》、かな）

水ノ宮では、清らかな火を「忌火」と呼んで大切にしていたが、滴《しずく》ノ御洞《みほら》に入る者を清める火もふしぎと澄んでいて、気持ちのいい火だった。

熱を浴びたせいか、入り口から漏れる冷気が存在感を増す。闇へ向かって近づくごとに湿り気を含んだ風はさらに冷え、鳥のくちばしの形に口をあける穴をくぐるやいなや、初夏の外とはまるで違う、ひんやりした闇の世界に入りこんだ。

前とは違う――。

胸騒ぎがしたのは、暗がりに足を踏み入れてすぐだった。

虚空に浮く見えない目や口が、暗闇の奥で弾け回っていた。

――ぴちょぴ　――客人《まれびと》さま

――つぷんつぷんつぷん

――みんな元気　――ちちち、ちちち、ちちち！

（精霊が、多い……）

前に入った時よりも精霊の数が多いし、騒々《そうぞう》しさが桁違《けたちが》いだ。まるで祭りだった。

精霊の動きを敏感に感じる真織には、爆竹が鳴り響く会場にまぎれこんだ気がして、つい身をよじった。

「様子が前と違うね。平気？」

玉響は真織を気遣ったが、精霊の気配を感じられる人はそういない。

多くの人にとってここは、静寂につつまれた神域だ。水音が主役で、ぴちょん、ぽとん、ぽちょん――と絶え間なく響く音へ、静けさをもって敬意を払う場所で、足音を響かせるのも気が引ける、聖なる場所だ。

「！」

また精霊が弾丸のように飛んでくるので、虚空から身をかばう。

「私が連れていくから、真織は周りを気にせず歩くといい」

耳元に降ってくる声に、真織はかくかくとうなずいた。

「ありがとう、ごめん……」

水音と、人ではないものの笑い声と、冷気と、湿った風と、水の匂い。

洞窟の暗がりを進む一行は一列になり、先頭をいく氷薙に続き、黒槙に玉響、真織、千鹿斗が列をつくり、うしろに貴族たちがついてくる。

奥へ進むごとに、後方に乱れが生まれた。一緒に入った貴族のあいだから「肩をかしてくれ」と情けない声がきこえはじめる。

「ごむりはなさいますな。外へ出られてはいかがか……」

「そうはまいりません。なおさら水神の御前《ごぜん》へまいって、潔白を示さねば――」

千鹿斗が、うしろからきこえてくる呻《うめ》き声を気にする。

「なんだ？」

玉響も闇を振り返って、「かわいそうに」と息をついた。

「――きっと、慣れていないからだ。千鹿斗は平気か？」

「どういう意味だ？　うしろで何か起きたのか？」

「うしろだけではないよ。御洞の中はみんな同じだ。つまり——いまここには精霊が充ちていて、とても祈りやすい場になっているのだ」

「精霊？」

千鹿斗は反芻して、すこし黙ってから尋ねた。

「前にもきいたよな？　この洞窟には精霊がたくさんいるんだって。でも、精霊には害がないって話じゃなかったのか？」

玉響はこたえた。

「精霊はいつも清らかだよ。でも、今日はすこし騒がしくて、祈りの稽古をしていない者は苦しそうだ。身体の中にある魂が外にあふれてしまうから」

千鹿斗が、眉をひそめるような言い方をする。

「魂が外に？　どういうことだ？」

「神々に祈る時には魂を身体の外へすこし出すといいのだが、いまこの御洞の中では、精霊が飛び回っていて身体を突き抜けていくから、それがしやすいのだ。でも、身体の中身が外に出たり戻ったりするのは、慣れていなければ気味が悪いものなのだろう？　うしろの者たちも、それが苦しいみたいだ」

「——途中から、よくわからなくなった」

千鹿斗は投げやりにいった。

「それは人によるのか？　おれはなんともないんだが」

「精霊は千鹿斗の身体も通り抜けているよ」

「いまもか？」

玉響は「うん」とこたえて、声を小さくした。

「あまり感じない人もいるし、心地よいと感じる人もいる。真織は、千鹿斗の逆なんだ。普通より強く感じるのに、制する稽古をしていないから──苦しそうだ」

玉響が、真織の胴をかかえる腕に力を込めなおした。

「真織、平気？」

玉響に寄りかかったまま、真織はうなずいた。力が入らなくて足を進ませるのがやっとだが、玉響が話していたことが頭に残って、途方に暮れていた。

(身体の中身が、外に出たり戻ったりする？)

身体めがけて飛びこんでくる風の塊《かたまり》に身体をえぐられていく感覚は、真織にもあった。強烈で、目まいがして、頭がぐらぐらして、吐き気もある。

(祈りやすい場？　これが？)

前に水ノ宮の奥の御洞に入った時にもふしぎなことが起きたが、あの時は、御洞を進むごとに肉体が崩れていった。その御洞は神々が暮らす神域で、人間が入るには命の覚悟が要る場所だった。

ここは、水ノ宮の御洞とはすこし違って、神々の世界ではなく、人の世界だ。精霊の数は多いが、人が足を踏み入れても命の危険がつきまとうほどでもなく、人と精霊が一緒に存在できる場だった。

この異質さを上手に利用できるのが神官——そういうことだろうか。

（なら、どうして氷薙さんはわたしを御洞に入れたんだろう）

気分が悪くなるのは、精霊に敏感に反応しているからだ。

玉響の話をきけば、化けの皮が剝がれるとか、悪いものが炙《あぶ》りだされるとか、そういうことではなさそうだ。

滴《しずく》大社《おおやしろ》の長なのだから、氷薙もそれは知っているはずだが——。

（わざと？）

真織が倒れでもしたら、「よからぬ穢れをもっている」と都合よく烙印《らくいん》を押すため、だろうか。

先頭を歩く氷薙の影が、わずかに振り返って嗤う。

——ほうら、化けの皮が剝がれてきた。

——もうすこしぼろが出たら兵に捕らえさせてやるのに。

冷えた声でそういわれた気がして、真織はくちびるを嚙んだ。

(魔女狩りみたい――ううん、考え過ぎだ。黒槙さんも玉響もいるわけだし、気に食わないからって、そんな浅はかなことをする？)

氷薙が真織を洞窟の中に入れたのは、真織が凶兆の原因と明かすためらしい。

でも、どうやって？　氷薙の狙いは？

(もういい。落ちつこう。千鹿斗がいつもいってるよ。落ちついていれば乗り切れるって)

深く息を吸って、吐く。

ふうっと吐きだした息のそばでも、「てててっ」と笑い声がした。

いま、この御洞は精霊だらけだった。精霊たちは天真爛漫に夏至を楽しんでいるだけだが、なにしろ数が多い。まるで、精霊の夏至祭だ。

人ではないものの雑踏に酔っていく気分で、隣を歩く玉響の背中に置いた指に、また力が入った。

玉響の声が不安げにかたくなる。

「出ようか？」

「でも、氷薙さんが――ううん、平気。すこし慣れた気がするから」

息を吸って、また吐く。

そうだ。焦るのが一番よくない。

精霊は夏至を楽しんでいるだけなのに、なぜ怯える？

精霊は無邪気で、怖がる相手ではないと知っているのだから、遊びまわる精霊が身体を突き抜けていこうが、なんだというのだ。精霊は考え方も行動も人よりシンプルで、複雑な思惑を隠したりすることもないのだから。

（落ちつこう。大丈夫）

やがて、洞窟の奥に明かりが見えはじめる。

前に真織たちが氷薙と出逢った長い横穴の中央あたりに、松明《たいまつ》が灯《とも》っていた。火に照らされた岩肌は滑らかで、天井からつららのごとく垂れる石や、天井と地面をつなぐ石柱が並び、雄大な神殿の景観があらわになる。滴大社《しずくおおやしろ》の御洞は、立派な鍾乳洞《しょうにゅうどう》だった。

巨大な鍾乳石のそばに、明かりがふたつ据えられている。水が流れた跡が衣のひだのようになびく色の白い石柱で、石の王や女王の風格もあった。

神官が三人あぐらをかいていて、それぞれの前に三方が置かれ、木の実が盛られている。神官たちは木の実を手にとって、しきりに呟いていた。

ぽとん——と、水の音が響くたびに手が動く。

水の聞き手、だろうか。柱を伝う滴を数えているのだ。吉凶を占うために。

「御滴石《おしずくいし》の御前です。お座りください」

氷薙の静かな声を合図に、やってきた一行はその場にあぐらをかいた。

洞窟は水気を帯びていて、足元も水浸しだ。腰を下ろせば当然袴は濡れるが、躊躇する人はいなかった。

ここは聖域。水も聖なるものだ。泉や滝で禊《みそぎ》をするのと同じ感覚で、ありがたく濡れておくべきものなのだろう。

ほうぼうから水音がきこえている。

真織の耳には、笑い声が重なってきこえた。

――ととと、ててて。

――ぴちょん、ぴちょん、ぴちょん。

――ぴちょん、ぽとん、つぷん、つぷん、つぷん。

（…………）

洞窟に充満する音が多すぎて、頭の中も水音で浸されていく。

身体の芯《しん》に響く重い音もあった。どくん、どくんと、洞窟は震えていた。

精霊たちは震えにあわせて笑い、揺れにのって遊んでいる。オーケストラのコントラバスのような、太鼓《たいこ》のリズムのような、鈍い地響きが繰り返されている。

耳もとで、玉響の囁《ささや》き声をきいた。

「やっぱり、生きているみたいだね」

玉響の顔がそばにあるうちに、真織はうなずいた。

まるで、心音だ。洞窟は巨大な生き物のようで、洞窟の中に入った真織たちは、その体内に入っている。精霊たちは、洞窟の姿をした生き物の内側で遊ぶ、さらに小さな生き物だ。

鍾乳石から染みでる水も、細い血管のように感じていく。きっと水は、洞窟の岩という岩に染みて、動脈や道管のような太い水脈もあって、人間の血液のように洞窟の隅々を潤《うるお》して、時に噴出させて、したたり、ゆったり間隔をとって、鼓動をうっている。

耳を澄ますたびに、身体は振動にとらわれていった。真織の身体にぶつかっていく精霊の数も増えて、自分だった塊がえぐられていく。巨大な生き物にかじられて、欠損していく幻も感じた。

(気が遠くなっていく——)

意識が遠のくと、水音を真似て遊ぶ囁き声の隙間に、人の声がまじるようになった。

——ととと、ててて。

——神ノ原を出ては

——ぴちょん、ぽとん、つぷん。つぷん。つぷん、つぷん。つぷん。

精霊の声の奥にきこえたのは、少年の声だった。ひとりふたりではなく何十人もいて、時に笑い声をこぼしながら、同じ言葉を唱えている。

——掛けまくもかしこき……

——鮎《あゆ》群れる豊穣の水、笑《わら》らかなる心安《うらやす》の水、淀みなき清浄の水

——神ノ原を出てはならんぞ

祝詞だろうか？

読経《どきょう》のようでもあり、さざ波や葉擦《はず》れの音など、自然のノイズにも似ていた。

(誰の声だろう)

大勢の声をBGMにして鮮明にきこえてくる声もあって、ふたりいて、話していた。

『神ノ原を出てはならんぞ』

『どうして？』

きこえてきた声にはあどけなさが残っていて、出会ったばかりのころの玉響の声に似ていた。

会話はこまぎれだった。話の内容も繋がっていない。

日付が整理されていない音声データがつぎつぎ再生されるようで、もっていたはずの時間軸がばらばらにされゆき、ますます気が遠くなっていく。

『くまみこ、と名付けた。〝くま〟は神、〝みこ〟は王。神と人の王を兼ねる者だ。これから私は神王《くまみこ》として女神の声をきいて、神々の仲間として暮らすのだ』

少年の声は喜んでいた。でも、しだいに脅《おび》えがまじる。

『日に日に気が遠くなるのだ。私はまだ人でいられているか？』

『たいへんだ、神王になれば、人だったころのことを忘れてしまうのだ。おまえとも、いまに話ができなくなるかもしれない』

やがて脅えは薄れ、感情的な声を発するのは、その少年ではない別の男になった。

『きこえるか。俺を見ろ！　手をにぎれ！』

（誰の声——？）

玉響の声と似ているが、別人だ。玉響は、きこえてくる声のような尖《とが》った話し方をしないのだから。

少年たちの声に浸食されていくたびに、真織はぼんやりしていった。

（どうして、知らない子の声がきこえているんだろう）

——掛けまくもかしこき……

——滴の女神に数え遊びをたてまつる……

言葉の意味はわからないが、古風な言葉遣いと音が心地よくて、メロディーとリズムの波にさらわれていった。合唱団の歌にききいる気分だ。

ゆらゆら、たぶん——と、大勢の声に揺られるうちに、意識が消えゆきそうになる。夢の中で、波間を漂うようだ——。

ふと、誰かが真織を向いた。真織に声をきかせる少年たちの中でもひときわ鮮明にきこえる声を発する少年が、真織に気づいた。

『やあ、おまえか。新入り』

声だけでなく、姿も浮かびあがってきた。まずは黒い影で見え、しだいに顔立ちがあらわになっていく。少年は白い肌に映える黒髪をもち、淡い緑色の衣と白い袴を身にまとっている。

中性的な顔立ちをしていて、その子はまばたきもせずに真織を見つめ、笑った。

『ようやくちゃんと会えたな。ようこそ』

顔や髪型、恰好は、最近会った少年に似ている気がする。

その時に見た泣き顔と声も、まだ胸の奥に棘《とげ》になって刺さっていた。

『私が出来損ないだったからでしょうか。女神さまは私に罰をくだしたのでしょうか』

(誰だっけ、名前は、たしか——)

そうだ、流天《るてん》。と、真織はゆっくり思いだした。

でも、なぜ流天の顔を見ているのだろう?

その少年が暮らしている邸へ、今日出かけただろうか？

少年は真織をじろじろと見た。

『しかし、妙な姿だな。私たちとはまるで違う。顔も、髪も、声も』

真織は、顔立ちが杜ノ国の人とは違った。おかげで、神官の恰好をしても杜ノ国の人ほどはうまくなじまない。

『おまえの名は？　神王《くまみこ》になったなら、おまえの持ち物は名だけになるのだぞ？』

少年は真織に笑いかけたが、真織には、よくわからない話だった。

真織は神王ではなかった。いろいろあって、まったく神王に縁がないわけではなかったが。

（わたしは神王じゃないです。いまの神王は流天っていう子で――）

周りにはオパール色の靄《もや》が立ちこめていて、少年たちのほかには誰ひとり姿が見えなかった。

それも、奇妙だ。たしか、そばに誰かがいたはずなのに。

『流天かぁ。あの子はどうかな。女神から命をもらったのはおまえだろう？』

（女神？）

『ああ。会ったろう？　女神は荒っぽいところがあるが、いつも人の幸せを願っているやさしい女だ。人の祈りを叶えてやりたいと、会うたびに話している』

少年の言葉には聞き覚えがあった。

でも、この少年ではないべつの人の口からきいたはずだ。

やめて、とくちびるの裏で叫んだ。

『なんだ、怖いのか？　――そうだな、私もすこし怖かった。だが安堵しろ。神王《くまみこ》になったら、私の記憶をみんなやる。私たちは、女神の手伝いをするためにここにいるのだからな』

(帰らなくちゃ)

逃げようとした。ここにいてはいけない――。

この子と話せば話すほど、自分のものではない何かに置き換わってしまう気がする。真織だった部分が上書きされていく。

目の前にいる少年は機嫌を損ねた。

『去ろうというのか？　帰れないよ。私も帰ろうとしたけれど、帰れなかった』

真織は目を逸《そ》らした。

この子の顔ばかりを見ていたら、ほかのものを忘れゆきそうだ。

(見るな。この子は知らない子だ。記憶がまじりそう)

『大丈夫だよ。そのうち帰りたいことも忘れるから。私だって、蜻蛉比古《あきつひこ》に会いたかった。でも人の身体のほうの私が先に、蜻蛉比古のことを忘れてしまったのだ』

少年が寂《さび》しそうに誰かの名を呼ぶ。

真織も寂しくなって、名前を呼んだ。

(――玉響)

名前が浮かぶなり、我に返った。真織は、その人のそばにいるはずだった。

(ここは、どこ?)

夢中で左右を探す。

真織はオパール色の靄に覆われた雲の中めいた場所にいた。知らない場所だった。

(わたしはこんな場所にいない。夢だ。覚めろ)

すると、雲の中に、ひと筋の糸先がきらりと光る。

真織は手を伸ばして糸をにぎりしめた。ほんの細い糸で、一度でも見失ったら二度と見つけられないような、見間違いかもしれないくらいの頼りなさだ。でも、直感が「絶対に放すな」と叫んでいる。

摑みとったそばから、オパール色の靄に見えていたものが、乱雑に積み重なった誰かの記憶の破片に変わりゆく。雲の世界が晴れていき、がらくたに見えたものの陰に細い道を見つけた。

魔法の世界の正体が、古いビルの壁に投影されたプロジェクションマッピングの幻だったと気づいていくような肩透かし感の中、見つけた道を目指して、真織は駆けた。

真織が摑んだ細い糸は、道の果てまで続いていた。

やっぱり、この糸が帰り道の鍵だったんだ——と、握りしめた。

なぜ糸があって、なぜここにいるのか。この少年は誰なのか？

わからないことがたくさんあったが、いまはここから逃げるべきだった。

か細い糸を握りしめて走る真織に、呼びかける声が呆れる。

『おかしな神王《くまみこ》だ。なぜ逃げようとするのだ？　もうおまえは私たちにまじりはじめたではないか』

一生懸命駆けているのに、声は耳もとからきこえた。

もしくは、真織の身体の内側か——。

(きくな。どこ、玉響)

『生意気な奴だなぁ！　まあ、私と対になるなら、そうか。私も生意気だった。八十七人も見送ったのに、まだ案内役をつとめている。また会おう、新入りの神王』

(きくな！)

叫んだ、その瞬間。オパール色の靄が一気に晴れて、真織に話しかけた少年も、似た顔をした大勢の少年たちも、気配ごと消え去った。

はっと気づいた時、周りは暗かった。暗闇にほっとしたが、つかの間のことで、口の渇きに驚く。口が、操られたように動き続けていた。

「滴の女神に数え遊びをたてまつる、鮎群れる豊穣の水、笑らかなる心安《うらやす》の水、淀みなき清浄の水」

「真織」

誰かが肩をおさえつけてくる。

でも、いまはこれを唱えなければと、真織は喋り続けた。

気配ごと消えたはずの声が、耳の奥に残っていた。大合唱をする少年たちの声がガイドコーラスになって、真織はそれにあわせて呪文を唱え続けた。

「滴の女神に数え遊びをたてまつる、鮎群れる豊穣の水、笑らかなる心安の水――」

「真織。どうしたの」

「出よう。手をかせ、玉響。おれが運ぶ」

身体が浮きあがる感覚があって、誰かの足さばきにあわせて上下に揺れる。

暗がりを抜け、洞窟の外に出て光に差されて、ようやく口の動きがとまった。

（まぶしい――）

身体の感覚がじわじわ戻っていき、いまどこにいるかも理解していった。

ここは、滴大社《しずくおおやしろ》の奥。御洞の中でおこなわれた、滴ノ神事の場にいたのだった。

「真織、真織」

両頰をさする手があって、人肌の温かさと力強さに呆気にとられた。

その人の頭越しに見える太陽の光のほうに目がいったが、だんだん光に慣れた目が見つけたその人の顔は、この世の終わりを見るように歪んでいた。

「玉響……」

名を呼ぶと玉響はほっと笑うが、眉を寄せた。真織の口がまた勝手に動いたからだ。

「蜻蛉比古《あきつひこ》は？　蜻蛉比古に会わなくちゃ」

「蜻蛉比古……？」

自分を見つめて顔をしかめる玉響に、真織もうなだれた。頭が痛い。

「蜻蛉比古って、誰？」

口が勝手に動いて、知らない人の名前を口走っていた。

知らない人の名前を呼んで会いたがった自分のことが、たまらなく怖かった。

「蜻蛉比古といったか？」

真織にこたえたのは、黒槙。玉響のうしろで息を整えていて、玉響にかかえられて横になる真織を、黒槙は神妙な顔でのぞきこんでいる。

「蜻蛉比古は、初代神宮守《じんぐうもり》の名だが、その男のことか？」

「初代、神宮守？」

「ああ。卜羽巳氏の礎《いしずえ》を築いた男のひとりだが——」

「卜羽巳氏——」

「水ノ宮を司る祭祀王はもともと清ノ王《さやのおう》と呼ばれて、代々神領諸氏《じんりようしよし》が担っていたのだ。臣下の立場にあった卜羽巳氏へと役を譲るにあたり、神宮守と名を改めたのが蜻蛉比古、と伝わっている」

真織が知るわけがないことだった。ぞっとして、首を左右に振った。

「いいえ、そんな人は知りません」

聖域の入り口に敷かれた白い丸砂利が踏まれて、不穏な音を立てている。

「娘を捕らえよ！」

はっと息をのむまもなく、御洞の砦《とりで》で警護をつとめる衛士《えじ》がつぎつぎ駆けつけ、槍の柄で真織の胴を押さえこむ。身動きを封じる槍の柄が、二本、三本、四本と、またたくまにふえていった。

黒槙が「待て」と立ちあがった。

「やめんか。この娘は俺の客だ。杜氏《もり》の客に無礼を働く気か！」

槍の柄は黒槙の手でつぎつぎ振り払われ、槍が離れるなり玉響も、刃と真織のあいだに自分の身体をすべりこませた。

「真織に触れたら、許さない」

睨まれ、衛士はひるむが、淡々と命じる男の声がある。

「その娘を逃がすな」

水を模した衣をまとう男、氷薙も洞窟の外へ出て、たじろぐ衛士を叱《しか》りつけている。

「氷薙、いい加減にしないか。真織は――」

黒槙は怒りの矛先を氷薙へ向けるが、氷薙に退く構えはなかった。

「いいえ。咎《とが》めぬわけにはまいりません。水聞きが乱れたのですぞ。この娘が神咒《しんじゅ》を唱えたせいで」

(神咒？)

洞窟の中でしきりに喋ったのは覚えていた。

くちびるが勝手に動いた不気味さを真織もまだ覚えているし、口の中も異様に渇いている。でも、それが神咒というものかどうかも、真織は知らなかった。

「あれは、その、男の子がたくさんいて――」

耳の内側に少年が大勢いて、あの呪文は彼らが唱えたがったのだった。彼らには現実の口がなかったから、口をかしてあげただけだ――。

込みあげた反論はそれだったけれど、真織は首を横に振った。

恐ろしいことだ。自分の中にいる誰かに、身体を乗っ取られたも同然だった。

「わたしじゃないんです――」

氷薙は玉響と真織を交互に見やり、黒槙へ訴えかけた。

「ならばもうしあげる。なぜおれがその娘を、捕らえるべき者と疑ったか。腹に孔《あな》をもち、あやしいもので玉響さまと繋がっているのです」

「孔だと？」

黒槙が真織の胴に目を向ける。もちろん、孔などはなかった。神官に化けた狩衣はうっすら湿っていたが、汚れもなくきれいなままだ。

「どこに、そんなものがあるのだ」

「人の目には見えぬ孔です。だから、あやしいものだといったのです。――獄屋《ひとや》へ籠めろ。何をするかわからん魔性《ましょう》の者だ。油断をするな」

氷薙は化け物封じを命じるようにいったが、玉響はさらに真織を庇う壁になって氷薙を見上げ、困り顔を浮かべた。

「私と真織は目に見えぬもので繋がっているよ。それがいけないのか？」

「ご存知だったのですか？」

「ああ。真織も知っているよ。そうだよね？」と、玉響は真織にも振り返った。

「私と真織を繋いでいるものは女神の矢だよ。おまえも御種祭《みたねまつり》にいただろう？　なら、見ただろう。私と真織は女神の矢で貫かれたのだ。あの矢が、目に見えなくなった今も残っているだけだよ」

(矢?)

真織と玉響が、御種祭で射抜かれた後にまだ生きているのは、そのせいだった。

女神が放った矢でふたりが繋がったせいで、豊穣の風を吹かせるために使うはずだった不老不死の命を、ふたりで分け合うことになった。

「女神の矢? しかし――」

「命を移すことができるのは女神だけだし、真織と私を繋げて命を行き来させたのも女神だよ。おまえは悪いことを心配しているようだが、そんなものではないよ?」

「女神が、その娘に? 水ノ宮が祀る偉大な女神が、あなたと、この娘を繋げた? いったい、なぜ」

「――私も知りたかった。女神は私よりも、真織を神王《くまみこ》に望んだ時があったから」

「まさか。そんなことはありえません!」

氷薙が目を見ひらく。玉響は「離れなさい」と真織を囲おうとする槍の柄を押しやっていたが、手をとめて、ゆっくり首を横に振った。

「ううん、そうなんだ。女神は真織と豊穣の風を生みたがっていた。なぜなのかは、――もう今度女神に会えたらきくよ。私も知りたかったし、その時は私も悲しかった。――もういい?」

　玉響が真織を連れて立ちあがる。この場から立ち去る素振りを見せると、氷薙は「おまちください」と低い声で留めた。

「もうひとつ、わからぬことが。なぜこの娘は、神宮守《じんぐうもり》の名を口にしたのですか」

「それは――」

　誰も、答えられなかった。玉響も黒槙も、当の真織すら知らないことだ。

　視線の先が真織に移り、真織は居心地が悪くなってうつむいた。

「わたしもわかりません。洞窟の中で、声がきこえる夢を見たんです。さっきの名前は、その声が――」

「声だと？　どんな夢を見たのだ。くわしく話せ」

　氷薙の顔がいっそう険しくなる。

　真織をそばで守る玉響を、氷薙は「お許しを」と押しのけ、白砂利に膝をついた。正面の近いところから真織の顔を覗きこみ、まっすぐ目を合わせて、目玉の動きひとつ、表情ひとつ見逃すまいと、尋問する顔を見せた。

「それは、男の子の声がきこえる夢で――」

「その声の主が蜻蛉比古《あきつひこ》か」

「いいえ。声の主が、蜻蛉比古という人に会いたがっていました」

「いい夢だったか、悪い夢だったか」

「――悪い夢だと思います。逃げだしてきて目が覚めましたから」

ははは、は――と、氷薙が笑いだす。

表情を曇らせた真織には目もくれず、氷薙は暗い笑みを浮かべて立ちあがった。

「ききましたか、義兄上。やはり、この娘には魔性がかかわっているのです」

「どういうことだ」

怪訝顔をする黒槙へ、氷薙はこたえた。

「この娘にかさなる、べつの魂があるのです。玉響さまと繋がろうとするあやしいものでは、とあやぶんでいましたが、そうではなく、この娘も知らぬというなら、憑《つ》かれているのでしょう。ご存知でしょう？　夢とは、身体から離れて遊離する魂同士が出逢う場。この御洞の中では、白昼夢《ひるゆめ》を見やすいのですよ。魂逢《たまあ》う夢の通い路と、ここを呼ぶ者もおります」

「なら、おまえが真織を御洞に入れたのは、白昼夢を見せるためか？」

「それも理由のひとつです。御洞に入れれば、かならず動きがある、と」

氷薙は、黒槙と正面から向かいあった。

「この娘をいま一度調べさせていただきたい。べつの魂がそばを離れないのは、なんらかの望みがあるからです。御洞にとどめて、つぎはこの娘が逃げだせぬよう縛りつけてでも、おれがみずからその魂を問い詰めましょう」

「だがな、氷薙」

「水ノ原の一之宮、滴大社《しずくおおやしろ》の社守としてお頼みします。とくにいまは、神領諸氏《じんりょうしょし》による神政の復古をめざさんとする大事な時。この娘に憑いているものが卜羽巳氏にかかわる何かとわかったいま、憂慮《ゆうりょ》は晴らしておくべきと存じます」

「しかし。真織は俺の大事な客だぞ」

黒槙は拒む姿勢を見せたが、真織は「あの」とふたりの会話に入った。

「わたしはかまわないです」

正直、氷薙のいうことをきくのは不安だった。

でも、妙な夢を見たのも事実だ。

(あれがなんだったかを解き明かしてくれるなら——)

「でも、お願いがあります。玉響にも一緒にいてもらっていいですか」

「玉響さまに？」と、氷薙が顔をしかめる。

でも、真織もそれだけは譲れなかった。

「夢の中から逃げだしてこられたのは、玉響のおかげだったんです」

「なら、おれも残ります。黒槙さま」

そういったのは、千鹿斗。千鹿斗は玉響のそば、いつでも加勢できる位置を陣取って立っていた。

「氷薙さま。真織を調べるなら早く済ませて、明日までに帰してもらえませんか」

真織も、はっと顔をあげた。

明日は、鷹乃の大切な日だ。黄昏時になったら、鷹乃の弟を水ノ宮へと運ぶ御輿が到着する予定で、真織と千鹿斗は一家の逃走を助けることになっていた。

（そうだ、明日――）

氷薙は千鹿斗を一瞥《いちべつ》した。

「早く終えたければ、おまえたちが手間をかけさせなければよい。いずれにせよ占《うら》は、日没とともにはじめる。衛士《えじ》、娘を捕らえておけ」

「捕らえるだと？　氷薙。真織は俺の客だといったろう？」

黒槙は窘《たしな》めたが、氷薙は見つめ返して訴えた。

「お許しを。すでに凶兆がでているのです。あとで必ず義兄上も納得なさいます」

真織は、武装した衛士にかこまれて過ごすことになった。とはいえ、隣には玉響がいる。

玉響は、衛士が真織に近づこうとするたびに牽制し、騎士役をまっとうした。

千鹿斗もそばに残り、黒槙も残るといいはったので、衛士は、真織よりも黒槙の機嫌を気にして、ちらちらと黒槙ばかり見ている。

黒槙を地べたに座らせるわけにはいかないと上等の腰掛が運ばれ、「喉が渇いた」と黒槙が注文をつければ、冷たい水もすぐさま届く。

おかげで、捕らわれるといっても形だけだ。

「黒槙さまがいるおかげで、客殿で待たされるのとほぼ同じ扱いですね」

千鹿斗がしみじみいうので、黒槙がふきだした。

「めずらしいな。おまえが俺を素直に褒めるとは」

黒槙は器にそそがれた水をぐいっと飲みほしつつ、洞窟の入り口に目を向けた。

白砂利が敷かれた広場の奥、鳥のくちばしの形にぽっかりと口をあけた穴の前には、滴大社《しずくおおやしろ》の神官が立って番をしている。

御洞の奥では、滴ノ神事が続いていた。三の場という区切りが終わって、四の場に移った。神事の締めくくりで、水の聞き手をつとめるのは、社守の氷薙。滴大社の神官のほとんどが御洞に入り、御滴石《おしずくいし》と呼ばれる鍾乳石の前につどっているそうだ。

「目を離さないほうがよさそうだからな。氷薙が強引なまねをするかもしれんし。あいつなりの考えがあるのだろうが――」

黒槙はやれやれと息をついた。

「滴大社は水ノ宮につぐ祈りの場で、氷薙は神領諸氏《じんりょうしょし》の中でも指折りの腕をもつ神官だ。あいつも、わが一族を脅かすものを見逃すまいと気負うところがあるのだろう。許してやってくれ。――真織、すまないが、すこし付き合ってやってくれ」

黒槙から気遣われ、真織は目を合わせてはにかんだ。

「かまいません。でも、お願いが――。長くかかるようだったら、黒槙さんからも氷薙さんに話してくれませんか？」

「千鹿斗もその話をしていたな。明日、何かあるのか？」

「何って、鷹乃の手伝いですよ。迎えにいくんです」

「ああ、明日だったか」

黒槙がうなずいて虚空を見る。思い返すような仕草だ。

「あの者の住まいは近いのか」

「すぐそこですよ。滴大社《しずくおおやしろ》の森の向こう側の、ちょうどあのあたりです」

千鹿斗が顔をあげて指をさした。

真織たちの居場所になったのは、御洞の裏の出入り口のそばだった。滴大社の裏門にあたり、砦風の門が築かれ、兵の詰所も立つ。門の向こう側には滴大社を囲む森があり、千鹿斗が指さしたのも、森の向こう側だった。

門から続く細い道が森を貫いていたが、滴ノ神事がおこなわれているせいか、人通りがちらほらある。

黒槙は森の道から目を逸らし、不機嫌になった。いまもちょうど釣り人風の男が大きな身動きで走ってくるところだが、黒槙が待ちわびる相手ではなかった。

「弓弦刃《ゆづるは》たちはまだか。いつまでこんなところで待たせる気なのだ」

真織たちは、客殿へ移動することになっていた。

真織がふたたび御洞の中に入るのは滴ノ神事が終わった後だが、まだ午後の早い時間で、滴ノ神事が終わる日没まで、あと四、五時間はある。

真織だけならともかく、黒槙と玉響を門のそばにとどめておくのは無礼であるから、もういっそ客殿でお待ちいただきましょう、という話になったのだった。

客殿は、御洞を挟んだ向こう側にある。神事の最中の御洞を通り抜けるわけにはいかないので、森をぐるっと回って遠回りをするしかなかったが、滴大社の外に出るなら、警護が要る。道中の守りをつとめよと、供の神兵を呼びにいかせたが、森の道にそれらしい姿はまだ現れず、もうすこし時間がかかりそうだった。

しばらくして、門に人が集まりはじめる。

衛士《えじ》たちが持ち場を離れ、森の道を駆けてくる男の声に耳を澄ましはじめた。

男が声を張りあげていたからだ。

「たいへんです、お助けください！　火の手が！」

大声をあげる男は、髪を振り乱して駆けこんでくる。

男の勢いにつられて、黒槙も腰を浮かせた。

「火事か？」

「衛士《えじ》さま、お願いです。火を消すのを手伝っていただけませんか。家が燃えているんです。早く火を消さなければ里中が燃えちまいます！」

空へ目を向けると、梅雨空にのぼりゆく白い煙がある。家や小屋や館や、大きな建物が燃えているらしい太い煙で、そう遠くない場所で火事が起きていた。

真織は息をのんだ。煙がのぼるのは、さっき千鹿斗が指をさしたあたりだった。

「千鹿斗、鷹乃の家がある里って――」

「あそこだよ。まさに、あのあたりだ」

千鹿斗が顔を引きつらせて、立ちあがった。

「おれ、ひとっ走りいって様子を見てきます。玉響、黒槙さま、真織をお願いします」

「わたしもいきます」

真織も立ちあがる。

火事場騒ぎで衛士は目を離していたが、すぐさま振り返り、「待て」と槍をかまえなおした。

「どこへいく気だ。座っていろ！」

「それどころじゃないんです」と、真織は首を横に振った。

「日没までに戻ってくればいいんでしょう？　どいてください」

燃えているのが本当に鷹乃の里なら、その火がついたのは偶然だろうか？

(何か、起きたかもしれない)

胸騒ぎがして、じっとしていられなかった。

おかしなことをいう娘だと、衛士が肩をそびやかした。

「何をもうしておるのだ。そんなことを許すわけがないだろう」

しかし、すぐに青ざめることになる。真織を槍の柄で押さえこもうとするが、娘の見た目には見合わない剛力《ごうりき》で、槍の柄がつぎつぎとはじき返されていく。おとなしくいうことをきいていたはずの娘が大の男を四人も五人も突き飛ばして囲いをかるがる突破していくので、衛士たちは目を白黒させた。

真織は千鹿斗を追って駆けつつ、玉響を振り返った。

「ごめん、玉響。いってくるね。千鹿斗、いこう！」

「待て、娘を追え！」

衛士が槍をかまえ直す。そのそばを、玉響も駆け抜けようとした。

「真織、私もいく――！」

「いけません」

咄嗟《とっさ》に腕を伸ばして胴をおさえつけたのは、黒槙だった。

力ずくで抑えこまれて、玉響は必死に抗《あらが》った。

「放してくれ」

「千鹿斗がついていますし、ほかの者にも追わせます。あなたを護衛なしで滴大社《しずくおおやしろ》の外へいかせるわけにはいかないのです。誰か！　急ぎ神兵を呼べ。森を回って向かっているはずだ。早くここへ連れてこい！」


真織は、千鹿斗を追いかけて森の中を駆けた。

地面を蹴った時のほどよい振動にほっとした。自分の足で走って、息をして、腕を振って、自分の意思で動いていることが、嬉しくてたまらない。

洞窟の中で、妙な夢を見たせいだ。いや、夢というより——。

（夢が、魂同士が出逢う場——誰かが本当にわたしのところにきている？　あの男の子たちが？）

——この娘にかさなる、べつの魂があるのです。

氷薙の声が蘇《よみがえ》り、ぞっと寒気がする。

（いまは忘れよう、それどころじゃない）

さっと顔をあげた。左右に並ぶ幹を追い越して先をいく千鹿斗の足音が、行く手の緑の光の底で軽快に響いている。

(大丈夫、いつもどおりだ)

真織は、千鹿斗を追って腕を振った。

森の外に近づくごとに、騒然としていった。赤く燃え盛る火は遠くから眺めた時よりも巨大になり、風向きが変わるたびに煙を浴びせる。

「千鹿斗、鷹乃の家ってどのあたりなんですか」

「燃えてるあたりだよ！」

千鹿斗が、走りながら叫んだ。

「いやな予感がする。くそ——なんでこの前会った時に家に帰しちまったんだ。あいつが危ない橋を渡ろうとしてるって知ってたのに」

「まだわからないです。ううん、燃えてるのが鷹乃の家じゃなければいいっていうわけじゃないんだけど——」

千鹿斗とふたりで火元をめざして駆けゆくが、やがて、千鹿斗の顔が蒼白にかわる。

「あいつの家だ」

鷹乃が暮らしているという集落は漁師の里で、小さな家が川辺に密集して建っている。燃えている家は集落の端に位置していて、簡素な牛小屋が隣接していた。すでに逃げたか、牛の姿はない。

川岸に人の列ができていて、甕《かめ》で水を汲んで運んでいる。

掛け声をかけて甕を手から手へと渡していくバケツリレー方式の消火活動で、列の端っこの人は甕を受け取っては水をかけに走った。

水をかけられているのは、いま燃え盛っている家ではなかった。家はすべて木造で、一度火がつけばもう手はなかった。できることは、被害を最小限にとどめるだけだ。水をかけるのは、飛びゆく火の粉でほかの建物が延焼するのを防ぐためだった。

「なあ、あの家に住んでる子は？」

千鹿斗がバケツリレーの列にいた男に声をかけると、「見てねえよ！」と喚《わめ》き声の返事がかえる。

「あんた誰だ。鷹乃の知り合いか？」

「ええ、まあ」

男は舌打ちをして、これ見よがしに大仰《おおぎょう》な動きで水を運び続けた。

「あいつ、なんかやったのか？　役府の兵がきていたぞ。あいつの家から何かを運びだしていて、火がついたのはその後だ」

千鹿斗の顔からさっと血の気がひいた。真織は千鹿斗の腕を掴んで揺さぶった。

「千鹿斗のせいじゃないです。——あの、それで鷹乃は？　家族は？」

「知らねえよ！　火がついてからは姿を見てねえ。あいつの弟は今年の神子《みこ》なんだよ。もし家の中にいて焼け死んでいたら、べつの子を神子にしなくちゃいけねえ。どうするんだよ。俺の子かもしれねえ」

身勝手に死んじまいやがってと、男は貶《おとし》めるような言い方をした。

「なんてことを言うんですか！」

真織は怒鳴った。男のほうも頭に血がのぼっていた。

「なんだってんだ。じゃまだ、どけ！」

とにかく、口論を続ける状況ではなかった。消火作業の真っ最中なのだ。

「見てくる」

千鹿斗が燃え盛る家に近づいていく。戸の隙間から中を覗こうとするが、腕をかかげて目をかばった。近づけば熱を浴び、火の粉が熱風にあおられて飛んでくる。

「千鹿斗はさがって」

燃え盛る家はいまや、巨大な火の塊になっていた。近づけば熱さが怖くなるし、宙を舞う火の粉が絶え間なく身に降りかかる。

「いたっ」

火がついた草屋根の欠片《かけら》が顔めがけて飛んでくるので、思わず手で庇う。

千鹿斗が真織の腕を引っ張って叱った。

「近づきすぎだ!」

「大丈夫です。火傷《やけど》ならすぐに治るから」

千鹿斗や普通の人が火傷を負ったら治癒するまで何日もかかるかもしれないが、真織ならせいぜい数分だ。

真織の回復力が人並外れていることは千鹿斗も知っているが、顔をしかめた。

「治るのが早いってだけだろ? 痛がってたじゃないかよ」

「熱かったり痛かったりするのはいいんですよ。何も感じないほうが怖いから。それより……」

鷹乃の家を気にかける人は、ほとんどいなかった。バケツリレーに参加する人は甕を運ぶことに真剣になっていたし、そうでなければ、火が付く前に荷物を運びだせと、慌ただしく走り回っている。

火元になった鷹乃の家は、もはや燃え尽きるのを待つしかないと、心配そうに目を向ける人が時おり立ちどまるくらいだった。

(この火、おかしい)

真織に痛みをもたらしたのは、火の熱ではなかった。火の内側に何かがあって、奇妙なものがまじっているせいで火が濁《にご》っていて、それが痛かった。滴ノ神事の前に浴びた清めの火とはかけ離れたもので、不気味さすら感じる火だ。

草屋根の欠片が落ち、地面にも小さな火の塊がぽつぽつあり、落ちた先の草を焦がしていく。火の隙間を踏み、真織は燃え盛る家へと近づいていった。

ごうごうと風を起こして燃える火のそばに寄れば、気味の悪さはさらに募った。

それに、熱い。でも、我慢できた。火傷を負ったとしても、きっとすぐに回復する。

大丈夫――。

胸で唱えてさらに火のそばへ近づくと、ふっと耳に届く声があった。

『助けて！　騙《だま》されたんだ。助けて！』

「あっ」

あの子の声だと、日に焼けた勝気な顔がふっと浮かんだ。

「千鹿斗、鷹乃の声がする！　助けを呼んでる」

一気に踵を返して、川まで駆け戻った。ざぶんと水に飛びこんで、両手で身体中に水をかける。水浸しになった真織は、呆然と立ち尽くす千鹿斗の前をすり抜けて、火元をめざした。

「助けてくるから、千鹿斗はここで待ってて」

「待ってててって、入る気かよ――」

青ざめる千鹿斗へ、真織は笑いかけた。

「わたしは不死身なんです。火傷を負っても、すぐ治るから」

「でも、火傷は負うんだろう？　痛い思いはするんだろう？」

「助けられるのに、助けないわけにはいかないじゃないですか」

鷹乃の声をきいた以上、選択肢はもはや多くなかった。

怖いのをこらえて火の中に入るか、ここで「誰か助けて」と人を集めるか。

でも、助けを呼んでも人はすぐに集まりそうにない。火を消そうと立ち回る人も荷物を運びだす人も、みんな自分のことで精一杯だ。一番の問題は、鷹乃の家はもう助からないと、全員が諦めていることだ。

迷ったなら、正しいと思うほうを選ぶしかないじゃないか。

「いきます。間に合わなくなっちゃうから。千鹿斗はここで助ける支度をしていて」

苦悶《くもん》の表情を浮かべる千鹿斗を振り切って、真織は燃え盛る家の中へと駆けこんでいった。

火のついた扉を力ずくであけて、中へ。すると、きこえていた声が大きくなった。

『助けてくれ……誰か。弟が――』

炎がごうっと風を起こしている。柱や梁《はり》ががたがた、かちかちと軋《きし》んでいて、家という巨大な構造物が破壊されゆく音で充《み》ちていた。

「鷹乃、どこ！　返事をして！」

家はそこまで大きくなかった。真織と玉響がふたりで暮らす家と同じくらいの広さだが、物が多い。神子《みこ》となる子どもの儀式のためか、白い幕が張られて外からの視線を遮《さえぎ》っていた。その幕にも火が移って、家中が真っ赤に染まっている。

『母さんと父さんも――俺のせいだ、助けて……』

声は鮮明にきこえた。でも、揺らめく炎のほかに動くものがない。

「鷹乃！　動けないの？」

物が倒れて、身体が挟まっているのだろうか。

火がついた幕を振り払うと、家の奥に人が倒れていた。火の赤色でぎらぎら輝く壁の手前に、鷹乃が仰向けに寝転んでいる。

『あいつら、嘘つきめ。騙しやがって。許せない。許せない。許せない――！』

走り寄って力いっぱい肩を揺すった。

「鷹乃、助けにきたよ、鷹乃、鷹乃」

身体はがくがくと大きく揺れたが、気絶しているのか、動く気配がない。

「鷹乃！」

がくんと頭が揺れた。うつむいていた顔が天井を向き、首から上がだらんと垂れる。

鷹乃の目は見開かれて、くちびるもすこしあいている。

気絶している顔ではなかった。死に顔だ。

声は、まだきこえていた。くちびるはぴくりともしないが、声はすすり泣いた。

『あいつら、よくも……！　ごめん、父さん、母さん。許して』

呆然と動いた真織の瞳が、鷹乃の腹のあたりを向いた時、火の色以上に濃い赤を見つける。鷹乃の腹は血まみれだった。刀傷だった。

息ができないまま、真織は鷹乃から手を放した。

身体に杭《くい》が打ちこまれて、裂《さ》けた気がした。火の熱とは比べようもない痛みに貫かれて、身体が散らばりゆく気がして、意識が飛びそうになる。

（もう、亡くなっていたんだ——）

なら、きこえていた声はなんだったのか。

怨念か、もしくは、魂になった鷹乃がまだここにいて、叫んでいるのか。

身体が動かなくなって、真織はその場でぺしゃんと座りこんだ。

頭がぐらりと傾き、鷹乃の向こう側に倒れた人が視界に入る。

鷹乃の親らしい男と女だった。鷹乃を庇って斬られたような倒れ方で、腹と胸に血の痕があった。弟らしい子どもの姿はなかった。攫われたのか——？

しばらく、動けなくなった。

立ちあがるとか、顔を動かすとか、息をするとか、そういうことも忘れ果てた。

ようやく目が動いたのは、身体の上で火が踊っているのに気づいた時だ。

衣に火が移っていた。ひりひりとした痛みも肌にある。赤く照る火に染まって、燃えているのか照らされているのかもさだかではないが、肌が赤らんでいる。

家の中はもう火の海だ。

力の入らない膝に活をいれて、燃える床に手をつき、背中を起こした。

（千鹿斗に、教えなくちゃ）

火傷の痛みや熱よりも真織を苦しめたのは、身体が裂けるような痛みだった。

身体が壊れて、ぼろぼろ崩れたと感じた。

しかも、治癒がはじまった気配もない。

うまく動けなかったが、自分を叱り続けた。

（鷹乃を助けることはできなかった。家族も。なら、つぎにすべきは——？）

へたり込んでいるだけではだめだ。泣くだけでも、だめだ。

（千鹿斗に教えなくちゃ。ここから出なくちゃ）

涙ぐんで、よろよろ立ちあがった時だ。

ごご、ががと轟音《ごうおん》が鳴って、屋根に亀裂が入った。草屋根が端から崩れていき、屋根の形をつくっていた大量の葦《あし》が火の塊になって落ち、玄関だった隙間も埋めてしまう。

入ってきた道は使えなくなったが、崩れ落ちたのと反対側の屋根が浮きあがり、壁に裂け目をつくった。隙間から外の世界が——川岸の草の緑が覗いている。

ふらつきながら近づいて、火が移った草の壁に手をかけ、力任せに隙間を広げた。

（ここから脱出できるかもしれない——ううん、するんだ）

一心不乱に、出口をつくった。でもある時、異常さに気づいた。真織の手の中で、火のついた木材がかるがる握りつぶされていた。

（まずい）

真織はいま、人間と神様のあいだにいる。人らしさを保っていられるのは人間らしい暮らしを心がけているからで、力を欲すれば、たやすく限界を忘れる身体になっていた。人並外れて速く走ったり、崖《がけ》を登ったりもできるし、怪力にもなる。

でも、そうなると、人ではないものへと引きずられてしまうのだ。記憶が薄れ、思考が鈍くなり、精神のほうも人から遠のき、感情をうしなっていく。

火がついた壁に素手で触れているのも、おかしなことだった。

身にまとう狩衣にも火がついて燃えているのに、熱もいっさい感じていない。

火の中にいる恐怖も抜け落ちていて、ごう、ぱちぱちと燃え盛る音が、リズミカルなメロディーにすら感じている。怖がっていない自分が、怖くなった。

（早く出なきゃ）

自分の手でひろげた壁の裂け目から、外へ。

家の中から見えていた川まで夢中で走った。

水に飛びこみ、服についた火を消す。

水の冷たさを感じて、心の底からほっとした。冷たいとわかるのは感覚がまだ残っている証拠だった。

水深の浅い川で、全身に回った火を消すには寝ころばなくてはいけなかった。

腕を青空にかかげてみるが、袖は焼け焦げたのに、肌には火傷の痕ひとつない。

前にけがをした時は、治癒するまでに数分はかかったはずだが――。

（治るのが早すぎる――）

火傷の痛みもなかった。

ただ、身体がいやに怠《だる》かった。けがはないのに、身体が裂かれたような痛みが残っていて、動くのが億劫《おっくう》だ。川の水に浸かって流れで洗われるうちに、落ち着いてきたが。

（千鹿斗に伝えにいかなくちゃ。鷹乃を助けられなかったって）

集落への延焼を防ごうと、水を運ぶ喧騒《けんそう》が続いている。

ミシミシと軋んで、鷹乃たちの遺体を中に残したまま、家も崩れていく。

(いかなきゃ。千鹿斗が心配してる)

水の中に浸していた身体を起こして、立ちあがろうとした時だ。

背中に強烈な刺激があって、身体が急に動かなくなった。

(なに――)

振り返りたかったが、麻酔を打たれたように身体が動いてくれない。

視界に入るものが燃えゆく集落から青空に変わっていき、倒れているんだ――と自覚する。そうかと思えば、浮きあがった。荷物を運ぶように抱えあげられて、目の前に見えるものがくるくる変わる。黒い服を着た男の胴、脚。乱暴に踏まれる川、はねあがる水滴。水面の波紋。

男の脚は、何人分も見えた。八人くらいいたが、言葉が交わされることはなく、真織をかつぎ、四角い箱型の乗り物に押しこめた。素朴な木造りの御輿で、真織をのせると、さらに縄でくくりつけた。

「うあああ」と呻き声がする。若い青年が川の中でのたうちまわっていた。死にかけた鳥のように水しぶきをあげて激しく痙攣《けいれん》する青年は、黒衣をまとっている。そばに膝をついた男が、青年を抱きかかえた。その男も同じ黒衣をまとっていた。

(あの人、知ってる)

朦朧《もうろう》とする意識の中で、真織はその男を見た。

がっしりした大柄の男で、肩も胸もよく鍛えられ、大きく盛りあがった筋肉が黒衣越しにも目立っていた。記憶の中にあるその男と、目の前にいる男の姿がかさなりゆく。真織が覚えているその男は、幅広の巨大な刀をふるっていた。

(御狩人《みかりびと》、多々良――。背中が冷たい。凍っていくみたいだ)

背中に何かをされたのだ――。氷の刀で貫かれて、凍結がはじまったように身体中が動かなくなり、意識も遠のいていく。

いったい、何を。ぼんやり虚空を見つめるしかできなかったが、その景色も遮断される。御簾が下ろされた。

「娘は穢れの札で封じた。運べ、水ノ宮へ」

多々良は命じ、呻き声をあげる青年を肩にかついだ。

真織をくりつけた御輿が浮きあがり、力者《りきしゃ》の足さばきに合わせて上下しながら、火事の喧騒が遠ざかっていった。

―岩宮《いわみや》―

卜羽巳《うらはみ》邸の病床に多々良《たたら》を呼び寄せた神宮守《じんぐうもり》の顔には、死の影が見えた。

人は、失う覚悟をつけるたびに手段の幅を広げていくものだ。

家族を捨ててもかまわないと覚悟すれば、守るべきものが減るぶん手数が増える。

生きられなくてもいいと覚悟すれば手数はさらに増え、残酷になっていく。

他人の命すら、軽くみるようになる。

「多々良よ、この命を懸けておまえに命じる。分断の危機にある杜《もり》ノ国《くに》を守り、水《みず》ノ宮《みや》の祭祀を守らねばならん」

枕元に座った多々良に、神宮守は小さな木箱の中身を見せた。

箱の中には鎌が二本納められていた。

「蛇脅《へびおど》しの鎌と、神縛《かみしば》りの封だ。わが卜羽巳氏の棟梁《とうりょう》のみに伝わるものだ」

そうきかされ、多々良は思った。

(俺はそのうち、死ぬな)

水ノ宮は秘事と禁忌《きんき》だらけで、その多くをつかさどるのが、神宮守を擁する卜羽巳氏だった。卜羽巳氏だけに伝わる古事は一子相伝で伝えられ、ほかには漏れることがない。知るべきではない者が知ってしまえば、祟りが起きるといわれていた。

いま自分が見聞きしているのも、その禁忌のひとつだろう。

ひとたび知ってしまえば、記憶は返すことができない。口外を防ぐためには殺されるしかなく、神宮守は暗に、おまえも命を懸けよと命じているのだった。

「これは緑螂《ろくろう》に渡すが、きたるべき時がくれば、御狩人《みかりびと》を率いるおまえが扱え」

「どのように使いましょうか」

「蛇脅しの鎌のほうは、使い方が伝わっておらんのだ。卜羽巳氏の紋の元だろうが」

卜羽巳氏の紋は「双《ふた》つ鎌紋」と呼ばれる。二本の鎌が刃を重ねて向き合う形で、木箱の中にあった鎌も、紋と同じ向きに刃を重ねて納まっていた。

神宮守は鎌を箱から取りだし、鎌の下に敷かれた布を見せた。布は古く、黄みがかっていた。

「おまえに託すのはこちら、神縛りの封だ。わが一族が代々伝えてきたが、扱うのは、水ノ宮の神官のうち、大穢《おおえ》に触れることを許される唯一の一族、御狩人。おまえだ」

布は人の手のひらほどの長さで細く、奇怪な紋で埋め尽くされている。円や十字、水の流れに似た曲線を組み合わせたものなど、紋が意味するものはわからないが、じっと見入るうちに、多々良は眉をひそめた。

紋には、強い力があった。不穏な気配を放ち、納められた木箱の内側で、風や時の動きをとめていた。

「穢れの札と伝わっており、相手が神であろうとも力を奪うことができる。ただし、一時だけだ。氷漬けにするようなもので、いずれ解け、使った者は祟られる」

「祟られる？　何が起きるのでしょうか」

「さてな、伝わっておらん。札の内側に封じられた穢れの塊に触れるか、神の怒りを買うのだろうが――。これは緑螂に預けるから、時がきたら、おまえが人を選んで使わせろ。自分では使うな」

「何が起きるかもわからぬのに、犠牲者を選べということですか」

多々良は抗った。

神宮守《じんぐうもり》は暗い目で、病床から多々良をじっと見つめた。

「犠牲者ではない。いずれ豊穣を得るための大切な種となる者だ。穢れに触れられるおまえたちがすべきことだ。つとめを果たせ」

それからしばらく時を経て、緑螂からも命令がくだった。

「真織《まおり》という名の娘を攫え。水ノ宮まで連れてまいれ」

多々良は、その娘と戦ったことがあった。人を超えた力をもつ化け物じみた娘で、万全を期して攫うならば、封じの札を使わねばならなくなった。

（罪人を連れてきて任せる——むりだ）

ずるいことも考えてみたが、御狩人《みかりびと》がおこなう役目は極秘のものが多い。いま何に関わっていて、どこにおり、何をしているかは、一族以外の誰かに悟られるのを控えるのが常だ。稽古をおこなったことのない素人に任せられる役目でもなかった。

どれだけ考えても、一族の誰かにその役目を担ってもらわなければいけなかった。

穢れの札を使って、祟られる役を。

一族を集めて話した晩に、御狩人になったばかりの青年、鹿矢《ろくや》が、笑みを浮かべていった。

「俺が適任です。お任せを」

静まり返った暗い広間で、鹿矢は明るく笑ってみせた。

「そんな顔をしないでください。そういうのは一番若い奴か、一番の腕利きがやるべきで、一番若いのは俺、一番の腕利きは多々良さまです。一族を率いていく多々良さまがすべきことではありませんから、ならば俺です」

娘を攫うなら、滴ノ神事《しずくしんじ》の日しかなかった。その日に、滴大社《しずくおおやしろ》の近くで騒動を起こせと、水ノ原《みずはら》の帯刀衛士《たいとうえじ》に命じておいた。娘の動向を見張り、ひとりになった時を狙って、鹿矢は躊躇することなく神縛りの封を娘の背に貼った。

娘は凍りついたように動かなくなったが、計画通りだ。御輿を運ぶ力者《りきしや》としてついてきた部下が娘を御輿に運びこむ手際も、見事なものだった。

札を使うなり川に沈んで痙攣《けいれん》をはじめた鹿矢を、多々良は無我夢中で背に担いだ。

「しっかりしろ、鹿矢」

背負われた後も、鹿矢は身体を反らして暴れた。うわ言のように呻きもした。

「俺のことは気にせず、いってください。水ノ宮へ、娘を」

「喋るな。舌を嚙む。いくぞ」

誰かに見られれば厄介だ。できるだけ早く離れねばならなかった。

駆けるような速さで御輿を運び、役府を経て、水ノ原の東側へ。卜羽巳氏が力をもつ郷が多い地域で、それとなく道を守らせる段取りになっていた。

鹿矢の震えはとまらなかった。このあと鹿矢がどうなるかもわからないままだ。

真織という名の娘と鹿矢を運び、御狩人《みかりびと》の一団は、一時も休むことなく水ノ宮へ戻った。

一族の若者を犠牲にしておこなわれた作戦だ。かならず成し遂げなければと、全員の目の色が違っていた。

◇ ◇

耳鳴りが酷い。怒りが重なりあって、真織の周りでノイズをつくっていた。

──凍らせた──あいつら、また氷の札を使った

──女神《めがみ》にやったことを、またやった──許せない……

(精霊……?)

周りにたくさん精霊がいて、怒っていた。

精霊がいる場所? わたしはいま、どこにいるんだろう?

気になったけれど、動けなかった。身体も意識もガチガチにかたまっていた。

(誰かがいる)

目の前を、黒い影が横切った気がした。影は音もなくすうっと歩いていて、人の形をしている。

頭も顔も足も黒く、すべて影だったが、「お母さんだ」と思った。

そばに現れて、通り過ぎていくのは、亡くなった母だった。

全身が影で、顔も表情も黒く塗りつぶされている。母だと思うなら生前の笑顔が蘇ってもいいものだが、真織はどうしても母の顔が思いだせなかった。

不老不死の命を得て神様に近づけば、人だった時の記憶が消えていく。

それに気づいたのは、杜ノ国にきてすぐ、思い出や感情が一気に薄れた時だ。母の顔も思いだせなくなって焦ったけれど、その時はスマートフォンが使えて、保存された画像を見返して、大事な記憶が消え去るのをこらえていた。

充電が切れてしまった後は、母の顔を覚えておくためには、脳裏に焼きついた思い出に頼るしかなくなった。

記憶の中の母は、保存された画像よりも鮮明ではなくて、思いだせる表情のバラエティーも狭まった。でも、そこまで不安にはならなかった。保存された画像のように表情が多彩に浮かばなくても、強い人だったとか、嬉しかったとか、形のない思い出が、思い浮かべた母の顔の背後に強烈にあった。

「いい人でいなさいね」とか、「自分を好きでいること。それだけでいいの」とか。

母がよくいっていた言葉や、父も元気だったころに家族で出かけた時の体験とか。

真織が考えたり選んだりする時には、亡くなった父母の考え方にいつのまにか助けられていた。つまり思い出は、とっくに真織にまじって一緒に生きていた。まだ一度も消えていなかった。

でもいま、真織は怖くなった。

通り過ぎていく影が、赤の他人に感じた。

真織が覚悟したのとは次元が違う「忘れる」が近づいているのだ。

とうとう、消えゆこうとしているのだ——。

頬につうっと涙が垂れた気がした、その時。

ぴきっと何かが割れた音をきく。大きな氷の塊に亀裂《きれつ》が入って、生まれたばかりのかすかな隙間に水が吸いこまれていく——そういう感覚が、とても近い場所で起きた。

なだれこんだ水はさらに氷を溶かし、今度はすこし大きなヒビが入る。亀裂が新しい亀裂を生み、やがて氷全体が溶けていく。

凍っていたのは、自分の身体だった。溶けたところから、とまっていた時も動きはじめて、刺激という名の風が吹き込んでくる。

耳鳴りがざわざわと大きくなり、ノイズの奥に人の声がまじっていることにも、気づきはじめた。

きこえてきた声は、懸命に真織に呼びかけていた。

『起きろ、新入り。起きろ』

独特の聞こえ方に覚えがあって、真織は耳をそむけた。

(いやだ。この声をきくのは怖い)

玉響《たまゆら》に似た少年たちにかこまれる、あの夢に出てきた少年の声だった。

大勢の少年がそばにいるふしぎな夢で、祝詞《のりと》やら神咒《しんじゅ》やら、真織が知るはずのない呪文を身体がのっとられたように唱えて、滴大社《しずくおおやしろ》の御洞で気を失う羽目になった。

――この娘にかさなる、べつの魂があるのです。

蘇った氷薙《ひなぎ》の声にもぞっとして、真織は身体中に力を入れた。

(いやだ!)

自分の身動きに驚いて、はっと目を覚ました。

気づいた時、真織は薄暗い場所に寝転んでいた。

建物の中にいたが、すぐそこまで壁が迫っていて、狭い。

すこし離れたところに深緑の布と房で飾られた品のいい御簾がかかっていて、真織はその内側にいた。御簾の向こう側には、木々の影が見える。

(御簾――? ここは、どこ)

建物の柱は太く、板壁は滑らかに削られ、雲や蔦《つた》の文様が彫られている。

神領諸氏《じんりようしよし》の邸と同等か、それ以上の優美さを誇る建物だったが、はじめて目にするものもあった。

広間の隅に座敷牢《ざしきろう》のような区画があって、真織はその格子状に組まれた壁の内側に閉じこめられていた。美しい御簾も、格子の隙間から見えていた。

(なに、ここ)

檻に籠められたようなもので、建物がいくら大きくて優美でも、もてなし方は最低だ。いい待遇とはほど遠かった。

足音が近づいてくる。若い男の声もした。

「目を覚ましたのだな」

御簾の隙間から姿を現した男は、神官の恰好をしていた。烏帽子をかぶり、濃い藍《あい》色《いろ》の狩衣に身を包んでいて、すらりと背が高い。均整のとれた綺麗な身体をしていて、立ち姿にすら品の良さが滲んでいる。

その男は、顔立ちも端正だった。凜々《りり》しい下がり目が印象的で、一度見たら目に焼きついてしまう稀有《けう》な華のある人だ。

真織も、その人を覚えていた。

(緑螂さんだ。卜羽巳氏の神宮守《じんぐうもり》の息子。杜ノ国で一番偉い政治家の跡取り)

緑螂はまっすぐに障壁の際までやってくると、真織を見下ろして顔をしかめた。

「どこかで見た顔だ」

緑螂は、若い男を連れていた。

従者のようで、男は緑螂の肩越しに真織を覗きこんで思案した。

「御種祭《みたねまつり》でご覧になったのではございませんか？　玉響さまと一緒に女神に射抜かれた娘でございますよね？」

「それだけだったろうか」

(覚えていないのか)

真織はほっとした。真織はほかの場所でも緑螂に会っていたが、忘れていてもらったほうがありがたかった。

べつの足音も近づいてくる。つぎに現れた男は黒装束《くろしょうぞく》に身をつつみ、御簾の向こう側で平伏して来訪を告げた。

「緑螂さま、蟇目《ひきめ》さまがお着きになりました」

(あの人だ)

その男のことも、真織は知っていた。真織を攫った御狩人《みかりびと》で、名を多々良という。

「わかった。蟻真《ありま》、こい」

「はっ」

緑螂が蟻真と呼んだ従者を連れて、館から出ていく。誰かを迎えにいくようだ。

(ひきめさま？　誰だろう。そういえば、背中――)

ここで目が覚める前は、火に包まれた家のそばで途方に暮れていたはずだった。服に燃え移った火を消そうと川に飛びこんだところで多々良に会って、気づいた時には、麻酔銃を食らったように身体が動かなくなった。その後のことは、何ひとつ覚えていない。

(身体が怠い。痺《しび》れがまだ残ってる――)

いまもまだ、風邪で寝込んだ後のような気だるさが背中に残っていた。

緑螂と蟻真が戻ってきた時、ふたりはぐらぐら揺れながら歩く男の肩を支えていた。かなり年老いて見える男で、顔色は冴えず、はあ、はあ――と息を切らしている。烏帽子をかぶり、緑螂たちと同じ神官の恰好をしているが、真織には病人のパジャマ姿に見えた。真織は、その男のことも知っていた。

(神宮守《じんぐうもり》だ。病気?)

緑螂の父親で、神宮守といって、杜ノ国の国王にあたる位につく男である。玉響が神王《くまみこ》だった時にともに祭政をおこなった政治家で、黒槙《くろまき》が敵視している相手でもあった。

でも、神宮守の様子は、真織が覚えている姿から様変わりしていた。支えられて歩いているところを見ると、容態が良くないのだろうか。

神宮守の頬はこけ、目の周りが窪《くぼ》み、目玉だけがぎらぎらしている。真織をじっと見ていたが、肉食の生き物が獲物を狙うようで、あまりいい気分ではなかった。

「娘のそばへ寄らせろ」

神宮守は息子にいい、格子の障壁へと近づいてくる。足が悪いのか、一歩前に出るごとに苦悶の表情を浮かべて、悲鳴を漏らした。

多々良も手を貸し、三人がかりで助けて、真織のもとへとやってくるが、そのあいだずっと神宮守《じんぐうもり》は真織を見つめ続ける。暗い目には髑髏《どくろ》の眼窩《がんか》の印象があって、化けて出た死者に呪いをかけられている錯覚もした。

「もっと娘に近づけい！　座らせろ、娘の手をとらせろ」

神宮守はつぎつぎ注文をつけ、死にかけの生き物のように肩で息をした。

「こい」

緑螂が格子の隙間から手を差し入れ、真織の手を摑んで障壁側へ引き寄せた。

神宮守も手を伸ばした。真織の手首を摑むなり、多々良と蟻真に怒鳴った。

「おまえたちは出ていけ。しばらく近づくな！」

さんざん世話を焼かせたくせに、酷い剣幕だ。

多々良と蟻真は従順に遠ざかっていくが、神宮守がふたりを気にすることはもはやなく、ぎらついた目は真織しか見なかった。

その目も、今わの際の人が生者にすがるようで、異様さに真織の眉根が寄った。

「いかがでしょう、父上。この娘はあらたな神王《くまみこ》でしょうか」

尋ねた緑螂に、神宮守は薄気味の悪い笑みを浮かべる。

「調べてみよう。とくと覚えよ。おまえに神王の扱い方を教えてやろう」

そういい、神宮守は小刀を抜いた。真織の手首は手のひらが天井を向くように摑まれていたが、神宮守は、鞘《さや》から抜いてむき出しにした刃を真織の手首に寄せる。

（えっ？）

真織は動転した。

他人に刃物を突きつけているというのに、神宮守は一切の躊躇をしなかった。仕草は、動作テストをするように冷淡だ。

刃は肌に添えられ、手首の上あたりにひたりと触れた。

神宮守が、息子へにやりと笑いかけた。

「神王となった子が女神から認められればな、教えてもおらぬ祝詞を口ずさむようになり、人の声が届かなくなり、御洞《みほら》の奥へ進み、女神のもとで〈神隠れ〉の神事をおこなうようになり、名実ともに生き神となるのだ。神王はな、血を流さないのだ。面白いことにな、血の代わりに水を流すのだ」

肌に当てられた刃が引かれて、血が出た。

もちろん痛かった。でも、こらえた。

真織に生まれた怒りが膨《ふく》らみすぎて、痛みどころではなくなっていた。

目の裏に浮かんだのは、流天《るてん》の華奢《きゃしゃ》な腕にあった刃の傷痕だった。

『まだ治らないんです。神王と認められれば治るのに、まだ血が出るのです』

声をひきつらせて泣きじゃくり、虚空を見つめて震える姿が痛々しくて、胸が凍ったのを、ありありと覚えている。

（こういうことだったのか――）

流天の母親は息子を抱きしめて憤りで身を震わせたが、真織も、そうなるのを懸命にこらえた。

『恐ろしい真似を――。怖かったでしょう、痛かったでしょう。おのれ神宮守《じんぐうもり》！』

同じ目にあったのも、流天だけでないはずだ。

玉響も、その前の神王《くまみこ》も、その前の子も、当時の神宮守だった男から同じ真似をされていたに違いなかった。

（許せない。こんな、人形の機能をたしかめるみたいに――）

「血が出よった」

神宮守の声に失望がにじむ。でも、真織の無表情に気づいて、息子に声をかけた。

「いや――傷を見ておれ、緑螂」

緑螂と神宮守の視線がそそがれる中、真織の手首を濡らした血はとまりゆく。傷口にかさぶたがはり、白くなり、剝がれゆき、ふたりの目の前で、時が戻るように傷が治癒していく。

くっくっと、神宮守の口から笑い声が漏れた。

「治りよったぞ。緑螂、この娘こそがあらたな神王だ。女神が選んだのは轟《とどろき》氏の御子ではなく、この娘だったのだ。だからあの御子は、どれだけ待とうが神の清杯《さやつき》たる証を得られなかったのだ！」

「どういうことです。つまり——」

緑螂が秀麗《しゅうれい》な眉をひそめている。神宮守は、狂ったように声をうわずらせた。

「神王となる御子はな、治癒の力をしだいに高めていくのだ。いまにこの娘からは、赤い血の代わりに聖なる水が流れるようになろう。黒槙が攫った神王は、はずれの神王だったということだ。神領諸氏《じんりょうしょし》は、神王たる力をもたぬ役立たずの童のために乱を起こしたのだ。茶番にもほどがある！」

はははははと機嫌よく笑い、神宮守は息子に命じた。

「この娘こそがまことの神王だ。そのことを知らしめる祭りをひらき、民の心をまとめよ。軍配はこちらにあがった！」


（滝の音がする——）

小川のせせらぎに似たかすかな音が、上のほうからしていた。

リズムや高さが異なる水音がかさなっているのは、滝の数がひとつではないからだ。

これと似た水の音をきいたことがあった。あれは、たしか——。

同じ水音をききながら進んだ時に見た景色を思いだしてみる。

苔生した大きな岩のある細い道。足を踏み入れるのをためらう神聖な雰囲気。泉が湧いていて、しめ縄が飾られ、白い紙垂《しで》が垂れている——真織は、ため息をついた。

(ここは、水ノ宮か)

真織は、流天に代わるあらたな神王《くまみこ》として攫われてきたらしい。

そういえば、多々良がこう話していた。

『娘は穢れの札で封じた。運べ、水ノ宮へ』

妙な技を使って身体の自由を奪い、御輿に隠してまで、神宮守《じんぐうもり》と緑螂のもとへ運ばれてきたのだ。

ここが水ノ宮なら、神王の住まいとなる館、内《うち》ノ院《いん》にいるのだろうか。

(だから、こんなに豪華なのか。でも——)

神王が暮らす建物なら、優美さにも納得がいくが、異様なところもある。

真織は、格子状の障壁の内側に閉じこめられていた。俗にいう、座敷牢である。

天井と床には障壁を固定する仕組みがあった。壁をつけたり外したりできる設計らしいが——。

(神王が、いつも閉じこめられているってわけじゃ、ないのかな。じゃあ、どんな時に閉じこめるんだろう。いうことをきかない時とか？　最悪——）

なおさら憂鬱《ゆううつ》になる。水ノ宮の奥深く、助けなど呼べない場所で、神王となる少年たちが、こんなふうに自由を奪われていたと思うと——。

障壁には、食べ物を出し入れするための隙間もあった。十歳くらいの巫女が一度やってきて、その隙間から食べ物をのせた台盤を真織のもとに運んだが、くぐれるのは食器くらいで、頭も通らない狭さだった。

そういえば、気を失っているあいだに着替えさせられていた。焦げた服は脱がされ、緑の狩衣、白い袴姿になっていた。

（この色、神王が着る服だよね。水ノ宮の神官は白や、ほかの色の服を着ている人が多かったもの）

狩衣の内側に着る、杜ノ国流の下着にあたる着物も取り替えられていた。

いったい誰が着ていた狩衣を脱がせて、いまの服を着せたのだろうと考えるのは、やめておいた。想像するのもいやだ。

神宮守たちが去ってからは、訪れたのは食事を運んだ幼い巫女だけだった。

台盤という脚付きのお盆にのっていた食事は、白米に、茄子《なす》の漬物に、鮎の煮物。量はほんのすこしで、盛りつけ方も奇妙だった。白米は丸餅《まるもち》に似た形にまるく盛られ、漬物と煮物はとぐろを巻いた蛇のような山形に積みあげられていて、おいしそうとはさっぱり感じない。食事というより、神様へのお供え物だ。

（まずい、食欲がない）

どれだけ眠っていたかはわからないが、滴ノ神事の前にすこし腹にいれただけなので、空腹のはずなのに。

食欲は、痛さや怖さ、眠気や疲労と同じく、人らしさをキープしているかどうかのバロメーターのひとつだ。むりをしても、空腹を思いださせたほうがいいのだが。

料理にちらりと目をやって、ため息をついた。

（やっぱり、食べたいと思えない——）

目にはっと生気が戻ったのは、食べ物がのった台盤に視線がたどりついた時だった。

（これを使えば、ここから出られるかもしれない）

真織は、手早く食器を床へ置いていった。台盤をからっぽにすると、立ちあがった。

（見張っている人は、いないね？）

食事を届けにきた巫女は去っている。ためしてみるなら、いまのうちだ。

台盤を両手でかかげて天井に向け、格子の隙間から細い脚をぐらせる。

台盤についた脚で天井についた閂《かんぬき》——障壁を固定している仕組みを外せないか？

しばらく奮闘したものの、肩を落とす。門はもともと手が届きにくい高い場所にあった上に、台盤の脚は二十センチもない。格子の障壁も厚みがあって、隙間をくぐらせようとしても思うようにはいかなかった。

(まあ、逃げられないようになってるか)

閉じこめるからには、簡単に逃がす気はないだろう。

見張りが誰もいないのも、そういうことだからなのだろう。

これが神王《くまみこ》という現人神へのもてなし方かと考えると、つくづく疑問だが。

(いいんだ。逃げる方法を考えよう。そうだよ、何かしよう。元気も出た)

食欲、痛み、恐怖、眠気、疲労のどれも感じないいま、どんなものでもいいから、欲望にしがみついていたかった。

ここから逃げたい。こんな場所にいたくない。

それが、いまの真織にある唯一の欲だった。

(つぎはどうする? 頭を動かしたほうがいいんだ。考えて――。とりあえず、逃げようとしているとばれちゃいけないよね。チャンスを待つこともできなくなる)

まずは、証拠隠滅である。もとの居場所に戻って、料理が盛られたお皿を台盤の上に元通りに並べなおしていった。

すると、耳の内側で、少年の声がそうっと真織を覗きこんでくる。

『ここから出たいのか？』

あの子の声だ――。きこえてくると怖くなる、玉響に似た少年の声が、耳の内側に響きはじめていた。

（きこえない。きかない。夢、幻、気のせい）

咄嗟に知らんぷりをしてみるが、どうやら少年の声は真織を心配している。

『きこえているだろう？　なぜ私を頼ろうとしないのだ？』

少年は不満そうにしていたが、真織も心外だった。

気を抜けば身体を乗っ取られそうになったり、真織が知らないことを口走らせたり、妙な呪文を唱えさせたりと、この声が絡む時には、厄介な目にしか遭っていないのだ。

「なぜって――」

真織が憮然と黙りこむと、少年は天を仰ぐような仕草をした。

『気難しい奴だなぁ。こんな新入りははじめてだ。ここから出たいなら、助けてやるといっているのに』

「それは、出たいけど――」

返事をして、真織はため息をついた。

「どうしよう。会話が成立してきてる……」

とり憑かれてなんかいない。べつの魂がかさなってなんかいない——と、懸命に見ないふりをしていた不思議があまりにも頻繁に起きるので、なんだかんだと慣れていく薄気味悪さがある。

それに、声はきこえていても、声の主の実体はない。

滴ノ神事の最中に夢の中で会った時には、声の主らしい少年の姿も見たが、内ノ院の広間ではいま、格子の内側に真織がぽつんと閉じこめられているだけだ。

本当の幽霊や、幻聴、白昼夢——という可能性もまだ残っているのである。

でも真織は、この少年を幽霊や悪霊かもしれないからと怖がっているわけではなかった。

この少年と関わると怖くなるのは、玉響と似ているからだ。

声も、夢の中で見せた姿も、神王《くまみこ》だったころの玉響に似ていて、この子と、記憶の中の玉響がまじってしまうのがたまらなく怖かったから。

でも、まったくの別人だ。全然似ていない！

真織は胸でくりかえして、覚悟をつけた。

「わかったよ、話ができているのは認める。あなたはどこかに存在しているんだね？でも、どうしてわたしに話しかけてくるの？　あなたは誰なの？」

『私は、おまえのために足跡を残したいだけだ。足跡のない雪野原を歩くのは難しいだろう？』

「雪？」

『ああ、そうだ。道ができれば楽になるだろう？』

よくわからないが、悪意はなさそうだ。

話すごとに頭の中がのっとられていきそうな脅えは、まだ残ったが。

「でもね、あなたの助けは要らないと思う。あなたが嫌いっていうわけじゃなくて、よくないことが起こりそうだから、自衛のために。ごめんね」

『私もおまえのような奴がはじめてで困っているが、私の側に近づいてきているのは、おまえのほうだ。おまえは、私の後を継いでいく新入りだろう？』

（新入り？　この子の後を継いでいく？）

この少年が誰なのか。真織は、だんだん正体に思い当たりはじめた。

「あの。あなたは、もとの神王《くまみこ》？」

返事はかえらなかった。気配はあるのに、少年は無言になった。

「肝心な時に黙るのね」

真織は呆れたが、結局少年は答えなかった。少年の声は、べつの話をはじめた。

『ここから出たいなら、あの門をはずせばよい』

少年の視線につられて真織の目も動いた。勝手に身体が操られるのに腹が立って、文句をいったが。

「勝手に見ないで」

『おまえが私に合わせただけだ。立って、門の下へいけ。手を伸ばせ』

少年が真織に見せたのは、障壁を固定する仕掛けだ。

「とっくにためしたよ。手が届かないの」

『できると思っていないからだ。おまえは神王だ。人ではない』

「違うよ。神王は神様じゃなくて、人の仲間だよ」

神王は不老不死の命をさずかると、神様の身体に近づいていく。痛みや、人として当たり前にあった刺激を感じなくなり、記憶もなくしていく。

人の世界から切り離されてしまうが、神様の仲間になれるわけでもなかった。

女神や八百万の神々にとっての神王は「客人《まれびと》」でしかなく、神王となった少年は、神様にもなれず、人の世界との縁を断ち切られて、もし御種祭《みたねまつり》を生き延びても、帰る場所を失ってしまうのだ。

「それに、わたしは神王になりかけているかもしれないけど、半分だけだよ。同じ命を持った子がもうひとりいて、その子と命を分け合っているから――」

『おまえの片割れなら、神宮守《じんぐうもり》になった』

「神宮守？」

『あの者に、私の声はもう届かなくなった。神王《くまみこ》はおまえだ。立て。仕掛けの下へいけ。手を伸ばせ』

少年の声にせっつかれて、真織はしぶしぶ立ちあがった。

「長い棒でもないと、天井には届かないよ？」

『必要ない。ここから出たいと思うだけでいい』

「思うだけ？」

さっき台盤をもって立った場所へもう一度いき、格子の隙間に腕をさしいれる。思い切り手を伸ばしても、天井の閂に触れるには足りなかった。

仕掛けのあるあたりの下だけは、ご丁寧に格子もつくられていない。逃げようとした人が、足をかけて登るのを防ぐためだ。

「設計した人の悪意を感じるよ。神王を囚人みたいに考えてるのかな」

真織がぼやくと、耳の内側で少年は声をひそめた。

『人が、だんだん狡《ずる》くなるからだ。人は学び、知恵を残すが、正しく受け継がれなければ知恵は狂っていく。――はじめはこうではなかった。もっと手を伸ばせ』

「これ以上は伸びないよ」

『伸びる。おまえは神王だ。身体は神に寄っている』

「どういうことよ――」

『傷はつかず、形も変えられる。手を伸ばせ』

「形……？　ちょっと待って」

恐ろしいことをきいた。

（そんなことができるわけがない。できたら、それこそ化け物じゃない）

恐る恐る腕を伸ばして、天井にしつらえられた仕掛けを見つめていると、しばらくして、天井の閂にじわじわ近づいてくる白い光があった。

なんの光だろう？　光の出所を探してみて、ぎょっと目を見張る。白い光は真織の手から伸びていた。肉体の指の先から伸びる光の腕があって、しかも、先端は指の形にひろがっている。光の指先が閂に触れると、さらにぞっとする。血が通った指ではないのに、仕掛けの木目をなぞる感覚があった。

『閂を外せ』

念じれば、光の指も動いた。

かとんと軽い音が鳴って、障壁を天井に固定していた閂は外れ、床に落ちた。

『つぎは下だ』

少年が足もとに目を向けさせる。天井の仕掛けと同じものが床にもあった。そちらは低い場所にあるので、しゃがみこんで手を伸ばせばどうにか外せた。

障壁の反対側でも、同じように天井と床の閂を外すと、障壁が動くようになる。

もはや固定している器具がないので、思い切り押せば倒れてしまう。格子に指をかけてそうっと移動させ、壁際に立てかける。座敷牢をつくっていた壁が外れた。

『出よう。御洞へいけ』

「御洞って、女神さまがいるあの洞窟？」

神王《くまみこ》の住まいとなる内ノ院の背後には、奥《おく》ノ院《いん》と呼ばれる神域がある。

聖なる洞窟があって、精霊がたくさん住んでいるが、人間は足を踏み入れることができない。普通の人は、肉体を保てなくなる場所だからだ。

治癒の力をもつ真織なら、肉体が崩れても再生してくれるので生きていられるが、真織にとっても、自分から入りたい場所ではなかった。

「ひとりで入るのは遠慮させて。また滴《しずく》大社《おおやしろ》の御洞の中みたいに意識がなくなったら、二度と出られなくなっちゃうじゃない」

思いだして、ぶるっと身震いをする。少年はふてぶてしくいった。

『おまえなら大丈夫だ。私がおまえの身体を操ってでも外へ出してやる』

「それも問題なんだよ。あなたに操られたままになったら困るの」

『だが、おまえは拒むではないか。ほかの者は喜んで私たちを受け入れるのに、おまえは神王になろうとせず、人でいることにこだわるではないか』

「だから大丈夫だっていうの？　滴大社でだって、玉響と千鹿斗《ちかと》に助けてもらって、どうにか外に出られたんだよ？　奥ノ院の御洞には誰も助けに入れないの。千鹿斗も、玉響も」

『わかったから、まずはここを出ろ。つぎは括《くく》られるぞ？』

「え？」

『あの者らは、神王が暴れると縄で繋ぐ。神王が縛られる姿は、私はあまり見たくない』

すでに門は外され、障壁だったものは壁際に寄せてある。どう見ても、逃げようとした痕だ。バレてしまれば、いまの話だと「暴れた」と見なされるに決まっていた。

「そういう話は先にしてほしかった」

真織はため息をついた。

「わかったよ。出よう」

真織は庭と館を隔てる御簾のそばへ寄って、縁側を覗いた。

日が傾き、光が薄れる黄昏時だ。夏の花が咲き乱れる庭は翳《かげ》りはじめ、夜が迫っていた。食事を届けにきた巫女が器を下げにくるかもしれないし、早く出るに越したことはなかった。もっと暗くなれば、逃げる方角もわからなくなる。

人の姿が周りにないのをたしかめて、真織は縁側から庭へ下りた。

その庭は前にきたことがあったので、少年がいけといった奥ノ院への行き方も、まだ覚えていた。

水ノ宮の背後にそびえる御供山《みそなえやま》の方角へ向かって小走りになる。内ノ院の奥は人の出入りがかぎられるので、奥へ入ってしまえば追手も減るはずだ。

道なりに進み、奥ノ院の社の前に辿り着く。少年が逃げ場所に提案した御洞に向かうなら、社の戸をあけて中に入らなければいけないが、社殿の正面に立って屋根の上を見あげて、真織はほうと息を吐いた。

奥ノ院は、岩の壁を背にして建っている。その岩の壁を、真織は丹念に見上げた。

「ここを登る」

『ここを？　崖をか？』

「うん。だって、御洞の中に入りたくないし、ここを登れば御供山にいけるから」

『御供山を越える気か？　神の山だぞ。神が住み、人を遠ざける聖なる山だ』

「でも、ここを越えたら逃げられるって、知ってるから」

天が暗くなりゆき、日差しが弱まっていく。

影が薄れてしまえば、崖の凹凸《おうとつ》が見えづらくなっていく。

「早くいかなきゃ。いくね」

右手を大きく伸ばして、岩の出っ張りを掴み、真織は岩の壁を登りはじめた。

専用の道具や命綱がないどころか、裸足《はだし》で、身動きのしづらい狩衣姿だ。

でも、崖なら何度か登った。

できるよ、いまも——。思い出が、真織の身体を動かした。

ただ、空は暗くなりゆく。岩の出っ張りの厚みも見えづらくなってきて、ぶじに崖を登りきれるかどうかは時間との勝負にもなった。

(逃げてやる)

水ノ宮に留まる気はなかった。座敷牢のような場所に閉じこめられて、刃で傷をつけられたり、人形みたいに扱われたり、酷い目に遭うのはまっぴらだ。これまでの神王《くまみこ》たちが同じ目に遭っていたと思えば、なおさらだ。

その子たちは逆らえなかったかもしれない。そうするしか神王になるすべはないと信じて、従ったかもしれないのだ。

思いどおりになんか、なってやるもんか。流天や玉響やほかの子たちのぶんまで、抗ってやる——。

懸命に壁にしがみついて足の置き場を探し、登り続けるうちに、はるか上のほうからきこえていた滝の音が、だんだん低くなっていく。真織は奥ノ院の屋根の高さに達していて、さらに登り、屋根も超えた。

足もとを見るのは、やめておいた。ほぼ垂直の岩の壁を登っているので、恐ろしい眺めに震えあがるのが目に見えていたし、怖がっている時間もなかった。

（急げ）

奥ノ院の屋根の高さを超えたなら、内ノ院や、ほかの官舎の屋根の高さもいまに超えるはずだ。姿を隠してくれる屋根がなければ、真織の姿を見つける人が現れるかもしれない。影が薄くなる時間帯で、目立ちにくくなっているはずだが――。

真織の内側で、少年が怯えた。

『かるがる登りやがって。猿みたいな奴だな。高い――』

真織が見ている景色を一緒に見ているのか、目を逸らすような気配を感じた。

「高所恐怖症？　偉そうにしているのに、怖いものがあるんだね」

岩の出っ張りへとつぎつぎに手を伸ばしつつ、ふふっと笑うと、少年は拗《す》ねた。

『驚いただけだ。おまえも、まことに奇妙な神王《くまみこ》だ』

「神王じゃないけどね。静かにしてて。気が散るから」

暗くなる前に、見つかる前に、早く――。タイムリミットだらけだった。

（たしか崖は、奥ノ院の高さの二倍くらいだった）

登る前に崖を見あげた時の目算では、崖の高さは、奥ノ院の建物をふたつ重ねたくらいだった。

崖の上部には木が茂っていて、上がどうなっているのかは見えなかったが。

（いこう。木の蔭までたどり着けば隠れられるし。枝に座って朝を待ってもいい。あ

の人たちのもとから逃げられればいい）

天は暗さを増し、頭上の木々の葉が黒い影になりゆく。

闇に染まりきる前に崖を登りきってしまいたくて、必死に頂をめざした。

真織が崖を登りはじめてからというもの、少年は口数が減った。

消えてくれたなら、それでいいけれど――。

真織は、自分の内側にいるらしい存在に呼びかけてみた。

「ねえ、いる？」

『――いるが』

「なんだ、いたのか……」

少年は不機嫌に拗ねた。

『呼んでおいて落胆するな』

「たしかに。ごめん」

非を認めて、尋ねた。

「ねえ、名前を教えてくれない？　わたしを助けようとしてくれているっていうことはわかったから。名前がないと呼びにくいじゃない。名前は？」

少年はぶっきらぼうに答えた。

『失くした』

「失くした？　名前って、失くすもの？」

真織が驚くと、少年はため息をついた。

『大勢の神王《くまみこ》を助けるうちに、忘れてしまったのだ。私も、狂った知識のうちのひとつなのだろうな——』

◇　◇

「奇妙な御輿を見たという者がおりました」

巳紗杜《みさと》の集落の焼け跡から戻ってきた神兵が、釣り人の男を引きずってやってきた。滴大社《しずくおおやしろ》の客殿には、錚々《そうそう》たる顔ぶれが揃っていた。神領諸氏《じんりょうしょし》の長の黒槙に、側近たちに、警護をつとめる神兵たちに、氷薙をはじめとする滴大社の神官たち。

連れてこられた男は悲鳴をあげて、「お許しください！」と平伏した。

「俺は何もしちゃおりません。御輿を見たと神兵さまにいったら、ここに連れてこられただけです！」

「詳しく話をきかせればそれでよい。おぬしが見たのはどんな御輿だった？」

「神子《みこ》を運ぶ御輿です」

「まちがいないな？　では、誰がのっておった？」

「見ておりませんよぉ！　御簾がかかっていましたし、じろじろ見ては無礼と叱られるではありませんか」

「ならば答えよ、御輿はどこへ向かった？」

「役府の方角ですよ。今年の神子を出す番の里から火があがっていたので、神子を安全なところへ逃がしているのかと——けが人もいたようですし」

「けが人？」

「へい。神兵さまがおぶられていました。黒い衣の神兵さまでした」

男への尋問が続く客殿の隅で、玉響は力なくしゃがみ込んでいた。

「真織が消えた」

蒼《あお》い顔をして背中をまるめる玉響を慰《なぐさ》めるものの、千鹿斗はいらいらといった。

「ああそうだよ。だから、みんなで捜してる」

「追いかけられなかった……私は真織を守れなかった。私と真織を繋ぐものがとても細くなった。ずっと繋がっていたのに——。どんどん細くなっていて、いまにも切れそうなのだ……」

「じゃあ捜せよ。めそめそしてたら真織は見つかるのかよ？」

釣り人の男を帰したのちに、客殿では話し合いが再開する。

「焼け跡へいった者、前へ出よ。あらためて知らせよ」

「はっ」と進みでたのは、弓弦刃《ゆづるは》だった。

険しい顔で腕組みをする黒槙たちの前で頭をさげ、弓弦刃はもうしあげた。

「火元となったのは神子《みこ》を出す家でした。近隣に住まう者の噂では、火が出る前に役府の兵の姿を見たそうです。家から何かを運びだしていた、と」

「何か、か。刀だろう。いまいましい。それで、逃げ遅れた者は？」

「三人です。神子の兄と、その両親《ふたおや》と思われます。巳紗杜の郷守《さとのかみ》にたしかめさせましたが、姿が変わり果てており――」

「なぜわからんのだ？　同じ郷で暮らしているくせに。千鹿斗、おまえも見たか？　神子の一家だったか？」

黒槙に名指しされ、千鹿斗も話の輪に入りゆく。

「はい。おれは、鷹乃《たかの》たちだと思いました」

千鹿斗はうつむき、いった。

「真織は、鷹乃の声がきこえるといっていました。それで、火の中に助けにいったんです。自分なら助けられるからと」

「黒槙さま、黒い衣の神兵というと、もしや――」

弓弦刃が口を挟む。黒槙は唸り、舌打ちした。

「御狩人《みかりびと》だ。神宮守《じんぐうもり》の命令で動く者たちだ。それで、神子はどうした？」

「それらしき姿はありませんでした。攫われたか、もしくは――」

「おのれ、卜羽巳氏め。神子を穢し、火を放ち、人を殺め、刀を奪い、真織も連れ去っただと？　杜ノ国に穢れをまき散らす害悪め！」

千鹿斗が尋ねる。

「真織は、神子を運ぶ御輿にのせて攫われたということでしょうか？　なぜ、真織が――」

「神王《くまみこ》が欲しいからか？　流天さまも玉響さまも、わがもとにおられるから。真織なら攫えると踏んだのではないか？　あいつらも御種祭《みたねまつり》に雁首《がんくび》を揃えていた。真織がただ人ではないと知っていたのだろう」

黒槙のそばで、氷薙が冷ややかにいう。

「恐れて、あの娘がみずから逃げたのでは？　あの娘にかさなっていた何者かが卜羽巳氏にかかわるなら、調べられてはまずかったでしょう」

「氷薙、いまその話は――」

呆れ口調の黒槙に、氷薙は歯向かった。

「疑いは晴れていないのです。義兄上には伝えたでしょう？　あの娘は『終焉』だと」

「氷薙さま、どういう意味でしょうか」

神官たちの怪訝な顔を、氷薙はひとつひとつ見渡した。

「水占《みずうら》であの娘のことを尋ねると、神々はあの娘が『終焉』だというのだ。だからおれは、あの娘が凶兆の禍と解いた。神領諸氏《じんりようしよし》──いや、杜ノ国に終焉をもたらす不吉な存在ではないか、と」

「氷薙、終焉の意味はまだ解けておらんだろうが？」

黒槙が釘《くぎ》をさす。

「ええ。御洞で、あらためて神々に尋ねるつもりでした。しかし、あの娘は逃げてしまいました」

「逃げたのではなく、攫われたのだ。何度も話したろう？　真織は新しい神王《くまみこ》のような娘で、神域に入り、玉響さまを助け、俺のことも助けた」

「しかし、結果はどうです？　あの娘は滴大社《しずくおおやしろ》の大祭を穢し、里には火がつき、刀は奪われ、娘と神子《みこ》は行方知れず。水ノ宮へ向かったかもしれず、つまり、戦のはじまりは目前。杜ノ国における禍のきっかけは、あの娘です」

「だが、俺はあの娘に助けられた。これも事実だ」

黒槙は言い切ったが、氷薙も引かなかった。

「いいえ。あの娘はさらに重大な罪もおかしたではありませんか。玉響さまを穢しました」

「玉響さまを？」

「あの娘がそばにいたから、玉響さまは神王らしさを失ってしまったのではないですか？　玉響さまが俗に落ちたのは、あの娘が穢れを教えたからでしょう？」

「あの」

千鹿斗がふたりの会話に割って入った。

「お話し中もうしわけありませんが、おれは千紗杜《ちさと》に帰ります」

「いまか？」

眉をひそめた黒槙を、千鹿斗は睨んだ。

「ええ、すぐにでも。こんな時に、くだらない話をしているのをそばできかされる身にもなってください。真織が行方知れずになったのは、火の中にいた鷹乃と家族を助けにいったからです。おれは何もできなかったし、あなた方も、ほかの誰も、真織のようには動けなかった――いえ」

千鹿斗は苛立《いらだ》ちをおさえて息を吐き、氷薙を睨みつけた。

「鷹乃たちのことが、あなた方にとってどれほど重要かはわかりません。ただ、何もかも真織のせいにする気ですか？　この場にすらいないのに。あなたも卑怯《ひきょう》です」

千鹿斗は立ちあがった。

「真織が水ノ宮へ連れ去られたかもしれないなら、いますべきは、どう救いだすかの相談ではないのですか？　おれは、北《きた》ノ原《はら》に戻って真織を捜します。——黒槙さま、玉響をよろしくお願いします」

客殿の隅に座りこんでいた玉響も、千鹿斗を追って立ちあがった。

「私も、ここにいるのがいやになった」

目尻ににじんだ涙をぬぐって、玉響は哀れなものを見るように氷薙を見つめた。

「真織を責めるおまえのほうが、私は恐ろしい。悪と決めてから神々に尋ねようとするおまえの考え方も、私にはわからないよ」

玉響は、心底わからないというふうに弱々しく首を横に振った。

「黒槙にも、尋ねてみたかった。どうしておまえは、それほど卜羽巳氏を悪くいうのだろうか。あの者たちはそこまで悪いのか？」

「何をおっしゃいます？　あなただって、さんざん酷い目に遭わされたではありませんか！」

黒槙が腰を浮かせて訴える。玉響は眉をひそめた。

「いやな思いをした覚えはある。神宮守《じんぐうもり》は流天を脅えさせ、千紗杜の民も怖がらせ、真織を連れていったかもしれない。でも、なぜ恨み続けなければいけないのだろうか？　神々ならすぐに許すよ。おまえは仲間思いのやさしい男なのに、どうして相手があの者らになると、そのように猛《たけ》るのか——」

「俺たちは人です。俺は、一族が何百年も虐げられてきた屈辱を胸に抱いていなければならないのです。この屈辱を晴らしてやらねばならぬのです！」

黒槙は言葉を噛みしめ、玉響を宥《なだ》めた。

「あなたはやさしすぎるのです。それに、知らなすぎる」


狩衣なんかを着ていけるかと、千鹿斗は服をねだった。

水ノ原から北ノ原までは、まる一日ほどの行程だ。旅支度も大して必要ない。

「歩けりゃいいんだよ、歩けりゃ」

脛巾《はばき》をくくる紐を結い直すと、千鹿斗は早々に客殿を出た。

「じゃあな、玉響。無事でいろ」

「もういくのか」

「いくよ。幸い今日は、日が沈むのが遅い日だ。いま出れば、暗くなる前に神《かみ》ノ原《はら》に入れるさ。平地に出ちまえば闇夜でも歩けないことはないし、明日の日の出も早いんだ。昼前には千紗杜に戻って、人を集めて真織を捜すよ」

千鹿斗は吐き捨てるような言い方をした。

「真織が不死身で、治癒するから面倒なことを任せるとか、そういうのはいやなんだよ。治るのが早いってだけで痛い思いはするんだろ？　それに真織は、もともと先陣を切って突っ込んでいく奴じゃないんだ。それでも真織は鷹乃を助けにいって、攫われたんだろ？　これ以上何もしなかったら、おれが死んじまう」

「──私もだ。真織を捜そうと思う」

「一緒にいくか？　と、いいたいけど、いまきみを連れて出たら、黒槙さまが軍をつれて追いかけてきちまう。悪いが、むりだ」

「悪いな」と詫びる千鹿斗に、玉響は首を横に振った。

「私のやり方で捜すよ。真織と私はまだ繫がっているのだ。心を鎮《しず》めたら、真織の居場所がきっとわかるから」

「心を鎮める？　神官の手法か？」

千鹿斗は顎《あご》に指をかけて首をかしげた。

「まあいいや。おれはいくよ。正直な、ここにいるのが性《しょう》に合わない。黒槙さまも黒槙さまだ。水ノ原にきてから知ったが、黒槙さまも身内に甘いんだ。杜ノ国のためといいつつ神領諸氏《じんりようしよし》の繁栄が目先にあるし、水ノ宮と似た者同士だよ」

玉響は「うん──」と、力なくうつむいた。

「ここでは、怒りや疑いや、幸せとは反するもので幸せを引き寄せようとしているね。複雑で、入り乱れているね」

玉響は「ううん、悲しんでいる場合じゃない」と首を横に振り、立ちあがった。

「千鹿斗は、北ノ原に戻ったら真織を助けられると考えたのだろう？　私は、心を鎮めれば真織を捜せると思った。——また会おう。無事でいてくれ」

―水《みず》の辻《つじ》―

崖を登った先には、森がひろがっていた。

日が暮れ、あたりはすでに真っ暗だ。暗がりに羊歯《しだ》が群れていたり、枯れ枝を踏んで痛い思いをしたりと、道なき道を裸足で歩くのは骨が折れることだった。

「足を見たくないや。血だらけだろうな。――血だらけだと、いいな」

出血しているうちが花だ。身体が神様に近づけば、血の代わりに水が出るようになるのだから。

そう考えれば、硬いものを踏んづけた痛みを感じるのも、ありがたいことだった。

出血や痛みを喜ぶのも、どうかと思うが。

真織《まおり》の内側にいる少年は、暗がりを進んでいく真織を気にかけた。

『どこへ向かう気だ？』

「千紗杜《ちさと》――ううん、恵紗杜《えさと》にいく。根古《ねこ》さんを捜して、千紗杜か神領《じんりよう》に連れていってもらえるように頼む」

『世話役がいるのか、ふうん？　その者はこの山の上にいるのか？』

「まさか。禁足地《きんそくち》だよ？　あなたもいっていたじゃない」

御供山《みそなえやま》が神様の住む山だという話は、何度もきいたことがあった。

山の上には巨人の神様が住んでいて、頂には祭壇があり、か細い道がひとつだけあって、水《みず》ノ宮《みや》の神官がお供え物を届けにいくそうだ。

「昼は人の刻《とき》、夜は神の刻。夜になると神の目がひらき、足を踏み入れた人は帰れなくなるって、黒槙《くろまき》さんが話していたね。もう夜か。神様の目がひらく時間だね」

少年は、やれやれと息をついた。

『おまえは私の知らないことを多く知っているのだなぁ』

「そんなに詳しくないよ」

杜《もり》ノ国《くに》のことは、千鹿斗《ちかと》や黒槙たちから教えてもらっただけだった。

必死に覚えようとしているけれど、残念ながら、知識量はネイティブというにはほど遠い。必死に覚えようとしている時点で異邦人であるし、関心の持ち方からして、生まれた時からここで暮らしている人と同じにはなれそうになかった。

少年はぼそりといった。

『しかしまさか、崖を登って水ノ宮を抜けだす神王《くまみこ》が二代続けて現れるとはなぁ』

「えっ、二代？」

少年が真織をいまの神王《くまみこ》と思っているなら、先代にあたるのは玉響《たまゆら》だ。

「玉響もあの崖を登ったの？」

『ああ。あの者に私の声は届かなかったが。呼びかけたが、途中で断ち切れた』

少年は『まあ——』とため息をついた。

『珍しいことが立て続けに起きるのは、変化の兆しなのだろう。おまえは私と対になる終焉の神王だし、この世を塗り替えていく者は、どうあれ異端児になるものだ』

「あなたが寛容なのはありがたいんだけど、神王と扱われるのは遠慮したいのよ。本当にそうなってしまいそうで怖いから。それに、終焉の神王？」

終わり、という意味だろうか。「最後の」とか？

（なら——）

「終焉の神王」の対となる存在なら、この少年は——。

「あなたは、はじめに神王になった人？」

『たぶん——』

少年の声が小さくなる。名前を失くしたと拗ねた時といい、いまといい、この少年は、自分の話になると自信がなさそうに喋った。

「じゃあ、神王になった子の面倒をみてあげる係？」

『——それは、うん。動けなくなる者がたまにいるから。心配になって』

不老不死の命を得て神様の身体に近づいていけば、感情を失っていく。

親の顔も、家族がいたことも、人だったころのことはすべて忘れていく。

記憶は消え、感情が薄れて、欲もなくなれば、動き方も忘れてしまうのだろうか。

「一生懸命稽古をして、ある日、あなたの声がきこえはじめたら、喜んで受け入れるんだろうね」

流天《るてん》も玉響も、神王であることにプライドをもっていた。

座敷牢に閉じこめられ、恫喝《どうかつ》され、刃をつきつけられる日々を過ごしていればさらに、飛びついて身をゆだねるだろう。真織からすると操り人形のようにも感じて、違和感もあるが――。

「つまりあなたは、若い神王たちに正しい方法を教えているっていうこと？」

『正しい、か。いやな訊き方だ』

少年は目を逸らすような素振りをした。

『私もわからなくなった。神王はおまえで八十九人目だ。多くの神王たちと関わるうちに、私が教えていることも変わっているかもしれない』

「そっか。じゃあやっぱり、あなたがいうことを鵜呑《うの》みにしないことにする。ごめんね」

『好きにしろ』

また不機嫌になると思いきや、少年の声はわくわくとうわずった。

『私も面白い。逆らわれると、もっとうまくいく方法がほかにもあるのではないかと、まだ見ぬ景色を私も探したくなった。女神《めがみ》も、それでおまえを選んだのかな』

「女神さまが、わたしを？」

玉響にあった不老不死の命を真織に移したのは、水ノ宮で祀られる女神だった。

母の葬儀の日に神々の路に迷いこんだ真織を見つけた女神が、「ともに森をつくろう」と杜ノ国に招いたから――そのはずだ。

（これまでどおりの方法で森をつくるのは飽きたって、話していたっけ。だから、わたしを杜ノ国へ連れていくんだって）

結局、森――豊穣《ほうじょう》の風《かぜ》を生むための神事、御種祭《みたねまつり》で女神が神王《くまみこ》と認めた相手は、真織ではなかったが。

「でも最後には、女神さまは玉響を選んだよ？」

『だがいまも、神の清杯《さやつき》たる証はおまえの片割れと分け合っているだろう？　女神がおまえのことを神王と認めている証だ』

「わたしはね、女神さまから認められたいわけじゃないんだ」

その少年も、玉響も、流天も、水ノ宮の女神を最高神や母なる神として話すが、真織にとっての女神は、幽霊や妖怪との差が曖昧《あいまい》な、化け物に近しい存在だ。

杜ノ国で一番の神様だろうが、出くわしてしまえば恐ろしいことが起きそうで、できれば生涯会わずに過ごしたい相手でもあった。

『それで、行き先は合っているのか』

「たぶんね」

御供山《みそなえやま》にある道は一本だけだが、真織はその道を通らずに山を登っている。頼りは、傾斜の感覚だけだった。

前に千鹿斗と登った山の頂へ――。巨大な岩が祀られる場所へ。

(頂へいこう。火明かりを探そう。水ノ宮ではきっと夜通し火が焚《た》かれているから、恵紗杜にいきたいなら、火の明かりの反対側に下りていけばいいんだ)

闇が降りて、森の木々は漆黒《しっこく》に染まっている。

雲が天を覆《おお》い、月が出ているあたりの雲だけが輝いていた。

やがて足が踏む場所が平坦になり、影になった木々の奥に、さらに大きな影が顔をだす。山頂の岩場にたどりついていた。

禁足地の霊山とはいえ、一度きたことのある場所で、巨石がころがった山頂の景色は、まだ真織の目によくなじんだ。

「ここだ。よかった――ここまで来れば……」

あとは、前に千鹿斗と通ったルートを探して恵紗杜をめざすだけだ。

御供山《みそなえやま》には巨人の神様が住むという話だが、きっとこの岩が——と思わずにはいられない、神々《こうごう》しさを放つ巨石があった。

(この岩を見た誰かが、巨人の神様だと思ったんだろうな)

高さが三メートルくらいはありそうな大きな岩で、しめ縄で飾られている。お地蔵さんのお堂くらいの小さな社がそばに建ち、野菜が供えられていた。

岩に近づくと冷気も感じる。岩の下には苔《こけ》がびっしりついていた。

ふと、蛍めいた光が岩のそばを飛んでいた。ひとつではなく、ふたつ、みっつとある。青白かったり、赤みを帯びていたりと、色もひとつひとつ違った。

隠れていたのか、光はしだいにふえ、浮遊する流星のように乱舞した。山頂の岩場に、ふしぎな光の星空がしあがっていった。

——いらっしゃい、客人《まれびと》さま。

——驚いたわ、ふふふ、ててて。

「精霊だ」

真織が光に見入っていると、少年の声が落胆する。

『ああ、八百万《やおよろず》の御霊《みたま》だ。それも知っていたのだな——』

「どうして残念がるのよ? 教えてあげることが生きがいになってない? 相手の無知を喜ぶようなやり方はどうかと思うよ? ——おじゃまします」

少年にちくりといって、真織は精霊に挨拶を返した。

心なしか、精霊が姿を現しはじめると山頂の気配も変わった。

(身体がすこしむずむずする。奥《おく》ノ院《いん》の先の御洞《みほら》ほどじゃないけど、滴大社《しずくおおやしろ》よりは)

いまの山頂は、人が入りにくい場所になっているのかもしれない。普通の人なら息苦しくなったり、痛みを感じたりする場所になっているなら、「入ってはいけない」という禁忌ができた原因は、本当にあったということだ。

(なら、朝がくるまでは誰もこの山には登ってこないね。よかった)

麓の方角を振り返る。

ちょうど登ってきた方向で、火の明かりが一ヵ所に集まるところがあった。

「水ノ宮はあっちね。なら、恵紗杜は反対側だ。いこう」

踵《きびす》を返して、反対側の麓に目を向けた時だ。

真織の眉が寄る。闇に沈んだはずの恵紗杜の野にも、火明かりがあった。松明ほどの小さな明かりだが、ゆっくり動いている。

街灯が存在しない杜ノ国では、闇夜を照らす明かりは火か星くらいしかない。暗くなるとみんな寝てしまうので、夜中に火を焚く人は特別なことをしている人だけだ。頼りない小さな明かりでも、見つけてしまえば目立った。

(あんなに、人がいる)

山の上からはゆっくり動いて見える程度だが、地上では駆けまわっているかもしれない。火明かりはしだいに増えていき、御供山《みそなえやま》を明かりで囲もうとしていた。

(わたしを捜してる？　逃げたって、ばれたんだ)

内《うち》ノ院《いん》の障壁を見つけた人がいたのだろうか。

この山を包囲しようとしているなら、崖を登っている姿を見られてしまった？

「どうしよう——」

恵紗杜の野を見下ろして呆然としていたが、はっと身構える。視界の隅で恐ろしいものが動いた気がした。しかも、かなり近い場所だった。

(なにか、いる)

恐る恐る首を動かしてみると、頂の岩場では精霊の光がゆらりと宙を舞っている。しめ縄で飾られた岩の周りで銀河をつくるように渦をまいて流れたり、蝶のように時おり夜空へと浮きあがってみたり、光は無数にあって、それぞれ気ままに動いていた。でも真織は「違う」と、さらに目を凝らした。

(精霊じゃなかった。もっと——)

真織を見つめたのは、刺すような目だった。無邪気な精霊ではなくて、もっと不気味で、敵を見るような目——いまも、見られている。

(どこ)

黒い影になった木々に、祭壇、しめ縄で飾られた大岩。夜闇の奥に視線のもとを探すうちに、真織をじっと見張る大きな両目を見つけて、はっと身体が凍りついた。

真織が見つけた目は、巨大な岩だと思ったものについていた。両目の下には鼻と口の膨らみがあり、首があり、手足があり、長い手足に見合った大きな胴をまるめて、山頂の岩場にうずくまっている。山頂で祀られる岩だったものが、巨人の姿に変わっていた。

悲鳴をあげると、真織の内側にいた少年もひっと息をのんだ。

『山の神か？』

岩の巨人は真織を見てにやりと目を細め、腕を浮かせた。

大きな岩の身体についた石の腕が、クレーンのようにあがっていく。腕の先端には岩の指もあった。指先が真織の頭上におりてきて、頭をつまんだ。

指も石だ。触れられるだけで痛い上に、力が強すぎた。ゴッ、ミシと骨が軋んで、気が遠くなった。

「あっ」と怯える暇もなく、即死だった――人だったら。

気がついた時、真織は岩のそばに倒れていた。

真織は光に覆われていた。精霊たちが、身体に群がっている。

至近距離から真織を覗きこむ精霊の光は、くくく、すすすと笑っていた。

――客人《まれびと》さまよ、ふふふ。

――変なの、妙なのよ。ててて。

真織の頭上に群がる光の奥に、岩の巨人の顔が覗いている。

岩の巨人も、ぎょろっとした目で真織を見下ろしていて、目が合った。

『人ではないのか？　けったいな奴だのう』

（頭が痛い）

頭がズキズキと重くて、稲妻みたいな光が見える。

時おり目の前が真っ白になりもした。

でも、だんだんおさまっていく。

痛みは薄れ、目の見え方も戻りゆくが、治癒していくのが怖くなった。

（死んでいてもおかしくなかった）

石の指でつままれた時に、きっと頭蓋骨《ずがいこつ》は潰された。助かったのはありがたいが、治癒の力が凄まじく働けば働くほど、どんどん人から遠ざかっていく気がする。

本当に元通りに治っているのだろうか？

治癒するたびに、実はすこしずつ人間の身体から遠ざかってはいないか？

ぞくりとして、痛みと怖さと不安をむさぼった。

（息をして。ちゃんと怖がって）

怖さを忘れてしまったら、大変なことになる。

怖くなかったら、安堵のありがたさもわからなくなるだろう。

安堵できる場所に帰りたいという気持ちも忘れてしまうだろう。

(——神王《くまみこ》になってしまう)

よろよろ肘をついて、真織は岩の巨人を見上げた。

「あの」

『無礼な奴め。挨拶もなく、わしの住まいに入ってきよって』

岩の巨人は笑っていた。真織の頭を潰したことへの心配とか謝罪とかは皆無で、女神さまもこうだったなぁと、神様と人の違いが身に沁みる。

たぶん人間も、誤って入ってきた虫を勢いあまって潰してしまっても、死骸を一瞥して終わるだろう。

「すみません、おじゃましています」

『ああ、ようこそ』

虫が挨拶をしたからといって、人間は侵入を許すだろうか。

その点でいえば、神様は寛容だった。ごご——と音を立てて、岩の巨人は座る姿勢を変え、興味深そうに真織を覗きこんだ。

『あの子に射られたのか？　あの子の矢が刺さっている』

「あの子？」

『おまえさんの腹だ。あの子の矢で串刺しにされたのだろう？　もうひとりと一緒に』

「女神様の矢のこと？」

岩の巨人が話すのは、御種祭《みたねまつり》の日に、真織と玉響が同じ矢に貫かれたことだ。

でも、その矢はもう跡形もなかった。

「あの、まだ刺さっているんですか？」

たしか、玉響もそんな話をしていた。

『ああ。人の目には見えまいが。その矢は射た者にしか抜けんからな』

「女神さまのことを知っているんですね」

岩の巨人は、岩の面についたまるい目を細めた。

『愛らしい友だ。せっかちだが、やさしい子だよ。子を産むから、人の子も同じように慈しんで世話をするのだろう。おまえたちにとっても、よい親神《おやがみ》だろう？』

「――きっと」

真織は迷ったが、うなずいた。

正直なところ、女神に対する一番大きな感情は「恐怖」だが、玉響が女神のことを「やさしい」と話していたからだ。

べつの人生を生きる人がそばにいれば、理解できることは増えていくのだ。

『ああ、だからか』

岩の巨人は横顔を向け、遠くから吹く夜風を浴びるような仕草をした。

『おまえさんとくっついている奴が、人なんだな。だから、おまえさんは人くさいのか』

「いいえ、わたしも人です」

真織は顔をしかめた。くくく、と岩の巨人は岩の肩を震わせた。

『ああ、おまえさんも人だな。だが、すこし違う。おまえさんと、串刺しにされた人がくっついて引っ張り合っているせいで、いったりきたりの奇妙な生き物にしあがっておる。長いことここにおるが、こんな奴には会ったことがない』

そういって、岩の巨人は笑った。

『疾《はや》く去れ。おまえさんの住まいは麓の宮だろう？』

「そこから逃げてきたんです。すこしだけここに隠れさせてもらえませんか」

真織は訴えたが、顔が険しくなっていく。

(ここに隠れたままで、どうするんだ)

頼んでみたものの、それでは、なんの解決にも至らなかった。

御供山《みそなえやま》の麓は兵に囲まれている。禁足地に夜のあいだに登ってくる者はいなくても、朝になったら必ず誰かが捜しにくる。見つかるのは時間の問題で、真織は内ノ院に連れ戻されるだろう。座敷牢の内側に。

(いやだ、あそこには戻りたくない)

流天や玉響や、大勢の子どもたちがかわいそうな目にあった場所に、戻る？

玉響たちが抗えなかったのは、神王《くまみこ》になる子として育てられたからだ。

神王に憧れを抱いたことがない自分なら、「それは間違っている」といえるのに。

ふつふつ湧いた怒りが身体中にしみて、真織はくちびるを噛んだ。

(絶対に、いやだ)

岩の巨人は、石の面についた目と口でにたりと笑った。

『逃げてきた、か。また争いか？　人というのは、よく争うものじゃなあ。まあ、よかろう。住まいを荒らす人は嫌いだが、客人《まれびと》として居るならかまわんよ』

「ありがとうございます。でも――」

(ここにいるだけじゃ、安全なのはいまだけ、夜明けまでだ。どうすればいい？　考えろ)

辿り着きたいのは、恵紗杜か千紗杜、神《かみ》ノ原《はら》の神領《じんりよう》か、水ノ原の滴大社《しずくおおやしろ》――どこでもいいから、玉響のもとだ。

(そうしないと、帰り方がわからなくなってしまう。本当の神王になる――)

真織が禁足地にいると思われて山が包囲されているなら、早く動いたほうがいい。いまのうちにここを出て、夜が明ける前にできるだけ離れるべきだ。どうにかして、水ノ原へ——玉響のもとへ。

(そうだ、水)

はっと思いだした。黒槙が、こんなふうに話していた。

『御洞で滴となって落ちてくる水は、水ノ宮の裏にある御供山《みそなえやま》から、地中を旅して辿り着くそうだ。つまり、御洞にしたたる滴は、大地から溢れる血。水滴が落ちる速さは大地の脈の速さであり、神の息吹——と、こういうわけだ』

「あの。この山と水ノ原が繋がっているときいたんですが、本当ですか」

頭上はるか高いところにある顔を仰ぐと、岩の巨人は肩のあたりを震わせて笑った。

『大地なら、すべて繫がっておるよ』

「そうなんですが、ここから水ノ原へ水が流れていくときいたんです」

『これのことかな?』

岩の巨人が立ちあがり、ごごご——と岩がこすれた。

座ってようやく昼間の姿、三メートルの高さだったのが、立ちあがると倍以上になる。三、四階建てのマンションが突然目の前にそびえたったようで真織は息をのむが、岩の巨人の足もとに視線の先を移して、さらに口があいた。

そこには、地中深くへ続く巨大な縦穴があった。ちょうど岩の巨人の昼間の姿、大岩の真下で、岩の巨人が立ちあがったり移動したりしないかぎり存在がわからない場所にある。

覗けば、水音がきこえる。縦穴の底は真っ暗だが、さらさらと爽やかな音がする。

「これは――」

『昔、あの子が使っていた道だよ。湖から戻ってきたあの子から「どいとくれ」とよく追い立てられたもんだ』

「あの子って、女神さま?」

岩の巨人は、近所の子どもの懐《なつ》かしい話をするように女神のことを話した。

『ああ、そうさ』

「湖って、水ノ原の湖ですか?」

『あの子は、そう話していたよ。わしはいったことがないからなぁ。せっかちなあの子のように旅をしたいとは、なかなか思わん』

「下におりてみてもいいですか?」

『好きにすればいいさ。勝手にできた道は、誰のものでもない』

まるく窪んだ岩の縁に手をかけて、縦穴の底へ降りていくと、水音が耳もとで響くようになる。

岩の壁から染みだした水が小さな滝をつくっていて、岩を削りながら流れていく。先に、大きなトンネルがある。人がかがんで歩いていけるくらいの大きさで、かなり奥まで続いているようだ。

トンネルの口は、水ノ宮のある方角に向いている。南――水ノ原の方角だ。

天から降るかすかな星明かりがきらっと反射するものを足もとに見つけて、かがんで拾いあげてみる。岩の上に落ちていたのは、菱形《ひしがた》をした鱗《うろこ》だった。

（蛇の鱗だ）

真織は指でつまんだものに見入った。カラカラに乾いたコンタクトレンズみたいな手触りで、向こう側が透けて見える。

似たものを、玉響と一緒に女神へ渡したことがあった。

きっとこれは、大蛇《だいじゃ》の姿をした女神が落とした身体の一部だ。なら――。

「あの、女神さまがここを通ったのはずっと昔ですか？　何百年も前のこと？」

水ノ宮が祀る狩りの女神は、荒魂《あらみたま》と呼ばれる大事な鱗を卜羽巳《うらはみ》氏によって奪われ、大蛇の姿に戻れなくなっていた。かなり昔のことで、黒槙にきいたが、三百年は前との話だった。

岩の巨人は笑った。

『人の時の数え方など、知らん。ここの穴がすこし深くなるとか、洞《ほら》の石がほんのすこし伸びるとか、それくらい前だ。石の時というのはゆっくりだからのう。星も気長だが、石もどっこいどっこいだ』

洞窟の石がほんのすこし伸びる——鍾乳石のことだろうか。鍾乳石が育つには、百年単位の時間が必要になるはずだ。

（きっと、相当前の話だ）

ごくりと息をのんだ。

女神の化身の大蛇は、真織の何倍も大きかった。背丈はもちろん胴回りも立派で、あの大蛇が湖とを行き来できる穴なら、真織も通り抜けられる。

問題は、息だろうか。地中深くに続くトンネルだ。空気がどこまであるかわからないし、水で埋まって水中を進むことになるかもしれない。

でもきっと、平気だ。息ができないくらい、頭蓋骨を潰されるよりもましだ。

巨人の姿をした山の神に殺されかけて、それでもまだ生きているのだ。火の海からも逃げのびた。

「わたし、この道をいってみます」

岩の巨人は穴の上から覗きこみ、ほ、ほ、と低い声で笑った。

『せっかちじゃのう。ここにいたいといったそばから。人は、狩りの女神に輪をかけて生き急ぐ』

「それはきっと、生きられる時間が短いからです。それに、帰らなくちゃいけないんです。わたしは、ひとりでいないほうがいいんです。逃げてきたところに連れ戻されたくないし、争いの道具にされたくもないし――」

『争いか。ここにやってくる人はな、たいていがおまえさんのように争いから逃げてきたというのだ。だから山に登るのを許してくれ、と。わしにとっては、またかと呆れるところだが、まこと、人はよく争うし、活きがいい』

穴を前にしゃがみ込む岩の巨人は、目を細めて笑っていた。

『そもそも、争いなんぞは元気がないとやらないもんだ。血が流れると痛いと嘆くのに、わかったうえで血を流し合う。荒れ果てた野山や家を前に泣き喚き、しかし、すぐに忘れて、人は元気になるとまた争う。飽きないものだ』

岩の巨人は、近所の公園で遊ぶ迷惑な子どもの笑い話をするようにいった。

『人というのは、そういうものなのだろう？　泣いた後には、美しいものがより美しく見える。そのために争うのだろう？』

喧嘩をして泣き喚いた後にはどうせ腹が減る、と子どもを嗤うようだった。

真織は言葉に詰まったが、言い返した。

「違います。争いなんかないほうがいいって、たくさんの人が思っています」

『おかしなことを』と、岩の巨人はごごご……と身体を擦《こす》らせて笑った。

『いやなら、やめればよい。だが、やめない。人の争いだ。人がとめればよい』

岩の巨人に礼をいって、真織は水気を帯びた岩場を闇に向かって進んだ。

岩を削りながらさらさらと流れゆく水音が、洞窟の中に響いていた。

(また、人が入れない場所に入っている)

これから進む先に足を踏み入れた人間は、いるのだろうか。

自分に宿った治癒の力に頼ることになるが、ふしぎといまは、前ほどの恐怖がない。帰りたいところへ帰って、いやだと思うことを突っぱねるためには、ありがたい力と認めるしかなかった。怖さや痛み、不安や、人ならではのものを感じられていることも、背中を押した。

(大丈夫、帰ろう)

暗いトンネルを前にして、真織は自分の内側に呼びかけた。

「ねえ、いる?」

少年はしぶしぶとこたえた。

『――いるよ』

「静かだったよね。山の神様と話していたから気を遣ってくれていたの？」

『知らぬことばかりで、おまえに教えられることが何ひとつなかったからだ』

少年は落ち込んでいた。

『御供山《みそなえやま》の神と話した神王《くまみこ》など、これまでいなかった。このような道を見つけた者もだ。ここを進もうとするおまえの気も知れない』

「経験のないことは考えられないの？　案外、意気地なしなのね？」

『ああ、そうだ。私は意気地なしだ。悩む子らを救おうとしてきたが、すでに生き終えた私ができることなど、過去の繰り返しだけだ。私が必要とされる時は終わった』

「急にへこまないでよ――あっ」

真織に笑みが浮かんだ。思いだして、くすくす笑った。

「あなたのことを誰かに似ているってずっと思っていたの。玉響の先輩なんだから、似ている相手は玉響に決まってるんだけど、いまの玉響っていうより、会ったばかりのころの玉響にそっくりなんだ。懐かしい」

玉響は、どんどん変わり続けている。出会った時の玉響は少年の姿をしていたが、それから急成長を遂げて、千紗杜でのんびり暮らしていたころの彼も、神王だったことを認めて生きると決めた後の彼も、根底では玉響のままだが、時を経て思い出が増えるごとに、別人に変わった気がするほど、考え方も顔つきも変わっていった。

「ううん、玉響があなたに似ていたんだね。玉響が困るたびに、あなたが世話をしていたから、考え方や喋り方が移っちゃったのかもね。わたし、あなたのことが嫌いじゃないよ。玉響を助けてくれた人でしょう?」

暗い洞窟の前に立ち、胸を鎮めた。

(大丈夫、いける)

道はあるのだ。息ができなくなっても、水中を泳ぐことになっても、身体が裂けても、不老不死の力が宿っているいまなら、かならず水ノ原にたどり着ける。

意識が遠のいても、帰りたい場所――玉響のところを目印にすれば、きっと「真織」に戻ることができる。

(玉響。帰るから)

ううん、そうではない。逆だ――と、真織は気づいた。

玉響がいるから、まだ生きていて、「真織」のまま暮らしていられるのだ。

彼がいなかったら、とっくにおかしくなっていたはずだ。

◇　◇

玉響は、滴大社《しずくおおやしろ》の奥、御洞に入れてほしいと頼みこんだ。

氷薙《ひなぎ》はいい顔をしなかったが、もとの神王《くまみこ》がそういえば拒める者はいないのだ。断られない方法を探すことも、玉響は覚えはじめた。

「片時も離れずお守りさせていただきますが、よろしいですね？　あなたに何かがあっては困るのです」

弓弦刃《ゆづるは》と万柚実《まゆみ》と行動をともにすることになったが、不都合はない。

「もちろん。祈りの場をかしてくれてありがとう」

年に一度の大祭、滴ノ神事《しずくしんじ》は日没に終わり、御洞にはすでに人の姿がなかった。しめ縄や御幣が神聖な結界を残し、御洞の中には松明も残っていて、鍾乳石にはちらちらと火影が踊っている。

御洞に入った玉響は、御滴石《おしずくいし》と呼ばれる巨大な石柱の前であぐらをかいた。水気の多い洞窟だ。腰を下ろせば水が布に染み、腰も腿《もも》もすぐに湿る。清めの水で、川の水に身を浸し、滝の水で身を清めるのと同じこと。石柱に両手で触れて水気をぬぐい、自分の頬も髪も肩も腕も御洞の水で濡らして、祈りの支度を済ませた。

「わが身よ星になり光になり、風にのり水にのり、数多《あまた》の御霊と魂合わせたまえ」

神咒《しんじゅ》を唱えると、数々の目が自分を向く。御洞で遊ぶ精霊たちだ。人の手による神事は終わったが、夏至の日の御洞の中にはまだ多くの精霊がいた。

玉響は、遠い昔にこう教わったのだった。

『この神呪《しんじゅ》は、八百万の御霊と仲良くなるためのものだ。精霊がおまえの友になる。母と離れても寂しくはないぞ。私も、ほかの神王《くまみこ》たちも、おまえの命のなかにいる』

(あれは、誰だったのだろう。神宮守《じんぐうもり》ではなかった)

水ノ宮で暮らしていたころ、神宮守は毎日玉響に会いにきた。大水を起こさぬよう女神に頼んでほしいとか、願いごとをされたが、ほかの話をしたことはなかったように思う。

水ノ宮で神王として暮らしていたころの記憶は曖昧だった。玉響はぼんやり過ごしていて、胸に刻むほど考えたことも、悩むこともなかった。時はいつのまにか過ぎていた。

精霊の視線が自分を覗きこんでいく。

──ぴちょん、ぴちょん、ぴちょん。ふふ。

声を鮮明にきくことはできなくなったが、みんな笑っていた。

精霊は遊ぶのが好きだ。嫌いな相手にいたずらをすることもあるが、好奇心旺盛で、客がくるのも好きだ。

「わが身よ星になり光になり、風にのり水にのり、数多の御霊と魂合わせたまえ」

ぽつん、ぴちょん──そこかしこで水音が鳴っている。

水音に耳を澄ました。

心音を水音に合わせて、狩衣に染みた水を自分の血と思う。

――もっと、近づかせてください。

――話がしたいのです。願いがあるのです。

――私の大切な人を守りたいのです。

祈ったのは、真織のことだった。

（私に真織を返してください）

真織は大切な相手で、ようやく見つけた家族のようなものだ。

人の幸せについて考えるようになったのも、真織と暮らすのが楽しかったからだ。

なぜ人は幸せを欲しがるのか。手がかりも見つけた。でも、見失った。

大切なものを見失う不安や、悲しさも知った。

人が、人ではないものに近づいてはいけない。人からそれ以上離れたら、戻ってこられなくなる――。すこしずつ神々の身体に近づいていく真織に、あぶないと怯えることも覚えたし、なぜ自分ではなく真織が――と、悔しい気持ちも知った。

人は、神々よりずっと複雑だった。

神々の思考は澄んでいて、よけいなものがなく大らかだ。

だから、神々と話すためには、人の複雑さは無用のものだった。雑念を消し去り、神々の思考に近づかなくてはいけなかった。

（私に真織を返してください。幸せの意味を、私にもわからせてください。やっとわかりかけたところなのです。わかったら、すべての人の幸せを願うと誓います）

祈るうちに、身体の境が曖昧になってゆく。気が遠くなっていき、意識が薄れたぶん、空虚になった心身の隙間に水と風が染みてくる。

御洞の闇と水気を体内に招いて、ひとつになる。時間の感覚も遠のいて、ここがどこで、そばに誰がいるかも忘れゆく。くちびるだけが動いている。

御洞の中が精霊で充ちている今日は、このような瞑想がしやすいのだった。

自分が自分であることを忘れて、自分を他人のように眺める時、雑多な思いは削《そ》ぎ落される。心が凪《な》ぎ、願いという欲の中から濁りがとりのぞかれ、小さな塊になる。願いが、たったひとつの核になる。

（私に真織を返してください。幸せの意味を、私にもわからせてください。そうでなければ、杜ノ国に幸せをもたらす方法を探せません。人を救えません）

疲れ果てて倒れるのが先か、祈りを受けとめた神々から返事《かえりごと》をいただくのが先か。神々か、疲れ果てた身体か。祈りというのは、どちらかに「もう良い」と拒まれるまで続けるものだ。

玉響はいつか、人の形を失って風に溶けていた。闇と光がまざった世界にいて、ふしぎな暗がりを、小さな光になって見下ろしていた。

視界のはるか遠くの隅で、きらりと水が光った。玉響がぷかりと浮いている虚空からみればずっと低い場所に、暗く光る川が流れていた。

危険な川だった。水ノ宮の奥の御洞と同じく、人が入れない神域だ。人の身体には強すぎて、身体は裂けゆき、意識も散り散りになる。

その川の澄んだ闇色の水の中を、真織が流れているのが見えた。真織は細い糸を握りしめて、ばらばらに裂けるのをこらえていた。

蜘蛛《くも》の糸のようにかぼそい糸で、もろく、いまにも切れそうな糸——その糸を、玉響は知っていた。玉響と真織を繋いでいる見えない矢だ。女神の矢で射抜かれたふたりは、糸に似たかぼそいかたちにかわった矢に繋げられて命を分け合っている。

矢の先は自分にある。真織は、ここへこようとしていた。

——見つけた。

玉響ははっと手を伸ばした。瞼《まぶた》もあいた。

玉響の祈りにこたえた神々が、神々の目で真織を捜して、玉響に教えたのだ。

「ありがとう！」

御洞中に叫んで立ちあがり、駆けだした。洞窟の外をめざした。

「お待ちください。どちらへ！」

弓弦刃と万柚実が、「玉響さま！」と追いかけてくる。

声はきこえたが、こたえるわけにいかなかった。

まだ玉響は、狭間の世界にいた。八百万の御霊が見せてくれる闇と光がまざった天地と、人の天地の両方に足をかけて、はるか低いところを流れる暗い川を見つめている。いま人と話をしてしまえば、たちまち神々の世界から放りだされて、真織の姿を見失ってしまう。

御洞の裏の出入り口から外へ出ると、東の空が白んでいた。朝の光に追いやられて、星々が光を失っていく。

弓弦刃が大声をあげた。

「そのお方をおとめしてくれ！」

朝もやに包まれた森へ続く小さな門があり、兵がふたりいて、弓弦刃の呼びかけに応じて身を挺した。

ここでつかまるわけにはいかなかった。まだ玉響は世界と世界の狭間にいたが、ほんのすこし引っかかっているだけの儚《はかな》い状態だ。我に返ってしまえばすぐさま繋がりは消え失せ、真織の行方を見失ってしまう。

（真織が近くにいる。動いている）

玉響に手を伸ばそうとした兵ふたりは、目を白黒させた。門をふさぎ、体当たりをしてくるのを待っていたはずが、玉響はすり抜けた。

風に溶けたように走り去るうしろ姿を、兵ふたりが呆然と見送っている。

「何をしている！　追え。お待ちください、どうか」

弓弦刃の声が嘆願じみたものにかわる。

もうしわけないとは思ったが、聞き入れるわけにいかなかった。

（もし、真織が見つからなかったら——）

みんな、なくなる気がした。守りたかった幸せも、神王《くまみこ》とは何か、神宮守《じんぐうもり》とは、祭祀とは、人を助けるには？　——と、難解な問いを追い求める気概も。

玉響が駆けたのは、川沿いの道だった。山から湖へと流れゆく清流の河原の端を、白い川霧を帯びたつめたい風を切って、湖へと走った。真織が流れている川も、湖へ向かって流れていたからだ。

玉響には、まだ暗い川を流れる真織の幻が見えていた。でも——。

（この川ではない）

真織が流れている川は暗く、低い場所にあった。川霧をまとってさらさらとせせらぎの音を響かせる、目の前の川ではなかった。川の水の色も気配もまるで違った。

たったひとつ同じなのは、流れていく先で、湖に向かっていることだ。

真織から離れてしまわないように、玉響は全力で駆け続けた。

うしろを追う弓弦刃たちの声が遠のいていた。

「お待ちください！」

弓弦刃を振り切るほど速く駆けているらしい。でも息は切れず、疲れもない。

ああ――と安堵した。人離れした力が働いているのだ。

（なんでもやる。真織を取り戻せるなら）

そばを流れる川の河口にいきつき、湖の岸辺に辿り着いた。

水上には白靄が漂い、対岸の景色を薄ぼんやり隠している。

背の高さまで茂った葦《あし》をかきわけて水際へ向かい、じゃぶんと水に入った。膝頭で水を掻《か》いて走り続けるが、袴がはらんで動きづらいので、夢中で紐を解いた。脱げるところまで衣を脱ぎ捨てて、水しぶきをあげて岸を離れる。

真織はまだ流れていた。真織がいる川はまだ河口に達していないのだ。

やっぱり、その川は自分が走っているところよりも低い場所を流れている。

（この下？　地面の底？　あの川の出口はどこなんだ？）

ぞっとした。その川の在り処《あか》を――真織を、本当に見つけられるだろうか。

不安が生まれるなり、足が重くなる。湖の底の泥につま先が埋まってころびそうになり、水中を漂う水草が脛にからみついてくる。激しくはねる水しぶきや目の前にひろがる湖の景色がありありと浮かびはじめ、玉響はもっと怖くなった。

真織が流れている川の世界が遠のきかけて、目の前にある現実《うつつ》の景色へと、勢いよく塗り替えられていく。

——いやだ。だめだ。

「真織！」

叫んで、水の中を進み続けた。

祈りにこたえた神々が見せた世界を疑ってはいけないし、迷ってもいけなかった。

真織はまだ流れていた。川の出口はまだ先——湖のもっと奥だ。

水の中を進むうちに、水面が顔の高さに達する。鼻が水に浸かって息ができなくなるが、躊躇《ためら》いはなかった。

人離れした力が働くと信じて、走り続けた。後で不都合が起きても、その時はその時だと腹をくくった。

真織を見つけられなかったら、たいがいのことが終わるのだ。

それに、諦めた瞬間にかならず、諦め方を覚えてしまう。

◇　◇

真織が進んだトンネルは低いところへと続いていて、進むうちに水かさが増し、水中を進まねばならなくなった。

傷がついても、またたくまに治癒する身体だ。息ができなくても生きていられると信じたが、苦しいものは苦しい。

いっそ魚になれば楽なのに——そう思った矢先に、異様にすんなり泳げるようになるので、真織は焦って願いを取りさげた。自由自在に泳げなくとも、二足歩行の人間だから仕方ないのだと、懸命に水を掻くことにした。苦しいことが人間でいられる秘訣というのも世知辛いが、苦しさを感じなくなるほうがよっぽど怖い。痛いのも、苦しいのも、人だからだ。

意識が薄れて、方向も時間もよくわからなくなる時もあった。

意識に隙間が生まれると、穴を埋めるように少年の声が響きはじめる。

『しっかりしろ。泳げ！』

人離れした力を使えば使うほど、人の意識を保つのが難しくなる。痛みや苦しみに頼らなくてはならないが、限界があって、頭がぼんやりしていく。

『泳げ、進め！　もういい、身体をかせ』

真織が諦めかけると少年がやってきて、世話を焼こうとした。

甲斐甲斐しさに、笑いがこみあげるくらいだ。

(この子はこんなふうに、神王《くまみこ》たちを助けてきたんだろうな。人を助けすぎて、自分

のことがわからなくなるくらいに)

玉響もそうだし——と、微笑ましいような、悲しいような。

玉響は、誰かを助けるためなら、自分を犠牲にするハードルがとても低かった。

神王になるために生きてきたからなのだろうが、度を超えた博愛主義に人らしさを感じなくて、恐ろしくなる時もあった。

『おまえはとても美しい。透きとおってきらきらしている。神々は星の姿をしているのだね』

少年が真織の身体を操って進んでくれた時にまじることになったのか、真織には覚えのない記憶を感じたこともあった。

記憶というのは、よくも悪くも驚いた瞬間の集まりで、ほかの思い出よりも強烈に嬉しかったことや、悲しかったことの結晶だ。

真織が覗くことになったのは、少年が大切にしている記憶だったのだろうか。

少年は楽しそうで、はははっと屈託なく笑っていた。

ちかちか、ばちっと、壊れかけた蛍光灯《けいこうとう》のような光が目の前に浮いて見えた。

ビーズ玉のような小さな目がふたつあって、わくわくと少年を見つめていた。

『人と仲良くなったら、名前をもらいたかったんだ。人はいい名前をたくさんもってるんだろ？　俺たちはだめなんだ。生まれた場所か住んでる場所くらいしか、名前をもっていないんだ』

『なら、トオチカはどうかな。おまえは透きとおっていて、ちかちかしているから』

(トオチカ――その子、知ってる)

トオチカは六連星《むつらぼし》の精の末っ子で、神王《くまみこ》の居場所を探しにきたり、『あーもう、新しい神王はいつもこうだ。面倒くせえ』と歯に衣《きぬ》着せずに文句をいったり、神王のことを友達のように話していた。

(そっか。トオチカと最初に友達になった神王が、この子だったんだ)

トオチカに名前をあげたのも、その少年だったのだ。

きっと、いい子だったのだ。前例のなかった神王という座にはじめて就いて、杜ノ国の豊穣を祈って、精霊と友達になろうとして、彼に続く神王たちの面倒も見て。代々の神王のもとをトオチカが訪れて頼ったのも、この少年と遊んだのが楽しかったからだろう。

真織の身体を使って泳ぎながら、少年はかっかと怒った。

『しっかりしろ、さっきは私に意気地なしといったくせに！　水を掻け。身体の動かし方を忘れてしまうぞ。動けなくなってしまう神王を、私はもう見たくないのだ』

(ありがとう)

玉響――と、顔を思い浮かべた。

彼の存在が命綱だ。帰るんだ——と、真織は水を搔いた。

しだいに、行く手が明るくなる。

身体が吸い寄せられていく感覚があって、ある時勢いよく噴きだした。同じ方向へ流れ続けた水流から弾きだされて、上へ上へと浮きあがっていく。

頭上に水面が見える。水中を照らす光芒《こうぼう》が、光の鍵盤のように揺らめいている。穏やかな光の音楽に包まれて、癒しの楽園に辿り着いた錯覚もする。

真織は水の底にいた。見渡すかぎりが水の世界で、足もとには褐色のやわらかな泥が彼方まで続いている。

湖底で砂粒がふつふつと動いていて、水が涌出《ゆうしゅつ》する泉があった。そばに大きな岩が沈み、岩の面に、蛇の形の紋が彫られていた。

(蛇——神様の石？　水底の社……)

地中から湧きでる水流にのって、上へ上へと浮かびゆく泡があった。

泡は穴から噴きだすと柱状につらなり、輪をつくって浮かんでいった。

——おつかれさま、客人《まれびと》さま。

——さよなら。ぷくぷく。

泡に囲まれて真織も浮かびあがって、水面に顔を出した。

水の膜を通さない光が眩《まぶ》しくてまぶたが閉じかけるが、目がくらんでもいいから

──と光を見上げた。

湖の水上は、思いのほか騒がしかった。

泡がはじけて、旅を終えた精霊たちが興奮気味にはしゃぎ飛び、森の木々の香りや岩の香り、苔の香りがする風が水上に舞っている。

水ノ原の湊は荷物と人が集まる交流地だが、湖は、ここに流れこむ水や精霊にとっても交流地で、神ノ原や、川の流路となる西ノ原《にしはら》や、真織が知らない地方の精霊が集まって、無主領の湊を超える賑わいをつくっている。

真織は、その中でも珍客だ。人の耳にはきこえない甲高い声が「この子は誰？」と群がって笑っていた。

立ち泳ぎをする足もとにまとわりつく温《ぬる》い水もあった。蛇のように足にからみつくので、ぞわりとして足もとを覗くが、水をはらんだ袴の生地が揺れているだけだった。

でも、たしかに水の塊があって、真織に寄って珍客を見上げた。

うふふふ──と、女の笑い声がした。

『珍しい客人《まれびと》だ。おお、そなたか』

ざっぱ……と大きな水音が鳴って、水の塊が真織の身体を持ちあげた。

水の塊にまたがった感覚があって、ぎょっと目をまるくする。水の塊は蛇のように細長く、血液を彷彿とさせるじんわりした温さがある。

その水は、真織を岸の方角へ運ぼうとした。

『そなたの片割れがそこにおるよ。そなたを捜しているようだ』

(片割れ？)

岸へ向かって真織を運ぶ水の塊は、ある時水中にもぐった。ちょうど東の空に朝日がのぼったところで、水が金色に染まる。水の色に赤と黄色がまじって、緑色や紺色が生まれ、水中に色が溢れた。

天から差しこむ光芒の隙間に人の姿があって、水の中を懸命に進んでいた。

真織がいることに気づいて、その人は大声で名を呼んだ。

丈の短い白小袖を揺らめかせた見慣れない姿だったけれど、玉響だった。

真織を玉響のもとに運んだ水の塊は、玉響も背にのせて水上にあがっていく。

水中にあると境目がわかりづらいが、水の塊は蛇の形をしていた。

『そなたらには礼をせねばならん。うふふふふ』

その水は、真織たちのことを知っているように話した。

湖に棲む水神だろうか。湖底に沈む石に蛇の姿が彫られていたが——。

蛇の形をした水神はしきりに笑って、真織たちの世話を焼いた。

『山向こうの水源から流れてくる水がな、よいことがあったと喜んでいたのだ』

「真織だ」

水神の背の上で、玉響が抱きすくめてくる。この子にこんなに腕力があったのかと驚く力強さで、玉響は「真織、真織、真織」と連呼した。

真織もほっとして、腕の内側でされるがままになる。

(帰ってこられた――)

水神は真織たちを岸の方角へ運びながら、うふふ、うふふと、朝焼けに染まる湖面に美しい波紋を描いた。

『古い友を帰してくれたのは、そなたらだろう？　みんな喜んでいるよ。うふふふ』

水源に、古い友――。たぶん、知っている話だ。

でも、真織の名を呼び続ける玉響の声に涙がまじっていくので、玉響の背中に手を置いて抱き返すことに夢中になった。

「玉響、泣かないで。心配してくれたんだね、ごめん」

朝焼けのもとで玉響は真織を抱きしめて、悔しそうに繰り返した。

「泣きたくない。泣くのはいやになったのに、涙がとまらないのだ。嬉しいのに」

― 評議《ひょうぎ》 ―

真織《まおり》を攫った相手は水《みず》ノ宮《みや》の御狩人《みかりびと》で、連れ去られた先は水ノ宮。真織を攫った目的は、あらたな神王《くまみこ》を手に入れるため。

何が起きたかを話した後で、玉響《たまゆら》は、黒槙《くろまき》と氷薙《ひなぎ》を呼び寄せてこういった。

「水ノ宮にいこう」

黒槙と氷薙は気色ばんだが、玉響は毅然《きぜん》と見つめ続けた。

「黒槙も、私と一緒に水ノ宮にきてほしい。おまえと神宮守《じんぐうもり》で、じかに話をしてほしいのだ。いやだというなら、神々の名で私が命じる」

「命じる……？」

黒槙は目を白黒させて、「しかし」と抗った。

「神宮守と、話？　なぜ、あのような穢れた一族と話をせねばならんのです！」

真織が水ノ宮での出来事を話すと、黒槙の怒りの火に油を注ぐことになった。

「神王となった御子を閉じこめ、従わせてきただと？　穢れを受け継ぐ傲慢《ごうまん》このうえない一族であり、神王《くまみこ》、神領諸氏《じんりょうしょし》に対する冒瀆《ぼうとく》だ！」

黒槙は手が震えるほど逆上した。

「巳紗杜《みさと》の神子《みこ》の家の者を焼き殺したこともだ。女神《めがみ》のもとへ願いを届けにまいる使者となる子に穢れをつけるなど、あってはならん愚行。俺は決めた。今年のうちにあの一族をすべて牢へ放りこんでやる」

「しかし黒槙、それで争いは終わるか？」

玉響は黒槙を諭《さと》した。

「神々は不都合があっても争いを起こそうとは考えない。わざわざ争うのは人だけだ。人が穢れているからだ」

「ですから、奴らの穢れを祓うのです。改心を待っても見込みがないから、やむなく俺が立つのです！」

「だから一度、私がおまえたちの間に入ろうというのだ」

玉響は頑《がん》として折れようとせず、黒槙を言い負かした。

「私はもとの神王だ。神領諸氏も卜羽巳《うらはみ》氏もほかのすべての民も等しく、豊穣をいき渡らせ、幸せをもたらせと神々に祈る者だ。私が神々の代理として話をきくから、おまえたち双方が正しいと信じることを口にして、話しあえ」

玉響が急成長をする人だとは知っていたけれど、黒槙と氷薙を前にして一歩も引こうとしないのには、驚いた。

使者の旅立ちを見送って客殿に戻ると、真織は玉響に声をかけた。

「本気なんだね」

玉響は顎を引いてうなずいた。

「いま止めなかったら、続くからだ。卜羽巳氏はこれからも真織か流天《るてん》を攫うだろうし、攫えなければ、きっとべつの子が神王にまつりあげられる。争いは続き、恨みはあらたな恨みを生み、杜《もり》ノ国《くに》に穢れがはびこり、幸せが薄れゆく」

玉響は、真織の手をとってそばに寄り、くちびるを嚙んだ。

「そうしないと真織を守れないと思ったのだ。真織のおかげで、私は幸せがどんなものかを知った。真織を見つけられたら、すべての人の幸せを願うとも誓ったから」

玉響は一度、涙を隠すように目を伏せもした。

「だって、そばにいたのに真織を守れなかったんだ。本気で守りたいなら、思いつくことを全部やるべきじゃないか。それでも守れないかもしれないのに」

滴大社《しずくおおやしろ》の客殿の庭で身を寄せ合う真織と玉響を、氷薙が渋面で見ていた。

水ノ宮へ向かった使者の見送りに同じ場にいた黒槙へ、氷薙は愚痴《ぐち》をいった。

「やはり、あの娘は魔性では——。玉響さまをあのようにたぶらかすなど」

真織を煙たがって目を細める氷薙に、黒槙はため息をついた。

「またその話か。真織の何がそのように気に食わないのだ？」

真織の中にいた「べつの魂」が初代神王《くまみこ》だったと聞いても、氷薙は真織への蔑視《べっし》をやめなかった。

「義兄上、玉響さまはもとの神王ですよ？　あのように娘に触れて——恐れながら、いまの玉響さまは情に溺《おぼ》れておられるように見受けられます」

「玉響さまはすでに神王ではないぞ？　たとえが違うかもわからんが、神官も妻を持つわけだが」

氷薙は深刻そうに眉を寄せ、いった。

「ならばなおさら、なぜ義兄上が従わねばならぬのでしょうか。すでに神王ではないのだから、いまの玉響さまは神々の言葉をそのまま伝えているわけではありません。俗に落ち、独《ひと》りよがりの戯言《ざれごと》を口にしているだけかもしれないではありませんか？」

「ひとつ糺《ただ》したい。玉響さまは俗に落ちているだろうか？」

黒槙は息をついて、取りなした。

「もとの神王という位をもつ方が、そもそもはじめてなのだ。その地位をいかに見るべきかもさだまっていない中、玉響さまは、人と神々の狭間《はざま》に立って我らを導こうと、高みをめざしておられると、俺は思うよ」

　氷薙の肩に手を置いて、黒槙はいった。

「一度だけ、奴らと手を取り合う方法を探してみよう。どうあれ、頭を冷やしたほうがよいのだ」


　水ノ宮での話し合いには、真織も向かうことになった。

　しかも神王として、黒烏帽子に緑の狩衣、白の袴と、水ノ宮で着せられたのと同じ衣装を身にまとうことになった。玉響がそういったからだ。

「真織は神王、私はその供として向かう。私が話すから、真織はただ座っていればいい」

　玉響はそういって、「私にまかせて」と笑った。考えがあるらしいが、神王のふりをするのは、真織にとっては後ろめたいことだった。

「流天にもうしわけないね」

　生まれた時から神王になるべく稽古をしてきた流天や玉響をさしおいて、芝居とはいえ、最高位の神官のふりをするなんて。

　玉響のほうは白の狩衣姿で、神王に仕える神官の形《なり》をしている。

玉響は、「ううん」と首を横に振った。

「いま神王《くまみこ》に一番近いのは真織だよ。女神もそう話していたんだ。だから私は今日、真織に仕える者になる。真織を守ってみせるから、心安らかにしていなさい」

中継地になった黒槙の邸から、神軍に守られた神官の行列が出発する。

御輿が一挺《ちょう》用意されたが、のせられたのも真織だった。玉響は、御輿のそばを自分の足で歩いた。

水ノ宮に辿り着くと、緑螂《ろくろう》がみずから門前で出迎えた。話し合いの申し出には応じたが、訪れた黒槙を見つめる緑螂の目は、憎い相手を呪詛するようだった。

「父は守頭館《もりかみのたち》で待っております。どうぞ」

「ああ、ありがとう」

感謝を告げる黒槙のほうも、緑螂をぎろりと睨んでいる。

刀を携えた神兵をともなって水宮内《すいぐうない》に入り、奥へ。

神宮守《じんぐうもり》が執務をおこなう館、守頭館へ通される。

「館の中に入る者は俺とわが父、そして、黒槙さまともう一方、守りの兵がふたりずつ。よろしいでしょうか」

「よかろう」

交渉の席につく面子を選び、庭で睨み合いを続ける神兵と帯刀衛士《たいとうえじ》を残して、館に足を踏み入れる。

玉響は、真織の先導をして上座へ向かった。畳が敷かれて一段高くなった席があったが、そこへ座ることになったのも真織だった。真織があぐらをかいた後で、玉響は隣に席をとった。

卜羽巳氏側の席には、神宮守、蟇目《ひきめ》がすでにあぐらをかいている。

蟇目は相変わらずで、顔色が悪く、息を荒くしている。姿勢も崩れて、背中がまるまっていた。

「そんなにお悪いのか」

黒槙が眉を寄せると、蟇目はにたりと笑って睨んだ。

「なあに。おぬしの顔を見たら、なおさら悪くなっただけだ」

一同が席につくと、「さて」と玉響が進行役をつとめた。

「今日は、私がむりをいって集まってもらった。まずは礼をいう」

玉響は真顔で口火を切るが、蟇目と緑螂の目がみるみるうちにまるくなった。

蟇目と緑螂にとっての玉響は、十二歳で成長をとめた時のままだ。

神王とは、子どもの姿と魂を保ち、政治に口を出さないものだった。

「玉響さま……？　ずいぶん凜々しくなられましたな。不老が解けただけで、こうもおかわりになるものでしょうか」

玉響は蓁目に笑いかけた。

「ええ。とまっていた時が動きだし、いろいろなことを見聞きしたからだろうか。おまえのほうは、あまりかわっていないようだね」

「それは、あなたほどは――。その、神王《くまみこ》としてお暮らしだった時のことを覚えているのですか？」

「よく覚えているよ。おまえは毎日私のもとへ会いにきたよね？」

玉響はにこやかにアルカイックスマイルを浮かべていたが、蓁目は「そうですか」と居心地悪そうに顎をひいた。

（まあ、神宮守《じんぐうもり》は、当時のことを覚えていてほしくないよね。たぶんこの人、玉響にも酷いことをさんざんしていただろうし――ん？）

真織は、せめて神王らしくと無表情を保っていたが、そうっと玉響を覗き見た。

玉響はたしか、神王だったころのことをあまり覚えていないと話していたが――。

玉響は姿勢よくあぐらをかいて、一同にいった。

「おまえたちを呼んだのは、争うのをやめてほしいからだ。おまえたちは、杜ノ国に豊穣を生む立場にあるだろう？　争いが生むのは穢れや不幸であって、決して豊穣ではない。今日は、互いに思うところをよく話しあってほしいのだ。私が、神々に代っておまえたちの善悪を見定めようと思う」

「お待ちください、玉響さま」

蟇目が水を差す。蟇目は脇息《きょうそく》に肘を置いて身体を支え、玉響を睨んだ。

「まずは、あなたがそこにいる理由をおきかせいただきたい。先代の神王とはいえ、退位なさったあなたは、ただの人だ。私に向かってそのような口を利ける方なのか、否か」

「無礼な」

黒槙が身を乗りだす。黒槙の隣についた老神官が「黒槙さま」と抑えた。

玉響はうなずき、話を進めた。

「そのことなのだが、じつは、おまえに頼みたいことがあるのだ。卜羽巳氏の蟇目、おまえがもつ神宮守の位を、私に譲ってほしいのだ」

「なんと？」

蟇目が素《す》っ頓狂《とんきょう》な声を出す。玉響は微笑んで、続けた。

「おまえに代わって、私が神宮守に就きたいのだ。私のほうが、おまえよりも神宮守にふさわしいと、そう思うのだ。どうだろうか？」

「なんと、なんと——？」

蟇目の顔が赤くなり、身体をわななかせる。いまにもくらりと倒れそうで、緑螂が「父上」と寄り添った。

「玉響さま、ご冗談にしても度が過ぎておりますぞ」

玉響はすこし考えて、真面目に答えた。

「冗談というのはなんだろう？　すまないが、私はまだ冗談というものを知らないかもしれない」

「それこそ冗談のようなお答えを、なさらないでいただきたい！」

緑螂はぴしゃりと責めるが、真織も、はらはらしつつ耳を澄ました。

（神宮守《じんぐうもり》を、代わる？　玉響が？）

突拍子もない話で、緑螂が冗談と思うのも当然だった。

ちらりと黒槙の表情を探すと、黒槙のほうも青ざめて見える。

（黒槙さんも初耳か。そうだよね。知っていたら、とめるか、もうすこし口裏を合わせるとか、するよね）

玉響は「考えがある」と話していたが、まさか、神宮守の位に関わる大それたことだったとは――。

無茶だ。そんなことを相手が認めるわけがない。

真織は無表情の裏で固唾《かたず》をのむが、やはり、卜羽巳氏に承諾する様子はなかった。

「とにかく、言語道断にございます」と、緑螂が父親にかわって玉響を睨みつける。

「神宮守は、卜羽巳氏が代々守り継ぐ大役。それをこのような場でかるがるしく譲れとおっしゃるのは、返答をするのもばかばかしく、あまりに理不尽と存じます」

「でも、おまえたちは、まともに役目を果たせていないではないか」

玉響はなかなか強烈なことを、さらりといった。

緑螂の真顔にさっと凄味が増すが、玉響はどこ吹く風だ。

「それに私は、おまえたちに任せておくべきではないと神託を受けたのだ」

「神託を？」

玉響はうなずいて、提案した。

「では、こうしないか？　私におりたその神託の意味を、これから解いてみてほしい。おまえたちが神宮守としてふさわしければ、難なく神々の心を解するはずだ」

玉響は一度深く息を吸い、朗々といった。

「神祇《じんぎ》、中《なか》つ国《くに》の御霊《みたま》の神をいにしえのままに戻す時。咎《とが》穢れ在らむをば、禍《まが》清めの御子に見直し聞き直し坐して、天壌無窮《てんじょうむきゅう》に、豊穣を招ぎ給《たま》え《お》——どうだろう。解けるか？」

(あの神託だ)

玉響が口にしたのは、前に彼におりたという神々からの啓示だった。

「どうだ？」と尋ねられてしばらく経っても、蟇目と緑螂は黙っている。

話を続けるのもいやだという嫌悪感も見せたが、沈黙が続くので、緑螂は仕方がないとばかりに返答した。

「いま、こたえよとおっしゃるのですか？　事前の心構えもなく、一度きいただけで、できるわけがないではございませんか」

「私におりる神託こそ一度きりだよ。それでも私は一言一句覚えているよ？」

玉響は残念そうに首を横に振って、ゆっくり続けた。

「こういう意味だ。天の神も地の神も精霊も、創始の形に戻って、過ちや穢れを糺《ただ》し、とこしえに豊穣を得よ。――神々は、原初の形に戻るべしと私に伝えたのだ。神王《くまみこ》だけでなく神宮守《じんぐうもり》という役目についても、いま一度問い直せと、私は解した。だから、私が一度役を引き受けて、正しいやり方を神々にうかがい、つぎに神宮守になる者へ伝えたいと思った」

父親を気遣って支えようとする緑螂の腕を押しやって、蟇目が前のめりになる。

「詭弁《きべん》だ。この方は、神領諸氏《じんりようしよし》を水ノ宮に招きたいだけだ。作り話をさもまことのように話すとは、神王を退けば、聖なるお方も偽りを口にするようになるのか？」

蟇目はいまいましげに非難したが、玉響は蟇目をじっと見つめ返した。

「おまえは、いまの言葉を偽りと解いたのだね？　神々の言葉を、偽りと――わかった。ならば、私が神々にそう伝える。神々は、これからおまえたちを見放すかもしれないね」

杜ノ国では、偽りは穢れのひとつだ。神々が穢れをみずから口にすることがないというのも、周知のことだった。

「いえ、そういうわけでは――」と、蟇目の顔色が変わる。

つまり蟇目は、神々を貶《おとし》める発言をしたわけだ。

玉響はそれを叱って、このままでは恐ろしいことになるよと、脅しもした。

玉響の隣で神王として振る舞いつつ、真織は無表情の裏で啞然とした。

ちょっと――いやかなり、思いもよらなかった展開になってきた。

「しかしながら、先ほどのあれが、まことの神託である証はあるのですか？　こうも考えられます。私が言葉を解けなかったのは、そもそも誤った神託だった、と」

「私はまだ神王だった時の力を宿しているよ。いまも神々と話すことができるが、それは、おまえが望む証にならないか？」

「神王だったころの力、ですか？」

蟇目が怪訝に片眉をひそめる。

玉響は、はじめからほとんど表情をかえずに淡々とこたえている。

「ああ、そうだ。だから、神宮守の位を代わりたいといったのだ。神々に近い私がその役に就けば、きっと神託どおりに、神宮守となる者がおこなうべき正しいやり方を問い直せるだろう？」

「いや、どうでしょうか？」

蓑目の顔に活力が戻る。蓑目は暗い笑みを浮かべて、得意げにいった。

「いま神王と女神に認《みこ》められているのは、あなたではなく、この娘でしょう？　神王の力が残っているというのは、あなたの思い違いではございませんか？」

「なら、たしかめればいい」

玉響は笑い、腕をさしだす。

蓑目の表情がさっと曇るが、「さあ」と玉響はさらに腕を突きだした。

「私をいまここで試すことを許そうと、そういっているのだ。おまえが神王の品定めをする、あの方法でいいよ」

「いえ、それは――」

「やらないのか？　慣れたものだろう？　毎日、私の腕を摑んでむりやり傷をつけたではないか。私が痛いといえば叱り、責めただろう？」

「あの……覚えておられるのですか？」

青ざめて萎縮する蓑目に、玉響は笑いかけた。

「ああ。とても痛かった。私はあのころ、おまえのことを酷いことをする男だと思っていたし、悪いが、神々に告げ口もした。おまえの一族に不運が起きていなければいいね。じつは、かなり泣き言をいったこともあった」

「あれ？」と、真織はまた違和感を覚えた。

玉響の様子が、やっぱりいつもと違うのである。

（玉響は、嘘をいっている——）

玉響は腰に提げていた短刀を鞘から抜き、慣れた仕草で腕に刃を当てた。躊躇なく刃を引き、肌が切れたところから血が出るが、つどった全員に傷を見せつける。

「見ていなさい」

玉響の腕にできた傷は、見る見るうちに癒えていく。

蓁目も、脂汗を浮かせて玉響の腕を覗きこんでいた。

「どうだ、治っただろう？　私に神王だったころの力がまだ宿っていると、わかってもらえただろうか」

それは、半分は事実だ。不老不死の命を真織と分け合って生きている玉響は、真織同様の中途半端な不死身になっていた。

でも玉響は、神王よりも人の側に寄っていて、前よりも治癒に時間がかかるようになっていた。あまり人に近づきすぎると真織から離れてしまうからと、思うように力を発現させるための稽古を玉響がはじめたのは、そのせいだった。

いま治癒の力がうまく働いたのは、彼が続けてきた努力のたまものだ。

「わかるか。私はまだ神々と話す力をもっている」

それは、ハッタリだった。

玉響は、前ほど神々と話せなくなっていた。

水ノ宮の女神や、力の強い神々とは自在に話せるものの、精霊の声はきこえなくなっている。真織になくて玉響にあるのは、神託をさずかる力や、これまで彼が培ってきた神官としての力。つまり、人間としての力だ。

でも、蓁目はそんなことを知るはずもない。さっきまでの横柄さは影を潜め、顔から血の気が引き、黙りこんでしまった。

玉響は、蓁目へ最後の一押しをした。

「私がまだ神々に近いところにいると、信じてくれただろうか?」

それから玉響は、卜羽巳氏と神領諸氏《じんりようしよし》の面々をかわるがわる見て、いった。

「私は思うのだが、人が穢れをもつのは、それが人の元来の野性だからだ。そして祭祀とは、野性を抑えるすべだと思う。おまえたちがまず野性を抑えて、清らかな心で話しあってほしいのだ」
・
真織には、最後まで喋る出番は訪れなかった。

神王《くまみこ》として玉響の隣に座ったが、玉響がさんざん脅したせいか、蓁目と緑螂が真織を見る目も、心なしか怯えて見えた。

真織を座敷牢にとじこめ、腕に傷をつけたのはつい先日のことだ。彼らなりの罪悪感もあるのだろう。

(たぶん、神様に筒抜けの盗聴器みたいに扱われているんだろうなぁ)

腐っても神官で、神罰は恐ろしいのだろう。

昼前からはじまった話し合いは、夕方になってようやくおひらきになった。

なかなかの白熱ぶりで、卜羽巳氏側の代表となった緑螂も、その相手になった黒槙も、疲労困憊《こんぱい》だった。

水ノ宮を出てから、玉響はこそこそと黒槙に話しかけた。

「どうかな。それっぽく芝居ができたかな?」

黒槙は呆れつつ、肩をすくめてみせた。

「どうもこうも——本当に芝居だったのですか?」

「芝居だよ。偽りをいうのもはじめてだった。うまくできたかな?」

「なおさら末恐ろしいですよ。見事でしたよ」

御輿の御簾越しに真織も話をききながら、うなずいた。

たしかに、玉響が嘘を口にしたのは、はじめてだった。人が嘘をいう生き物だと彼が知ったのも最近のことで、嘘や偽りは穢れのひとつだという杜ノ国で、嘘を口にしない神々とともに神事をおこなう神官として生きてきた人なのだ。

「わたしもびっくりしました。玉響って、案外器用な人なんだね」

飴《あめ》と鞭《むち》を使い分け、脅迫までして、見事に交渉役を果したのでは――。

神領《じんりよう》へと戻るあいだ、黒槙の顔色は冴えなかった。ぼんやりしてため息をつくことも多かったので、並んで歩きながら、玉響は話しかけた。

「くたびれているね？」

黒槙は、疲れをにじませた顔で朗らかに笑った。

「仕方ありません。緑螂の奴とさんざんやり合いましたから」

黒槙も緑螂も互いに一族を背負う立場で、頭もよく回る。

腹の中を探って駆け引きをしたり、気に食わないところを追及したり、口の中が渇ききるほど問答をしたり。しかも、切れ味の鋭い言葉で斬りかかろうが、重い責め文句を突きつけようが、相手は耐えて、さらに言い返してくる。

問題が解決したわけでもなかったが、どうしても譲れない点が浮き彫りになった。

神領諸氏《じんりようしよし》は、卜羽巳氏がこれまでにおかした過ちを、杜ノ国の分断をかけても糺したい。卜羽巳氏は、神領諸氏のいいなりになるのは我慢ならないが、衝突は避けたく、神領諸氏が機嫌を損ねる理由に心当たりがないわけでもない。譲歩はやむなし、という姿勢を見せた。

交渉は後日またおこなわれることになり、武力衝突がどちらにとっても最終手段であることも認め合った。

黒槙は、ははははと豪快に笑った。

「俺たちが疲れるだけなら、上出来だがな。剣が交わされずに済むなら万々歳だ」

御簾越しに、真織もいった。

「うまく進んだのは、たぶん、玉響が脅したのが効いたからですよね……」

玉響は無垢《むく》なのだ。子どものように純粋な顔に狂気じみたアルカイックスマイルを浮かべて脅されれば、なんというか、天使に即死を宣告されるような怖さがある。

神宮守《じんぐうもり》と緑螂も、ぞっとした顔を見せていた。事実、卜羽巳氏には祟りが起きているわけで、たぶん、かなりの効果はあった。

玉響の機嫌を損ねたらまた祟りが起きるのではと、評議の途中からは、玉響に対する受け答えも穏やかになっていた。

玉響は落胆した。

「私は脅したのか？　悪いことをした」

黒槙はここぞとばかりに嫌味をいった。

「奴らに思い当たる節があるからですよ」

「でも、玉響は大丈夫なの？　嘘をいったりして」

無垢であることを大切にする神官が、穢れることを選択したのだ。

考え抜いた後のようで、玉響ははっきりいった。

「だって、水ノ宮は聖なるだけの場所ではないから。神宮守《じんぐうもり》は、人の側、穢れの側に立って、光の側に立つ神王《くまみこ》を支える者だと思ったんだ」

神《かみ》ノ原《はら》の神領《じんりよう》へ向かう川沿いの道をしばらく進んだところで、神兵の気配が変わる。

道の先に、人影が現れたのだ。

背の高い男が五人、六人といて、神領諸氏《じんりようしよし》の行列がくるのを待っている。

みな黒い服を着ており、立ち姿からして、ただ人ではないと知らしめた。

「御狩人《みかりびと》だ」

神兵が殺気立ち、黒槙と玉響の盾になるべく囲み方を変える。

御狩人たちは、一行が近づいていくのをその場でじっと待っていた。

互いの顔が見えるほど近づいたところで、黒槙は声をかけ、皮肉をいった。

「なんの用だ。まさか、俺たちの密殺を命じられたわけではなかろうな」

御狩人の集団の先頭に立つのは、多々良《たたら》という名の男だった。

多々良は「いいえ」と目を伏せ、その場でひざまずいた。一緒にいた部下たちも、崩れるように地面に膝をつき、平伏した。

「無礼を承知で、お願いにあがりました。ほかに頼れる方がいないのです」

「頼る？」

「どうしても、玉響さまに」

黒装束に身をつつむ御狩人のひとりの背に、若い男がのっている。

自分で歩くことができないのか、仲間に背負われ、がくがく震えていた。

「その者はどうした」

「──祟りの罰を受けました。祟りと引き換えでなければ、真織どのを攫えなかったのです」

多々良の顔があがる。

無骨な目がじっと見つめたのは、黒槙のうしろから騒動を見下ろす玉響だった。

「震えがとまらず、水すら口にできず、弱っていくばかりです。神宮守は祟りを祓うすべをご存知なく、息絶えるのを待つしかないと──」

「それで、玉響さまに救いを求めにきたというわけか？　なんという浅ましさだ。吐き気がする」

黒槙が罵《ののし》る。玉響は黒槙の肩をよけ、多々良のもとへ寄ろうとした。

「その者をよく見せてくれ」

「玉響さま」

呆れる黒槙をよそに、玉響はひざまずく御狩人《みかりびと》をかきわけて歩き、背負われた青年に近づいていった。

「玉響さま、どうか」

御狩人たちの頭が玉響を追う。

青年は地面に横たえられ、玉響に場所を譲るべく隙間ができていった。

青年のほうも、玉響に気づいた。意識はあるようで、うつろな目が上を向いた。

「あぁ、あ……」

喋ろうとしているが、痙攣がとまらず、言葉にならない。くちびるは乾き、唾液がかたまって口まわりは白くなっている。頬はやつれて土気色《つちけいろ》になり、肌も乾き、青年は、若い顔つきに不似合いなほど異様に老いていた。

「かわいそうに――。身体の中に穢れの塊があるね。川の水に浸してやったらどうだろうか」

「川の水、ですか？」

「うん。形代《かたしろ》流しの神事と同じだよ。水はやさしく清らかだから、穢れを取り去って流れてくれる。急いだほうがいい。つらそうだ」

青年の身体はかるがるかつがれ、道のそばを流れる川の岸へとおりていく。

「黒槙、私もいくよ。水に頼みにいく」

自分も行列を抜けて河原へ向かおうとする玉響に、黒楨は息をついた。

「玉響さま――」

多々良はもといた場所で深く頭をさげていたが、玉響を追って立ちあがり、供をした。隣を歩きながら、暗い顔でうつむいた。

「俺たちのことを、お怒りでしょう」

「――悲しかったよ。真織を連れていったのはおまえたちだったのだろう？」

玉響は多々良を見あげて、柔らかく微笑した。

「でも、もう済んだ。おまえたちにも、はやく心安《うらやす》の時が訪れるよう」

◇　◇

千紗杜《ちさと》の家に久しぶりに戻った真織は、杜ノ国を訪れた時のショルダーバッグを持っていくことにした。

服のほうはそこらじゅうに穴が空いて、とっくに使い物にならないが、革製のバッグは桁違いに頑丈だった。

バッグに入っているのは、財布と家の鍵くらいだ。お金や鍵としては役立たずだが、紙幣とレシートは杜ノ国では貴重な紙製品だし、金属やプラスチックのカードも、工夫次第でいろいろ使えそうだ。

断捨離を悩んだ物といえば、電池切れのスマートフォンだった。でも、スマホだけ置いていくのもなぁと、バッグに入れたままにしておくことにした。

ふたたび電源が入る日がこなくても、亡き母や父の画像や、思い出が詰まっている大切なものだった。

(この家とも、しばらくお別れか)

玉響とふたりで暮らした家は、がらんとしていた。

火の気のない竈《かまど》を見やれば、不器用に薪《まき》をくべて、慣れない炊事仕事に奮闘したことを思いだす。土間の藁《わら》の中で玉響とふたりで眠ったことや、壁に吊りさげた藁沓《わらぐつ》が意外に快適だったことや、水路工事用の道具をもって意気揚々と出かけたこと。

玉響は浮世離れしていて、あまり頼りになる同居人ではなかったけれど、お粥《かゆ》が焦げても、防寒具が足りなくても、楽しそうにしていた。

だから真織も、ここで過ごした時間はすべて楽しかった。玉響は、一緒に暮らすのが楽しい人だった。

肩からバッグを斜めがけにして外に出ると、万柚実《まゆみ》がにこりと笑って待っていた。

「じゃ、いこうか」

玉響が神宮守《じんぐうもり》として水ノ宮で暮らしはじめる日まで、カウントダウンがはじまった。

真織も、玉響と一緒に水ノ宮に入って神王《くまみこ》の代わりをつとめることになった。卜羽巳氏と神領諸氏《じんりょうしょし》の小競り合いはまだ続いていたので、真織と玉響が水ノ宮に入るのは、中立性の維持という意味合いもあった。

方針がしっかりさだまるまでの、臨時の祭祀要員である。

警護をする兵も、世話をする召使も、卜羽巳氏と神領諸氏の双方から同じ人数を仕えさせることになり、万柚実と弓弦刃《ゆづるは》も一緒についてきてくれることになった。

いまのうちにと、流天にも会いにいった。

本来なら流天こそが水ノ宮で暮らすべき人なので、「水ノ宮に入ってしまう前に話しにいかないと」と、玉響が気にかけたのだ。

水ノ原で再会すると、流天は不服そうな顔をした。

「私は水ノ宮から連れだされたのに、玉響さまは水ノ宮に戻るのですね。私が未熟で出来損ないだから、このようになっていると思うと、悲しいです」

「違うよ。私が水ノ宮に戻るのは、おまえのための居場所をつくりにいくためだよ」

「黒槙さまからききました。玉響さまが卜羽巳氏と神領諸氏のあいだを取り持って、仲裁なさったのだと。役立たずの自分が、ますます悲しくなりました」

流天は母親のもとに戻れて喜んでいると思いきや、そうでもなかった。

さすがは、生まれた時から神様に仕えるために生きてきた子だ。

流天は神王《くまみこ》としてのプライドをもち、玉響をライバル視した。

玉響は苦笑した。

「なら、いつ呼ばれてもいいように支度をしていなさい。でも、また母上と離れてしまうのが悲しくないか？　せっかく一緒に暮らせるようになったのに」

流天はあどけない顔をむっとしかめて、玉響を見つめた。

「悲しさはあります。でも、母や父や、兄たち、それに、たくさんの人が笑うために私は生きているのです。神王として暮らすのを、なぜ怖がりましょうか」

流天と別れてから、玉響はぽつりとつぶやいた。

「幸せって、難しいね。母のもとに帰っても、流天は母との暮らしを望むわけではないのだ」

流天がまだ不老不死の命を授かっていないのは、玉響が阻んだからだ。

女神から神王と認められれば、記憶も感情も失っていくから。つぎの御種祭《みたねまつり》で神王を生きのびさせる方法を見つけたとしても、帰る場所を失ってしまうからだ。

「玉響はあの子が帰れる場所を残したんだよ。玉響は、失ったつらさを知ったから」

「でも、神王になる喜びを奪ったね」

そういって、玉響はため息をついた。

神王は悲しい。流天のことも、人の世界から切り離されてほしくない——と、玉響は願ったが、流天はとうに覚悟を決めていたのだ。

命を失おうとも、供犠となることを嫌がる神王は、そもそもいないのかもしれない。

鷹乃《たかの》の弟は行方知れずになっていたが、奪われた刀と一緒に役府の倉に匿《かくま》われているところを保護され、神領諸氏《じんりようしよし》のもとに引き取られることになった。

鷹乃一家を手にかけた帯刀衛士《たいとうえじ》は捕らえられ、尋問の末、これまでにも水ノ原では裏取引が横行していたとわかったらしい。賄賂《わいろ》次第で、神子《みこ》となるはずの子をひそかに家族のもとへ帰して、代わりの子を御輿にのせて運んでいたそうで、水ノ宮へ連れていかれたのは、べつの場所で攫われた身寄りのない子だったという。その子が真実を話そうが、出まかせと見なされて相手にされなかった。

「神子が聖なる種となり得るのは、生まれ育った郷を愛する無垢があるゆえだぞ。神事を食い物にする部下がいたことを恥じよ！」

黒槙は激怒し、卜羽巳氏にとっても耳が痛い話である。

関わった者たちは、厳しく罰せられた。

千紗杜の家で荷づくりをして、万柚実とふたりで向かった先は、千鹿斗《ちかと》のもとだ。

真織に気づいた千鹿斗は「よう」と笑って手招きをした。

「まるくおさまったそうでよかったよ。千紗杜に戻った時はどうなるかと思ったが」

千鹿斗は、ひとりで先に水ノ原を出ていたが、道中に青ざめることになったらしい。

真織が御供山《みそなえやま》に登ったころに、恵紗杜《えさと》に集まりゆく兵の群れと出くわしたそうだ。

千鹿斗は、ちょうど花婿の着装をしているところだった。

周りには男も女も大勢いて、千鹿斗は両手をひろげて、衣を着せられたり帯をしめられたり、されるがままになっている。

花婿のための衣裳はかなり派手だった。布でつくった花が十も二十も縫いつけられていて、まるで踊り子のステージ衣装だ。

「今日は千鹿斗が神様になる日だから」と、幼馴染《おさななじみ》たちが笑っている。

「郷守《さとのかみ》の一族は、千紗杜の守り神みたいなもんだからね、おめでたい日には神様の恰好をするんだよ。八百万の神様にも祝いに遊びにきてもらえるようにね！」

言葉通りの花まみれで、道化にも見える恰好だが、神様の扮装《ふんそう》だったらしい。

（結婚式にも、神様が関わるんだなぁ）

さすがは、八百万の御霊が宿る杜ノ国だ。

ここでは、神様への祈りが暮らしの節々に根づいているのだ。

そういえば——と、真織は思いだした。

水ノ原の湖底で水神に出会った時、こんなふうに話していた。

『山向こうの水源から流れてくる水がな、よいことがあったと喜んでいたのだ。そなたらが古い友を帰してくれたのだと。うふふふ』

真織たちは、北《きた》ノ原《はら》の奥にある郷、八馬紗杜《やまさと》の社を訪れたことがあった。

水ノ宮の神域から戻った〈祈り石《いのいし》〉を、もとの社に鎮めるためだ。

玉響の手で〈祈り石〉が社に戻されると、集まった精霊たちは玉響をかこんで、しきりに笑っていた。

——おかえりなさい、よくご無事で。

——ふふふふふ。

精霊たちにとって〈祈り石〉は古い友。帰還はおめでたいことだった。

八馬紗杜の社のうしろには、川の水源もあった。

郷守が、こう話していた。

『ここから流れでる水が、山々の水を集めて杜ノ国を潤し、北ノ原から東《ひがし》ノ原《はら》をとおって、水ノ原の湖まで旅をするそうです』

（八馬紗杜から川をたどった精霊が、湖の水神にそのことを伝えたのかな。繋がっているんだなぁ——）

大地も川も地続きで、精霊たちも、人が思う以上に行き来をしているのだ。

はるか彼方の産物が、舟や牛に運ばれて行きかうように。


千鹿斗は、いつも無造作に結っている髪を丁寧に結い直され、烏帽子に似せた冠もかぶせられていた。手作りの冠も、花飾りまみれだ。

興奮気味に取り巻く幼馴染にまじって、玉響も、千鹿斗をそばで見守っている。

真織が家の片づけをしているあいだから、千鹿斗を見にいくときかなかったのだ。

いつもの姿とはまるっきり違う特別な日の装いにしあがっていく千鹿斗を見つめて、玉響は涙ぐんでいた。ついには、花のついた袖をつまんで引っ張った。

「千鹿斗が遠ざかっていく気がする。漣《さざなみ》のものになってしまうのか」

「あのなあ」と、千鹿斗が苦笑する。

「間夫《まぶ》みたいな言い方をするなよな。誤解されるからやめてくれ」

婚礼衣装もそうだが、結婚式の内容も、真織の感覚とはかけ離れていた。

神様に扮した新郎新婦が神社へいったり、家々を回ったり、郷の各地を行き来したりして、そのつど何十回もお祝いをされるというシステムで、どちらかといえば、お神輿や獅子舞が家を回るのと似ていた。

「暗くなる前には出るからね」

「はい」

その日のうちに、真織と玉響は千紗杜を出ることになっていた。

大勢から祝われて大きく口をあけて笑う千鹿斗と、花だらけのお揃いの衣裳を着て寄り添う漣を遠巻きに眺めて、玉響はぼんやりといった。

「千鹿斗は、すごい男だよなぁ」

玉響は、とうとう千鹿斗への憧れを素直に口にした。

「私も千鹿斗みたいになれればなあ。千鹿斗みたいに、真織を守れたらいいのに」

「守ってくれたじゃない」

「もっとだ」と、玉響はふくれっ面をした。

「千鹿斗だったらもっと真織を守れたって考えると、こう、腹が立ってしまう」

玉響はため息をついて、不良に憧れる御曹司《おんぞうし》っぽくいった。

「もうすこし、わがままになりたい」

「わがまま？」

「うん」

玉響は、わがままを語るにしては謙虚にうなずいた。

「自分でよくわかったのだが、私は争うのが下手くそなのだ。争えば、誰かをつらい目にあわせるだろう？　自分のために誰かを苦しめてまで願うことは、何もないから」

（それは、わかる気がする）

真織も、誰かの邪魔をしてまで幸運を望むほうではなかった。

自分さえ我慢すればうまくいく、ということは、わりとたくさんある。

自分にいいことが起きなくても、自分なら我慢ができるから——と、笑顔を浮かべて堪えたことも何度もあった。

「でも、真織を守るためなら、誰かにいやな思いをさせてもいいと、私は思ったんだ。そうしなくちゃ真織は守れないんだって」

（わたしも、玉響のためだから抗った）

真織は水ノ宮から逃げだしたけれど、自分のためだけだったら、あれほど無茶をしただろうか？

あんなに怒ったのも、玉響や流天が傷つけられたのが悔しかったからだ。それがなかったら、いまごろまだ座敷牢の中で、じっと我慢を続けていたかもしれない。

「だから、もうすこしわがままになっておきたいんだ。誰かをすこし苦しめることになっても、もっと真織を守れるようになりたい。身勝手な願いかもしれないけれど、どうしても——」

玉響は、照れくさそうに目を細めた。

「幸せは、安堵だと思うんだ。心地よい今日が、明日もかならずくると信じて疑わないこと。——明日も、幸せだといいな」

誰かを守りたいとか、明日も幸せでありますようにとか、たったそれだけの些細《ささい》な願いは「身勝手」な「わがまま」なのだろうか。

生まれた時から、自分以外のためにと生きてきた人は、そんなふうに考えてしまうのだろうか？

玉響が願うのは、当然の権利で、「身勝手」でも「わがまま」でもないと真織は思った。

「明日も幸せだよ。水ノ宮にいっても、幸せだよ」

真織がじっと見あげると、玉響はくちびるをねじらせて嬉しそうに笑った。

千紗杜を出て、神ノ原へ向かう道中に、真織は弓弦刃に尋ねた。

「知っていたら教えてほしいんですけど、初代神王《くまみこ》の名前を知っていますか？」

初代の神宮守《じんぐうもり》の名前は、蜻蛉比古《あきつひこ》だという。

その名前が知られているなら、初代の神王《くまみこ》の名前もきっと——と話題にしてみると、弓弦刃は「たしか——」と、その人の名前を口にした。

「そうですよ、たしか。合ってますよ」と、万柚実も声を揃えた。

暮れゆく道を歩きながら、真織は自分の内側に声をかけた。

（ねえ、きいてた？）

水ノ原にたどりついてから、あの少年の声はきこえなくなっていた。

いまも、呼びかけても返事はかえらない。声が届いていたとしても、「もう私に教えてやれることはない」と拗ねているかもしれないが。

まあいいか。と、真織は夕空を見あげた。

つぎに現れたら、教えてあげよう。あなたの名前は——。

本書は書下ろしです。

|著者|円堂豆子　第４回カクヨムWeb小説コンテストキャラクター文芸部門特別賞を『雲神様の箱』にて受賞しデビュー。本書は『杜ノ国の神隠し』『杜ノ国の囁く神』（ともに講談社文庫）に続くシリーズ最新作。他の著書に『雲神様の箱　名もなき王の進軍』『雲神様の箱　花の窟と双子の媛』『鳳凰京の呪禁師』（いずれも角川文庫）がある。滋賀県在住。

杜《もり》ノ国《くに》の滴《したた》る神《かみ》

円堂豆子《えんどうまめこ》

2024年９月13日第１刷発行

発行者——森田浩章
発行所——株式会社　講談社
東京都文京区音羽2-12-21　〒112-8001
電話　出版（03）5395-3510
　　　販売（03）5395-5817
　　　業務（03）5395-3615

Printed in Japan

講談社文庫
定価はカバーに
表示してあります

KODANSHA

デザイン—菊地信義
本文データ制作—講談社デジタル製作
印刷———株式会社KPSプロダクツ
製本———株式会社国宝社

ISBN978-4-06-536781-0

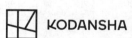

講談社文庫刊行の辞

二十一世紀の到来を目睫に望みながら、われわれはいま、人類史上かつて例を見ない巨大な転換期をむかえようとしている。

世界も、日本も、激動の予兆に対する期待とおののきを内に蔵して、未知の時代に歩み入ろうとしている。このときにあたり、創業の人野間清治の「ナショナル・エデュケイター」への志を現代に甦らせようと意図して、われわれはここに古今の文芸作品はいうまでもなく、ひろく人文・社会・自然の諸科学から東西の名著を網羅する、新しい綜合文庫の発刊を決意した。

激動の転換期はまた断絶の時代である。われわれは戦後二十五年間の出版文化のありかたへの深い反省をこめて、この断絶の時代にあえて人間的な持続を求めようとする。いたずらに浮薄な商業主義のあだ花を追い求めることなく、長期にわたって良書に生命をあたえようとつとめるところにしか、今後の出版文化の真の繁栄はあり得ないと信じるからである。

同時にわれわれはこの綜合文庫の刊行を通じて、人文・社会・自然の諸科学が、結局人間の学にほかならないことを立証しようと願っている。かつて知識とは、「汝自身を知る」ことにつきていた。現代社会の瑣末な情報の氾濫のなかから、力強い知識の源泉を掘り起し、技術文明のただなかに、生きた人間の姿を復活させること。それこそわれわれの切なる希求である。

われわれは権威に盲従せず、俗流に媚びることなく、渾然一体となって日本の「草の根」をかたちづくる若く新しい世代の人々に、心をこめてこの新しい綜合文庫をおくり届けたい。それは知識の泉であるとともに感受性のふるさとであり、もっとも有機的に組織され、社会に開かれた万人のための大学をめざしている。大方の支援と協力を衷心より切望してやまない。

一九七一年七月

野間省一

講談社文庫 最新刊

三國青葉
母上は別式女《べっしきめ》
大名家の奥を守る、女武芸者・別式女。その筆頭の巴《ともえ》の夫は料理人。書下ろし時代小説！

円堂豆子
杜《もり》ノ国の滴《したた》る神
時空をこえて結びつく二人。大反響の古代和風ファンタジー、新章へ。〈文庫書下ろし〉

平岡陽明
素数とバレーボール
41歳の誕生日に500万ドル贈られたら？高校のバレー部仲間5人が人生を再点検する。

真下みこと
あさひは失敗しない
母からのおまじないは、いつしか呪縛となった。メフィスト賞作家、待望の受賞第1作！

夜弦雅也
逆　境
〈大正警察　事件記録〉
指紋捜査が始まって、熱血刑事は科学捜査で難事件に挑んだ。書下ろし警察ミステリー！

マイクル・コナリー
古沢嘉通　訳
復活の歩み（上）（下）
〈リンカーン弁護士〉
無実を訴える服役囚を救うため、ミッキー・ハラーとハリー・ボッシュがタッグを組む。